여흥 상사

* 이 도서의 국립중앙도서관 출판예정도서목록(CIP)은 서지정보유통지원시스템 홈페이지(http://seoji.nl.go.kr)와 국가자료공동목록시스템(http://www.nl.go.kr/kolisnet)에서 이용하실 수 있습니다.
(CIP제어번호: CIP2017009128)

2017 한경신춘문예 당선작

여흥상사

박 유 경
장 편 소 설

은행나무

차례

1

웨딩드레스를 중고로 사게 될 줄은 몰랐다. 딱 붙는 화이트 톱엔 은빛 크리스털이 달려 있고, 무릎까지 에이라인으로 퍼진 미니드레스였다. 고르다 보면 거기서 거기인 것처럼 느껴지기도 하지만 목선을 따라 얼굴색을 밝혀줄 크리스털이 고급스럽게 박힌 것은 꽤 구하기 어려웠다. 결혼을 약속한 성일은 전 부인과 별거 중이었고 이혼 소송만 1년째 지지부진하게 이어지고 있었다. 성일에게 이달 말, 이혼 절차가 마무리될 것 같다는 말을 듣자마자 검색을 시작해 드레스를 구했다. 결혼식은 나중에 치르더라도 겨울이 오기 전에 사진 촬영을 하고 싶었다.

목에 있는 잿빛 얼룩을 발견한 게 올여름이었다. 취재다 여행이다 자외선 차단을 신경 쓰지 못하고 돌아다녔기에 탔거나 기미가 생긴 거려니 했다. 펜으로 콕 찍어놓은 것 같았던 반점이 며칠 사이 화선지에 먹물이 번지는 것처럼 목울대 주변으로 커졌다. 의사는 애써 쾌활한 목소리로 우선 보기에 '재색피부염' 같다는 진단을 내렸다. 원인 불명, 뚜렷한 치료법 없음. 1~2년 번져나간 후 증상이 멈출 거라고 했다. 어디로 얼마나 커질지는 알 수 없었다. 아직은 조금 큰 점이 있나 싶을 정도이고 화장으로 가려지기도 했다.

회사에서 드레스가 담긴 택배 상자를 받았다. 파티션 안으로 몸을 깊숙이 숙여 조심스럽게 상자를 열었다. 가장 걱정했던 부분인 크리스털은 유명 디자이너의 제품답게 고급스럽게 작업되어 있었다. 찢어진 곳이나 얼룩이 없는지 살피는데 치마 끝자락에 묻어 있는 붉은색 점이 눈에 띄었다. 매니큐어 자국인 것 같기도 하고 유성 매직인 것 같기도 했는데, 손끝으로 살살 문질러보아도 없어지지 않았다. 판매자의 게시 글엔 얼룩에 대한 말은 없었다. 나는 드레스를 상자 속에 대충 구겨 넣고 휴대전화로 판매자의 연락처를 찾았다. 문자를 보내고 전화를 걸어도 판매자는 묵묵부답이었다. 중고거래 카페의 게시 글은 이미 삭제되어 있었다.

판매자에게서 상세 사진을 받고서야 돈을 입금했다. 판매자는 포토숍 같은 것으로 얼룩을 보이지 않게 만든 것 같았다. 생각해보면 간단한 작업인데 너무 쉽게 속았다는 게 허탈해 웃음이 나왔다. 레이저로 제거할 수 없는 얼룩을 몸에 품는다는 게 처음엔 몹쓸 농담처럼 느껴졌다. 성일은 내 병에 대해 문신이나 다를 게 없다는 반응을 보였다. 얼굴이 좀비처럼 잿빛으로 변하면 어떻게 할 거냐는 말에 세상에 하나밖에 없는 회색 인종이니 어디서도 잃어버릴 걱정이 없겠다고 웃었다.

옆자리에 앉은 인턴이 부스럭거리는 소리가 궁금했는지 나를 흘긋거렸다. 상자를 종이 가방에 넣었다. 촬영이 끝나면 드레스를 벽에 걸어 인테리어 소품으로 쓰려고 했다. 결혼사진을 걸어놓는 것보다 드레스와 보타이를 걸어놓는 게 결혼이란 의식을 더 실감 나게 하리라 싶었다.

"취재 가세요?"

"일이 없니?"

"그건 아닌데. 뭐예요? 옷 사셨어요?"

"내 거 아니야."

나는 둘러대곤 짐을 챙겨 일어섰다.

"편집장님 오시면 취재 나갔다고 해줘."

언제까지 잡지사 편집자로 일할 수 있을지도 모르는 일이었다. 하루에도 몇 번씩 새로운 사람을 만나야 하는데 그때마다 내 몸의 얼룩에 대해 설명할 순 없었다. 젊은 주부를 타깃으로 한 리빙 잡지라지만, 매번 『킨포크』에 감탄하고 어떻게 하면 비슷하게 보일 수 있을까 고민하는 것도 진절머리 났다.

회사 앞에 재우의 세단이 서 있었다. 재우는 며칠 전 미국에 있던 영민이 돌아왔다고 같이 만나러 가자고 했다. 목에 감고 있는 스카프를 바로잡아 얼룩이 보이지 않게 했다.

"또 차 바꿨어?"

차 문을 소리 나게 닫으며 말했다.

"리스야. 어차피 빌려 쓰는 건데 자주 바꿔야지."

재우가 카오디오의 볼륨을 줄이며 운전대를 잡은 손을 까딱거렸다.

"난 안 보고 싶다니까."

"8년 만이야."

"10년이든 20년이든! 내가 죽으면 장례식에 오지 말라고 할 사람이 있다면 그게 영민이야."

"둘이 무슨 일 있었어? 그런 것도 아니면서 왜 그래?"

"아무 일 없어도 싫은 건 싫다니까."

재우가 인상을 찌푸렸다. 나는 팔짱을 끼고 앞을 봤다. 영민은 고등학교 2학년 때 외국으로 유학을 갔고 간간이 한국에 들어왔다는 소식은 들었지만 만나는 것은 이번이 처음이었다. 재우가 그간 영민에 대한 얘기를 한 번도 입에 올린 적 없었기에 연락하고 지내는 줄도 모르고 있었다.

"왜 왔대? 아예 들어온 거래?"

"만나보면 알겠지. 손에 든 건 뭐야?"

재우가 무릎에 얹어놓은 종이 가방을 보며 물었다. 나는 가방을 발아래에 내려놓았다.

"옷 샀어."

차마 드레스라고 말할 수 없었다. 재우에게 성일과의 결혼을 생각하고 있고 더 이상 지금과 같은 방식으로 만나지 않겠다고 했을 때, 재우는 나를 말없이 몇 초간 노려보았다. 그 말을 꺼낸 게 재우와 잠자리를 하고 난 뒤의 침대이기도 했고 얼마간 충동적으로 꺼낸 말이기도 했지만 그렇게 싸늘하게 반응하리라곤 예상하지 못했다. 재우와 난 고등학교 때부터 만났다 헤어지기를 반복했기에 농담으로 받아들이거나 무시할 거라는 게 내가 생각할 수 있었던 재우의 행동 범위였다.

"그 사람도 너랑 결혼한대?"

재우가 속도를 높이며 물었다.

"그 얘긴 또 왜 해?"

"사진기자라고 했나?"

"사진작가라니까."

"아무튼, 전시도 해?"

"하면 찾아가기라도 하게?"

"인사 정도는 해야지. 아내의 정부가 될 사람이라고."

"그만하자."

카오디오의 볼륨을 높였다. 전자기타와 드럼 소리가 울려 퍼졌다. 익숙한 개그맨의 목소리가 나올 때까지 라디오 채널을 돌렸다. 두 남자가 낄낄거리며 사연을 소개하고 있었다. 몸을 뒤로 젖혔다. 재우는 내가 결혼 얘기를 꺼낸 뒤부터 만나기만 하면 그 사람을 소개해달라고 졸랐다.

목에 있는 얼룩이 움직이기라도 하듯 참을 수 없이 가려웠다. 피부병의 증상 중에 가려움증은 없었지만 나는 얼룩이 자라고 있는 게 느껴졌다. 가려움으로 시작해 긁고 나면 무언가 끈적거리며 들러붙어 있는 느낌이 들었다. 한번 감각이 일어나면 쉽게 물러서지 않았다. 얼룩이 생겼다고 해서 피부 결의 감촉이 달라지진 않았지만 얼룩이 그 모양 그대로 있는지 확인이라도 하려는 건지 무의식적으로 손이 갔다. 피가 나도록 긁을 때도 많았다. 손을 대지 않으려고 노력하며 목에 감고 있는 스카프를 매만졌다.

자유로를 달릴 때 조금씩 떨어지던 빗방울은 서울로 들어서자 장마가 다시 시작되기라도 한 것처럼 굵어졌다. 늦가을이었지만 연일 봄처럼 따뜻한 날씨가 계속되고 있었다. 재우는 무언가 골똘히 생각하는 눈치로 말없이 앞만 보고 있었다.

재우의 차가 홍제동 골목으로 들어섰다. 재우와 나, 영민이 학창 시절을 보낸 곳이었다. 나는 북한산 아래 오래되고 좁은 아파트에 살았고, 재우와 영민은 북한산을 정원처럼 끼고 있는 언덕에 살았다. 언덕 위엔 고급 빌라와 멋스럽게 지어진 주택들이 있었다. 재우와 영민이 살았던 빌라는 언덕 꼭대기의 해가 잘 들고 산이 병풍처럼 보이는 곳에 있었다. 4층밖에 되지 않는데도 통유리로 만들어 밖이 보이는 엘리베이터가 설치되어 있었고, 산 쪽을 제외한 빌라 주변으론 높은 담장이 둘러져 있었다. 그쪽에 지어진 건물들은 그렇게 다 담장이 높아 위압적인 기운을 풍겼다.

어둑한 가로등 불빛이었지만 내가 기억하는 동네 모습은 어디에도 없었다. 주택을 둘러싸고 있던 담장은 허물어졌고 집의 문과 유리는 모두 떨어져 덜렁거리고 있었다. 자동차 헤드라이트에 부분적으로 비치는 동네의 모습은 범죄 영화 세트장 같기도 했다.

"여기 왜 이래?"

"재개발 지역이니까."

재우가 별일 아니라는 듯 심드렁하게 대답했다.

"알아, 그건. 공사를 할 거면 하든지. 왜 이렇게 버려졌어?"

"이런저런 문제가 얽혔나 보지. 우리처럼. 덕분에 우리도 다시 모이고."

"무슨 소리야?"

"영민이가 여기 있거든. 내려."

재우의 차가 언덕 위 빌라 앞에 멈췄다. 담 일부가 허물어지고 벽의 석재가 여기저기 떨어지긴 했어도 아래쪽의 다른 집들보단 상태가 좋은 편이었다. 그래도 모든 집에 불이 꺼져 있고 군데군데 창문이 깨져 있는 것만으로도 집은 제 빛을 잃고 을씨년스럽게 보였다.

재우는 차를 대자마자 차 문을 열고 나갔다. 차에서 내리니 세차게 떨어지는 빗방울이 시야를 가렸다. 웨딩드레스가 들어 있는 종이 가방으로 머리를 가려보았지만 쏟아지는 비를 피하기는 역부족이었다. 눈에 들어간 빗물 때문인지 빌라는 언덕 아래쪽으로 비스듬히 기울어져 있는 것 같았고 4층 높이를 버티고 서 있는 것조차 위태롭게 느껴졌다.

재우 손에 든 휴대전화 불빛을 따라 빌라 안으로 들어섰다. 층고가 높고 질 좋은 석재로 만들어져서인지 여기저기 구멍이 뚫렸을 텐데도 따뜻하고 아늑했다. 일반적인 계단의 높이를 생각하고 발을 내디뎠다가 하마터면 넘어질 뻔했다. 빌라의 계단은 로마의 신전이라도 흉내 낸 듯 폭이 넓고 높이가 짧았다. 영민은 늘 한 번에 서너 칸씩을 올라가 우리를 돌아봤고 재우와 난 일부러 한 칸 한 칸 천천히 올라가곤 했다. 한 층에 한 가구가 있는 빌라의 3층이 재우의 집, 4층이 영민의 집이었다.

재우가 3층 문 앞에 멈춰 서서 휴대전화 불빛을 현관문에 비췄다. 301이라는 숫자가 그대로 붙어 있었다. 문 앞에서 라벤더 향이 느껴졌다. 재우의 집에서는 항상 진한 라벤더 향이 났다. 천식과 같은 기관지염에 좋다고 디퓨저를 곳곳에 놓아둔 탓이었다. 처음 재우 집을 방문했을 때 느꼈던, 말로 표현하기 힘든 벅참과 두근거림은 쉽게 잊히지 않는 기억 중 하나였고 리빙 잡지 편집자 일을 하게 된 데에도 큰 영향을 끼쳤다는 걸 부인할 수 없다. 내가 경험할 수 있는 가장 좋은 집은 텔레비전에 등장하는 연예인이나 드라마 속 단독주택이었지만 화면으로 보는 것과 실제로 경험하는 것 사이에는 엄청난 간극이 있었다.

나는 지금도 재우의 집에 방이 몇 개가 있었는지 모른다. 짐작하기로 70평 정도 되는 집이었던 것 같았다. 재우의 집은 현관을 열고 들어서면 넓은 전실이 있었다. 전실을 지나야 진짜 현관이 나왔는데 리빙 잡지 편집자 일을 시작하고 나서야 그 공간을 전실이라고 부른다는 것을 알았다. 전실엔 금박으로 둘러진 커다란 그림이 걸려 있었고, 우주선 같은 모양의 루이스 포울센 조명이 주위를 은은하게 밝히고 있었다.

베이지색 가죽 소파가 놓인 넓은 거실엔 한 벽을 가득 메울 정도 크기의 텔레비전이 놓여 있었다. 슬리퍼를 신고 현관을 지나 거실에 다다르기까지 나는 무엇보다 집이 품고 있는 부드러운 색채의 톤에 매혹당했다. 짙은 밤색의 나무 바닥, 거실에 넓게 깔린 러그, 벽 곳곳에 걸린 액자와 이를 비추는 조명, 산을 품고 있는 커다란 창에서 쏟아지는 햇살이 모여 공간을 부드러운 황금빛으로 채우고 있었다. 언젠가 빈센트 반 고흐의 〈아를의 침실〉을 보다가 재우의 집에 들어서면서 느꼈던 감각이 고스란히 되살아난 적이 있었다. 색채의 톤도 유사하지만, 〈아를의 침실〉 속 침대와 협탁, 의자의 그림자가 없어 방 전체가 무중력이나 꿈속 공간인 듯 몽환적이면서도 편안하게 느껴진다는 점도 똑같았다.

재우와 나란히 문 앞에 서자 라벤더 향이 짙어졌다. 차에선 느끼지 못했는데 적막하고 어두운 곳에 들어오니 감각이 예민해졌다.

"집에 갔었어?"

갑자기 휴대전화 플래시가 꺼졌다. 재우와 나 사이에 순식간에 어둠이 내려앉았다.

"배터리 다 됐나 봐. 네 거 켜봐."

주머니에서 휴대전화를 찾아 플래시를 켜며 다시 물었다.

"집에 갔어?"

"뭐 좀 찾을 게 있어서."

"어머니는 그대로신가 보네."

"더 심해졌어. 내가 머리카락이라도 한 올 흘릴까 봐 안절부절못하더라."

재우의 어머니는 결벽증과 정리벽이 있었다. 그러니까 그런 공간은 누군가의 집착에 가까운 열정과 노력으로 빚어진 거였다. 재우는 대학을 가자마자 학교 근처에 오피스텔을 얻어 나와 살았고 어쩌다 한 번씩 집에 다녀올 때만 라벤더 향을 풍겼다. 왜 하필 영민을 만나러 갈 때 그 시절과 같은 향기를 묻혀 왔을까 생각하니 누군가에게 코와 입이 틀어막아지기라도 한 것처럼 숨쉬기가 힘들어졌다. 뒤돌아서서 계단을 내려다봤다.

"그냥 만난 셈 치면 안 될까?"

목소리가 떨리고 있었다.

"아니, 그럴 수 없어."

계단으로 내려가려는 내 팔을 재우가 잡았다. 재우의 손아귀에 힘이 잔뜩 들어가 있었다. 재우는 누군가를 힘주어 잡는 애가 아니었다.

"이거 놔. 싫어, 난 처음부터 싫었어!"

몸을 뒤로 빼고 주저앉아도 재우의 손에서 벗어날 수 없었다. 재우는 나를 끌고 묵묵히 계단을 올라갔다. 흔들리는 휴대전화 불빛이 재우의 그림자를 어지럽게 만들었다. 401호 문 앞에 섰다. 불빛이 영민의 집 문을 비췄다. 월계수의 잎과 줄기를 덩굴처럼 얽어 조각한 문에는 아무것도 붙어 있지 않았다. 401호가 붙어 있어야 할 자리에는 동그랗게 자국만 남아 있었다. 문이 열리면 돌이킬 수 없다고 지금이라도 당장 도망쳐야 한다는 내면의 비명에 온몸이 터져 나갈 것처럼 피가 빠르게 돌았다. 무덤 안으로 깊숙이 밀어 넣고 파묻어버린 기억들이 기어올라오고 있었다. 그 무게에 짓눌려 한 발짝도 움직이지 못하고 문을 두드리는 재우 뒤에 서 있을 수밖에 없었다.

2

손잡이를 비트는 기분 나쁜 소리가 여러 차례 반복되고 나서야 문이 열렸다. 갑작스레 쏟아진 불빛에 눈을 가늘게 떴다. 빛을 등지고 서 있는 영민은 무대 위에 갑작스레 등장한 연극배우처럼 크고 허구적이었다. 영민의 모습은 재앙에 가까웠다. 언뜻 보아도 195센티미터가 넘는 키에 100킬로그램은 되어 보이는 거구가 비틀거리고 있었다. 눈빛이 흔들렸고 옷 밖으로 드러나 보이는 손이나 얼굴은 상처투성이였다. 간절기용 얇은 외투를 입은 재우나 나와는 달리 영민은 한겨울이라도 되는 듯 구스 패딩을 입고 털이 달린 모자까지 뒤집어쓰고 있었다. 한 걸음 뒤로 물러서는 나를 보고 영민이 비죽 웃었다.

"보고 싶었어."

영민이 목소리를 질질 끌며 말했다.

"제정신이 아니구나."

내 입에서 탄식과 비슷한 목소리가 흘러나왔다. 영민이 숨을 내뱉을 때마다 술 냄새와 지린내가 섞인 지독한 악취가 났다. 구역질이 올라올 것만 같았다. 옆에 서 있던 재우가 내 팔을 잡으며 눈치를 줬다.

"아주 좋아, 난."

영민이 실실거리며 입꼬리를 올렸다. 짐작은 했지만 영민은 스물여섯 청년의 얼굴이 아니었다. 우리가 알던 그 시절부터 얼마나 퇴행해버렸는지 모를 일이었다. 나는 영민을 지나쳐 집 안으로 들어섰다. 전실이었던 곳에서부터 복도까지 전기선을 얼기설기 이어 단알전구와 길쭉한 형광등이 어지럽게 매달려 빛을 뿜어내고 있었다. 방과 방 사이의 벽을 모두 허물어버렸는지 콘크리트 잔해가 여기저기 널려 있고, 부엌이 있던 자리엔 수도관이 그대로 드러나 보였다. 밖으로 난 창은 두꺼운 암막 커튼으로 가려놓아 설치미술 작가의 작품 속에 들어와 있는 것 같기도 했다.

"왜 여기서 만나자고 한 건데?"

내가 묻자 영민이 재우를 돌아보곤 빙글거렸다.

"재우가 얘기 안 해? 일단 들어갑시다."

영민이 오른쪽에 있는 문을 가리켰을 때 나는 소리를 지를 뻔했다. 그 자리를 지나올 때는 보이지 않았던 문이 그제야 눈에 들어왔다. 문 뒤엔 영민의 방이 있었다. 문에 회색 페인트를 끼얹어버린 듯 여기저기서 길게 흘러내린 페인트가 둥글게 맺힌 채로 굳어 있었다.

"싫어. 여기서 얘기해."

목에 있는 얼룩에 손이 갔다. 딱딱하게 부풀어 올라와 있는 것 같았다. 가려움을 참아보려고 하는 통에 신경이 곤두섰다.

"아니, 들어가야 돼."

영민의 표정이 고집스럽게 바뀌었다. 재우는 영민의 뒤에서 어깨를 한 번 으쓱해 보였다. 영민이 방문을 열고 안으로 들어갔다. 재우도 방 안으로 사라졌다. 나는 얼룩을 신경질적으로 긁으며 문을 밀어젖혔다.

바닥엔 8년 전 그날처럼 발 디딜 틈 없이 과자 비닐봉지며 컵라면 용기 같은 것들이 널려 있었다. 대형 텔레비전이 벽에 비스듬히 기대어져 있는 것도 그날과 똑같았다. 책상 위에는 조립하다 만 은회색 로봇이 놓여 있었고, 등받이 부분이 해진 3인용 소파도 그대로였다. 달라진 것은 피규어뿐이었다. 텔레비전이 놓인 한쪽 벽을 빼고 세 벽에는 천장까지 연결된 철제 선반이 설치되어 있었다. 선반 위에는 한눈에 보아도 천 종은 넘어 보이는 피규어들이 빽빽하게 들어차 있었다. 배트맨과 〈다크 나이트〉의 조커, 〈엑스맨〉에 나오는 캐릭터들이 열과 오를 맞춘 병사처럼 줄지어 서 있었다.

"어때? 멋지지?"

영민이 뿌듯한 표정으로 나를 돌아보았다. 어쩔 줄 모르고 한참을 서 있다가 영민의 얼굴을 보고서야 정신을 차렸다. 놀란 듯한 내 반응을 즐기는 기색이 역력했다. 표정을 숨겨보려 했지만, 그날과 똑같은 방, 그 시간 속으로 떠밀려 들어온 듯한 느낌은 쉽게 떨쳐지지 않았다. 방 안을 서성이다 소파에 주저앉자 재우가 내 옆에 앉아 익숙한 포즈로 텔레비전을 켰다. 망가져 보이는 텔레비전이 켜지는 것도 기이했지만 케이블 방송을 어떻게 끌어왔는지 영화 채널에서 공포물인 듯한 외화가 방영되고 있었다. 재우는 채널을 천천히 넘겼다. 영민이 소파 뒤에 펼쳐놓았던 침낭을 개며 신이 난 목소리로 떠들었다.

"놀랐지? 재우 놀라는 거 보고 너도 놀라겠구나 했지, 내가. 이렇게 똑같이 만드느라고 애 좀 썼어. 케이블 선 따느라 죽을 뻔했잖아. 소파도 중고 가구점 돌아다니면서 똑같은 거 찾은 거야. 이거 찾는데 시간이 제일 오래 걸리더라. 그냥 비슷한 거로 살까 하는 참에 운명처럼 나타났잖아. 죽이지?"

"왜 이런 미친 짓을 하는 건데?"

날카로운 목소리가 입 밖으로 튀어나왔다. 영민은 잠깐 멈칫했다가 침낭을 텔레비전 아래 놓여 있던 종이 상자에 넣었다. 나는 재우 손에서 리모컨을 빼앗아 텔레비전을 끄고 창문을 열었다. 습기를 머금은 차가운 바람이 방 안으로 밀려들어왔다.

"조심해, 창문도 내가 단 거야."

영민은 눈치 없이 명랑한 목소리였다. 보지 않으려고 노력해도 종이로 뒤덮인 사람의 형체가 자꾸만 느껴졌다. 무엇을 넣어놓았는지 종이가 불룩하게 솟아 있었다. 그 위에 신문과 모의고사 평가 문제지를 덮어놓았다. 그날과 똑같은 모양과 크기의 시험지였다. 바스락거리며 달라붙었던 모의고사 시험지의 촉감이 되살아나 손에 땀이 배어 나왔다. 종이 더미에서 눈을 떼지 못하는 나를 흥미롭게 지켜보던 영민이 상자를 뒤적여 삼각대를 펼치고 캠코더를 설치했다. 캠코더의 방향을 재우가 앉아 있는 소파 쪽으로 돌린 뒤 제대로 녹화가 되는지 확인했다. 그러곤 소파에 가 앉으며 나를 불렀다.

"여기 와서 앉아."

나는 창문 앞에 선 채로 물었다.

"이게 다 뭐 하는 짓이냐고."

재우는 영민이 무얼 하든 관심 없다는 얼굴로 휴대전화를 보고 있었다. 영민이 카메라를 의식하며 말했다.

"영화 찍는 거야. 일종의 모큐멘터리지. 찍히고 있으니까 빨리 와서 앉아."

"미쳤어? 난 안 해."

캠코더의 정지 버튼을 눌렀다. 렌즈의 방향이 문 쪽으로 돌아갔다. 밖으로 나가려고 하는데 영민이 일어나 문을 가로막았다.

"씨발, 내가 그동안 어떻게 지냈는데 이것도 못 해줘? 결혼? 웃기고 있네."

영민의 몸을 옆으로 밀었다. 영민은 꼼짝도 하지 않았다.

"우리가 이렇게 다시 볼 사이는 아니잖아."

나는 애써 침착하게 말했다.

"다 말해버릴 거야. 그때 했어야 했어. 따라와. 같이 가야지. 공범자 여러분!"

영민이 한 손으로 내 팔을 잡고 소파에 앉아 있는 재우 쪽으로 갔다. 재우는 자신의 팔을 잡으려는 영민을 뿌리치고 휴대전화를 손에서 놓았다.

"말하긴 자꾸 뭘 말한다고 그래. 주은인 이제 결혼까지 한다잖아."

재우의 말투에 비아냥거림이 묻어 있었다. 그게 무슨 상관이냐고 대꾸하려는 순간 영민이 목소리를 높였다.

"그래! 결혼 말이야. 내가 안 불어도 저년이 다 말할 거라고! 결혼까지 하는데 끝까지 비밀로 한다고? 웃기고 있네."

영민은 땀을 비 오듯 흘리며 안절부절못했다.

"내가 그걸 왜 말해? 어떻게 그렇게 생각할 수 있어?"

나는 영민의 손에서 팔을 빼며 최대한 상냥하게 굴며 말했다.

"그럼 해-애줄 거야아?"

영민이 마치 어린아이처럼 목소리를 끌었다. 순식간에 변한 영민의 태도에 소름이 끼쳤다. 영민이 돌아온 이상 일이 호락호락하게 넘어갈 리 없었다.

"뭘 해야 하는 건데?"

영민은 다시 신이 나서 떠들었다.

"영화를 찍는 거야. 그렇다고 이걸 누구 보여주고 어디 내고 그런 건 아니고, 아 진짜 잘 나오면 그럴 수도 있겠지만 그래도 그러면 안 되겠지? 내가 대본을 다 써놨어. 재우랑 주은이 너, 내가 주인공인 모큐멘터리지. 사실 우리한테는 다큐멘터리지만 보는 사람한테는 모큐멘터리여야 하니까. 어쨌든 이 영화의 핵심은 재연이야. 그냥 그때 그 일을 그대로 하면 돼. 단순하지?"

재연이라니. 그 일은 우리 모두에게 치명적인 사고였고 똑같이 하려 애써도 결코 같을 수 없는 종류의 일이었다. 나는 한동안 아무 말도 할 수 없었다. 재우는 심각한 표정으로 턱을 괴고 앉아 있었다. 내가 말을 고르며 천천히 말했다.

"사고였어. 나도 알고 재우도 알아. 이제 와서 우리가 할 수 있는 건 아무것도 없어. 다시 네가 있던 데로 돌아가."

영민이 고개를 들어 나를 노려보았다.

"가라고? 어딜? 수천 번도 넘게 그때를 생각했지. 정말 우리가 완벽했을까? 어딘가에 흔적이 남아 있지 않을까? 너네는 정호수, 그 새끼가 살아 있다는 기분 든 적 없어? 정말 없다고 말할 수 있어? 나 혼자 좋자고 그러는 거 아니고 다 같이 깔끔해지자는 거야. 어디선가 나타난 결정적 증거에 범인이 돼버리는 그런 결말 우습지 않냐? 너네를 어떻게 믿느냐고. 니들도 나 못 믿잖아. 자백하거나, 깔끔하게 모든 걸 정리하거나. 둘 중 하나를 할 수밖에 없어."

영민이 다리를 떨며 초조한 듯 입술을 깨물기 시작했다. 추운 듯 옷깃을 세우고 몸을 둥글게 웅크렸다. 나는 무슨 말을 몇 마디 더 했는데 영민에겐 들리지 않는 눈치였다. 재우가 일어나 방문을 열었다. 영민은 혼자 무언가를 중얼거리며 밖으로 나가는 우리를 돌아보지도 않았다.

재우와 난 시동도 걸지 않은 깜깜한 차 안에 한동안 말없이 앉아 있었다. 재우가 천천히 입을 열었다.

"영민이가 좀 힘들었나 봐."

"힘들지 않은 사람이 어디 있어?"

"걔가 감당하기 쉬운 일은 아니었지."

"이제 와 어쩌겠다고!"

"진짜 자백하러 갈지도 몰라."

나는 숨이 턱 하고 막혀왔다. 이제야 조금 편해질 수 있다고 생각했는데, 이 정도 견뎠으면 그럴 만한 자격이 있다고 여겼는데 그렇지 않았다. 호수의 시체가 무덤에서 되살아나 끝까지 쫓아오는 편이 낫겠다고 여겨졌다. 혼자만 감당하는 게 나았다. 남의 몫의 삶의 무게까지 짊어지고 갈 수는 없었다. 나눠 들겠다고 나서는 순간 그 무게를 감당하지 못하고 끌려들어갈 것이 뻔했다.

"난 못 해."

"해야 돼."

재우는 차갑고 단호하게 내 말을 끊었다. 꼭 나한테 심술을 부리는 것 같았다. 돌이켜보면 심술이 맞았다. 그렇게 갇힌 차 안에서 영민의 아버지 얘기를 들으니 영민의 계획에 동참하는 일이 어쩔 수 없는 일이라 여겨졌다. 차라리 밖에서 비를 맞으며 들었다면 다른 생각을 할 수 있었을지도 모른다. 언제 잦아들지 모르는 비바람처럼 상황이나 생각은 변할 수 있고 그곳에 내가 꼭 필요하다는 말에는 다른 뜻이 숨어 있을 거라는 생각 같은 것 말이다. 그랬다면 멈춰달라고 했거나 '구해줘'와 같은 말들을 할 수 있었을 것이다. 재우가 어떤 마음을 품고 내게 영민의 아버지 얘기를 했는지는 지금도 알 수 없다. 재우의 얘기를 듣고 나자 온몸의 열기가 얼굴과 목으로 모여들었다. 창문을 내리자 빗방울이 섞인 바람이 차 안으로 휘몰아쳐 들어왔다. 잠깐 잦아들었던 비가 바람과 함께 거세지고 있었다. 재우는 관자놀이를 문지르며 기침을 했다. 나는 창문을 올리며 말했다.

"빠져나갈 길이 없다는 말이잖아. 영민인 도대체……."

"그렇게 내버려두는 게 아니었어. 나한텐 니가, 너한텐 내가 있었지만 영민이는? 처음부터 끝까지 혼자였어. 이제라도 영민이가 원하는 대로 해줘야 돼."

"재연인지 영환지 하면? 그게 증거잖아. 걔를 어떻게 믿어?"

"피할 수 없는 일이야. 알잖아?"

재우가 그렇게 말하며 나를 쳐다봤다. 눈동자가 차갑게 일렁거렸다. 모든 걸 내려다보고 있다는 오만이 깃든 얼굴이 스치고 지나갔다. 나는 고개를 돌렸다. 창백하고 음침하면서 나르시시즘적인 재우의 그 표정을 두려워하면서도 아름답게 여겼던 시절이 떠올랐다.

이제는 아니라고 고개를 흔들면서도 손끝이 떨렸다. 재우는 아직도 영민을 자기가 감당할 수 있는 상대라고 믿고 있었다. 얼굴이 달아올라 다시 창문을 내렸다. 굵은 빗방울이 얼굴과 옷 여기저기에 산발적으로 떨어졌다. 턱에 힘을 줬다. 이빨이 맞부딪치는 소리가 들리는 것만 같았다. 막연하게 느껴졌던 두려움의 실체가 눈앞에서 몸집을 키우고 있었다. 시간이 흘렀고 우리는 달라졌지만 예전의 모습을 생각하며 서로에게 검은 봉지를 뒤집어씌워놓고 있었다. 검은 봉지 안에서 헉헉거리고 힘겨워하는 모습을 기대하며 지금 각자가 어떤 얼굴을 하고 있는지 보지 않으려고 했다.

재우가 시동을 걸었다. 진동을 거의 느끼지 못할 정도로 차가 부드럽게 몸을 떨었다. 나는 시끄러운 차가 좋았다. 차가 너무 조용하면 불안했다. 재우는 작은 장애물만 만나도 심하게 덜컹거리는 차는 질색이라고 일 년에도 몇 번씩 차를 바꿨다. 나는 바뀐 차를 탈 때마다 차 안이 점점 더 고요해져서 관 속에 드러누운 것 같은 기분이 들었다. 이번 차는 저격당한 미국 대통령을 떠올리게 하는 새까맣고 음울한 모양이라 더 그랬다. 이제 곧 무너져버릴 동네를, 차는 소리 없이 빠져나왔다.

3

401호 영민의 집이 모든 일의 시작이고 끝이었다. 우린 늘 영민의 집에 모였다. 영민의 아버지와 어머니는 공장이 있는 인도네시아에 가 있는 일이 잦았다. 집안일을 봐주시는 아줌마가 영민의 집에서 먹고 자며 영민의 밥을 챙겨주고 아침잠을 깨워주고 그랬다. 어떤 기준으로 뽑았는지는 모르겠지만 영민의 집에 가면 아줌마는 늘 갓 잠에서 깬 부스스한 얼굴로 문을 열어주고 다시 제 방으로 들어가곤 했다.

재우의 집은 모든 물건이 각을 잡고 제자리에 정리되어 있는 반면 영민의 집은 아줌마가 상주하는데도 늘 어수선했다. 재우네에 있는 가구는 고풍스럽고 윤이 나서 스치기라도 하면 흠이 날까 조심스러웠지만 영민의 집에 있는 가구는 그 시절 누구의 집에서나 볼 수 있는 합판으로 만든 가구들이었다. 책장과 침대, 책상밖에 없는 재우의 방과 달리 영민의 방에는 커다란 텔레비전과 DVD 플레

이어, 셋이 앉기 넉넉한 가죽 소파가 있었다. 영민은 〈엑스맨〉이나 〈스파이더맨〉 같은 할리우드 영화의 피규어 수집에 열을 올리고 있어 책장엔 책보다 피규어가 더 많았다. 우린 주로 영민의 방에서 감독판 미국 드라마나 B급 공포 영화 같은 걸 봤다.

그 집, 그 방에서 호수가 죽었다. 지금도 어쩌다 그런 일이 벌어졌는지 이해할 수 없다. 그 일에서 벗어났다고 안심하는 순간 어디선가 다시 나타나 발목을 잡을 것 같은 불안을 떨칠 수 없다. 호수가 죽을 거라곤 우리 중 그 누구도 예상하지 못했다.

그 일이 어떻게 시작됐는지 돌이켜보면 말랑말랑한 흰색 캡슐 안에 있던 가루약이 가장 먼저 떠올랐다. 영민이 재우랑 어떻게 만나게 된 거냐고 물어봤을 때 그 약이 우리 만남의 핵심이긴 했지만 그걸 초콜릿이나 사탕과 같은 달콤하고 낭만적인 사물로 바꿔 말하지 못한 데 대해선 지금도 왜 그랬는지 알 수 없다. 아마 솔직해야 할 부분에서 솔직하지 못하고 또 적당히 거짓을 섞어도 되는 데에서는 너무 솔직한 내 성격 탓이지 싶다.

그래서인지 내겐 동성 친구가 거의 없는데, 동성 친구가 많았다면 재우, 영민과 그렇게 어울려 다니지 않았을 것이고 그 일도 겪지 않았을 수 있다. 이처럼 생각에 생각을 거듭하다 보면 결국 모든 일이 내 성격에서 비롯된 것 같아 어지러워져버린다. 그나마 나는 일어날 일은 내가 무슨 짓을 하든 일어나게 돼 있다고 결론짓는 편이어서 그때의 일을 되도록 생각하지 않고 살아왔다. 무덤은 다시 찾지만 않는다면 제 스스로 모습을 드러내진 않는다. 인간의 기억이란 다행히도 그런 방식으로 작동하게 되어 있다. 누군가의 죽음은, 좋았던 시절보다 빨리 잊히는 법이다.

영민이 다시 나타나지 않았다면 이렇게 끔찍하게 조용한 차 안에서 재우의 눈치를 살피며 어떻게 하면 빠져나갈 수 있을까 궁리하고 있진 않았을 것이다. 물론 이건 삶에 대한 수많은 가능성 중 하나다. 그렇게 되지 않는다고 해서 난 누구도 탓할 수 없다. 그게 영민이든 재우든 죽어버린 호수든 말이다.

재우는 고등학교 1학년 여름에 핀란드에서 우리 학교로 전학을 왔다. 재우가 학교에 나타났을 무렵 나는 심한 기침감기에 시달리고 있었다. 소란스러운 교실에서 죽도록 기침을 하면 전학생 얘기에 달뜬 표정을 짓던 애들이 적개심 어린 얼굴로 나를 돌아봤다. 초가을답지 않게 무더웠던 날, 유독 숨 쉬기 어려울 정도의 기침에 시달렸다. 평소엔 없는 사람 취급을 하다가 갑자기 시끄러운 소리를 내며 도드라진 나를 불쾌하게 여기는 그 시선들을 더 이상 견딜 수 없어 학교를 나왔다. 병원을 수차례 다녀와도 약을 먹으면 정신만 몽롱해질 뿐 한번 기침을 시작하면 쉽게 그치지 못했다. 그래서인지 기침은 꼭 병에 의한 증상이 아니라 마음에 의한 증상인 것 같았고, 또다시 시작된 지독한 기침에 숨을 헐떡거리며 차라리 누군가에게 목 졸려 죽는 게 낫겠다 싶어 눈물을 머금고 고개를 들었을 때 재우가 눈앞에 나타났다. 재우는 아무 말도 하지 않고 캡슐 두 개를 불쑥 내밀었다. 무슨 약인지 물으려 했지만 입을 열자 다시 기침이 터져 나왔다. 요란스럽게 숨을 내뱉다가 다시 들이마시는 순간, 재우가 약 한 알을 내 입으로 밀어 넣었다.

약은 메마른 혀에 달라붙어 끈적거렸다. 캡슐이 녹으면서 갑자기 느끼게 된 쓴맛 때문인지 거짓말처럼 기침이 멈췄다. 그런 나를 보고 재우가 얼굴을 찡그리며 웃었다.

"기침 멈추는 약이야. 또 달라고 하지 마."

나는 처음부터 내 눈앞에 나타난 애가 전학생이라는 걸 한눈에 알아봤다. 또래 남자아이들답지 않게 새하얀 피부엔 잡티 하나 없었고 남학생 교복이 아니었다면 여자라고 착각할 정도로 작고 가녀린 체구였다. 눈썹이 가늘고 가지런했으며 입술이 붉고 얇았다. 기모노를 입은 일본 여자를 떠올리게 되는 얼굴이었다. 나는 말없이 재우를 빤히 바라봤고 재우는 머쓱한 듯 제 머리를 손으로 쓰다듬고는 내게서 등을 돌렸다.

재우와 난 같은 버스를 탔다. 재우는 버스에 타자마자 제일 뒷자리에 앉아 이어폰을 귀에 꽂았다. 듣지 않으려 해도 전학생에 대해 떠돌아다니는 말들이 많아 나는 재우가 어디까지 타고 갈 것인지 알고 있었다. 나는 재우 바로 앞 좌석에 앉아 뒤를 돌아보지도 못하고 내릴 때 무슨 말을 할지 고민했다. 뒷자리에서 나를 계속 내려다보는 재우의 시선이 느껴졌다. 어색함에 기침을 해보려 했지만 한 번 들어간 기침은 다시 나오지 않았다. 버스가 산 아래의 오래된 아파트 단지 앞에 섰다. 나는 내리면서 재우를 돌아보지도 못했다.

그날 밤, 나머지 약 한 알을 먹었다. 기침 때문에 깨지 않고 여러 겹의 꿈을 꾸며 잔 게 너무 오랜만이라 깨고 나서도 얕은 잠을 자고 있는 기분이었다. 어쩌면 내내 깨어 있었는데 꿈을 꿨다고 생각했는지도 모른다. 눈앞을 스쳐 간 환영의 뒷맛이 손에 잡힐 듯 생생해 한동안 꼼짝도 하지 않고 누워 있었다. 막 가슴이 나오기 시작할 때의 나와 소녀처럼 긴 머리를 한 재우가 나체로 뒤엉키고 있었다. 밑

바닥 돌들의 색깔이 다 들여다보일 정도로 투명한 호수에서 헤엄을 치고 발아래 무엇도 보이지 않는 벼랑에서 뛰어내린다. 깔깔거리며 서로의 몸을 파고들고 눈썹과 눈, 코와 입을 맞대고 가슴과 배를 더듬고 다리와 다리를 비빈다. 꿈을 더듬다가 속옷이 축축하게 젖어 있다는 걸 느끼고 팬티를 벗었다. 피가 묻어 있을 줄 알았는데 투명하고 미끈한 액체가 이불에까지 스며들어 있었다. 세면대에서 그 액체를 씻어내는 동안 덜컥 겁이 났다. 정확히 무엇에 겁이 났는지는 모르겠지만 따뜻한 물에 손을 담그고 있으면서도 몸이 덜덜 떨렸다. 그 후 재우의 얼굴이 내 머릿속을 떠나지 않았다.

나는 기침도 나지 않으면서 재우한테 괜히 약을 몇 번 더 얻었다. 얻어 온 약은 먹지 않고 서랍 안에 넣어두었다. 비슷한 꿈을 꾸고 싶으면서도 다시 그런 꿈을 꾸게 될까 두려웠다. 나 혼자 걷잡을 수 없이 빠져드는 건 견딜 수 없었다. 재우와 있으면 말이 엇나갈 정도로 충분히 먼저 시작하고 있었다.

재우 곁에는 늘 영민이 같이 있었다. 영민은 재우와 어린 시절부터 알고 지냈다는 이유로 나와 재우 사이를 무심히 침범해 들어왔다. 영민은 내가 재우와 사귄다는 걸 알게 되자마자 대단한 비밀을 알고 있는 양 뻐기면서 재우가 앓고 있는 병에 대해 얘기해줬다. 재우는 열두 살 때 핀란드로 갔는데 그때부터 발작성 수면장애, 그러니까 기면증이라고 부르는 병을 앓았다. 문제는 재우에게 만성 천식이 있다는 건데, 핀란드에선 기온이 영하 20도까지 내려가는 겨울만 되면 천식이 손쓸 수 없을 정도로까지 심해졌고 주로 기침을 하다 무호흡 상태로 잠에 빠져들어버리곤 했다.

"기면증? 나도 깜빡깜빡 잘 조는데. 그게 병인가?"

내가 영민을 믿지 못하겠다는 어투로 말했다. 영민이 발끈하며 가르치듯 설명했다.

"그렇게 깜빡 졸 때 꿈을 꿔, 안 꿔?"

"안 꾸지."

"그게 차이라고. 기면증이라는 게 뭐냐면, 너 같은 애한테 쉽게 설명하자면 깜빡 잠들고 바로 꿈을 꾸는 거야. 좋은 꿈도 아니고 악몽을."

"재우가 말해줬어?"

영민은 허를 찔린 듯 헛기침을 했다.

"그럴 리가. 걔네 엄마가 그 새끼 몰래 부르더니 말해주더라."

영민은 재우의 엄마가 재우의 전조 증상을 세세히 설명해주었다고 했다. 숨이 넘어갈 듯 기침을 연달아 하다가 갑자기 거짓말처럼 기침이 멎고 숨을 크게 들이쉴 때가 있는데 그때가 제일 위험하다는 거였다. 무호흡 상태가 되고 나서 다시 정상적으로 숨을 쉬며 수면에 빠져들면 괜찮지만 정신을 잃은 상태로 숨을 쉬지 않는 시간이 오래 지속되면 목숨을 잃을 수도 있었다. 그래서 3분이 지나도록 숨을 쉬지 않으면 지체하지 않고 심장마사지와 인공호흡을 해야 한다는 게 영민의 설명이었다. 한국에 돌아온 뒤론 증상이 많이 나아져 심장마사지를 한 적은 없었지만 그래도 안심할 정도는 아니었다. 재우는 기침을 멎게 하는 덱스트로메토르판 성분의 천식약과 각성제 암페타민 같은 유의 약들을 상비하고 있었다.

재우가 내게 준 약은 덱스트로메토르판 여러 알과 암페타민을 섞어 만든 약이었다. 재우는 약을 분쇄해 자신에게 맞게 제조한 후 캡슐에 넣어 다녔다. 나는 영민에게 무심코 재우가 준 약이 기침을 멎게 하고 뭐든지 할 수 있을 것 같은 기분이 들게 하더라는 정도로 말했는데, 영민은 약? 약 때문에 만났다고? 하고 놀라더니 어떤 기분이 드는데? 자신감? 흥분? 얼마나 오래가? 하며 약에 대해 집요하게 물어보았다. 그러곤 재우를 따라다니며 약을 달라고 몇 날 며칠을 보챘다. 영민의 방에서 〈스파이더맨〉 시리즈를 보고 있을 때 영민은 재우의 몸을 뒤지며 약을 찾았다. 재우가 더 이상 참지 못하고 물었다.

"그 약이 뭔 줄이나 알아?"

장난스럽게 받아칠 줄 알았던 영민이 진지한 표정을 지었다.

"올림픽 보다 보면 꼭 한두 선수는 약물검사 때문에 기록 취소되잖아. 봐봐. 1896년부터 치면 올림픽이 스물여섯 번 열렸거든. 4년마다 열리니까 그렇게 온몸 바쳐가며 운동해서 운 좋으면 두 번, 끽해야 평생에 한 번 참가할까 말까란 말이지. 그런 선수한테 약 좀 했다고 기록 취소하는 게 말이 되냐? 감기약에도 들어 있고 기침약에도 들어 있는데."

"여기서 올림픽 얘기는 왜 해? 세계대전 때는 올림픽 안 열리지 않았어?"

나는 화제를 돌려볼 생각으로 영민의 말에 딴죽을 걸었다. 영민은 아랑곳하지 않고 목에 핏대를 세우며 말했다.

"약을 먹었든 아니든! 그런 실력이 나오는 건 잠재력이 있으니까 되는 거라고. 경기를 누군지도 모르는 사람들이 지켜보는 데서 하는데 거기에 강한 사람이 있고 또 긴장하는 사람이 있지 않겠냐? 긴장되고 걱정되니까 약 좀 먹는 게 뭐가 나빠? 히어로도 다 장비가 있어야 히어로지, 맨몸으로 히어로면 그게 히어로냐? 〈드래곤볼〉에 나오는 원숭이 새끼지. 올림픽을 왜 하냐? 올림픽 정신? 웃기고 있네. 재밌으라고 하는 거야. 볼거리! 쇼! 무네라!"

내가 재우를 돌아보며 물었다.

"무네라가 뭐야?"

재우가 관심 없다는 얼굴로 고개를 저었다. 기회를 놓치지 않고 영민이 목소리를 높였다.

"빵과 서커스! 콜로세움 검투 경기 모르냐? 피 튀기는 영웅들의 한판 승부! 왜 나한테만 안 주냐고! 재우 저 새끼가 못 믿는 거겠지. 너네는 약 먹고 뭐 하냐? 나도 좀 끼워주라. 내가 재우보다 더 잘하거든. 어렸을 때부터 더 컸어. 어때? 죽일 거 같지?"

재우 얼굴이 딱딱하게 굳었다.

"뭐 하냐고, 응? 뭐 하는데?"

영민이 집요하게 묻기 시작했다. 재우가 말이 없자 나한테 물었고 그 집요함은 10분이 넘도록 이어졌다. 재우와 내가 화를 내거나 무시해도 영민은 상관하지 않았다. 나는 재우의 가방에서 약통을 꺼내 캡슐 한 알을 영민에게 건넸다. 영민은 재우한테 뺏기기라도 할까 봐 캡슐을 입에 넣자마자 꿀꺽 삼켰다. 그게 영민의 첫 한 알이었다. 그 후로도 영민에게 약을 준 건 항상 나였다. 영민과 재우 사이에 비슷한 싸움이 일었고 — 시작은 늘 영민이었는데 어쩔 땐 장난스럽게 또 어쩔 땐 집요하게 재우와 내가 잠자리를 가졌는지에 대해 물고 늘어졌다 — 싸움의 끝은 내가 건네는 약이었다. 약이 우리 안에 들끓는 무언가를 아주 잠깐 동안만 가려준다는 걸 알면서도 다른 선택을 할 수 없었다.

*

되돌아보면 재우와 영민 사이엔 친구 이상의 끈적한 무언가가 있었던 것 같다. 내가 영민과 어울리기 싫다는 눈치를 여러 번 줘도 재우는 나를 만날 때면 거의 항상 영민을 불렀다. 둘 사이엔 내가 끼어들 수 없는 많은 부분이 있었고 그건 어린 시절을 함께 보낸 시간과 그 둘의 가족에 관한 것들이었다. 평소엔 재우가 영민을 봐주는 것처럼 보이지만 정작 영민이 짓궂게 나서면 재우도 영민을 어쩌지 못했다.

영민은 고등학교에 들어가면서 갑자기 키가 컸는데 그 점을 우쭐해하며 무엇으로든 애들한테 관심받고 싶어 했다. 센 척하고 영웅이 되고 싶어 했지만 현실은 외모로나 성격으로나 통제하기 어려운 야생 고릴라에 가까웠다. 남자애들은 영민 앞에서 종종 휙 휘파람을 불었고 영민은 그런 애들을 잡아다 온몸으로 짓누르며 낄낄거렸다.

영민이 말도 안 되는 물건을 생각해내 애들한테 팔아보자고 하면 재우는 심드렁한 표정으로 앉아 있다가도 어디선가 영민이 생각한 것과 비슷한 물건을 구해 오곤 했다. 글래머러스한 여자의 가슴과 한쪽 팔만 달린 쿠션, 온갖 영화에서 자극적인 장면을 짜깁기한 동영상, 붉고 통통한 플라스틱 가짜 입술이 붙어 있는 컵. 그런 물건들은 금세 소문이 퍼졌고 좋은 값에 팔 수 있었다. 아이들은 즐거운 일이라곤 벌어질 게 없는 학교에서의 시간을 낄낄거리며 보낼 수만 있다면 무엇에든 만족했고 또 다른 물건을 찾았다. 영민은 우리 모임을 '여흥상사'라고 부르자고 했다. 우리? 난 싫어. 그렇게 말하면서도 자기가 재우의 베스트니까 나까지 베스트가 되어야 한다는 영민의 강요를 뿌리치지 못했다.

영민이 '여흥상사'를 주장한 이유는 영민의 성이 여흥 여씨이기 때문이라고 했는데 실제로 여흥 여씨라는 건 없었고 영민은 함양

여씬가 함흥 여씬가 그랬다. 왜 여흥 여씨냐고 물으면 재밌잖아, 나도 재밌고 너도 재밌고 다 재밌으면 좋잖아, 하는 게 영민의 말이었다. 영민은 '여흥상사'라는 스티커를 제작해 와 바코드, 가격과 함께 판매하는 물건에 붙이기도 했다.

영민은 약을 먹고 공부를 하고 시험을 보고 또 다른 반 아이들과 농구 경기 같은 걸 했다. 결과는 늘 끝내줬다. 우연인지 정말 약효 때문인진 몰라도 수학이나 영어 듣기 같은 집중력이 필요한 과목, 그러니까 영민이 늘 성적이 잘 나오지 않아 징징거리던 과목의 성적이 눈에 띄게 좋아졌다. 영민은 왜 이제야 약을 나눠줬냐고 억울해했다.

"이건 뭐 붕붕드링크 저리 가라잖아."

"뭐야, 그건?"

재우가 웬일로 호기심을 보였다.

"바카리 스웨트를 모르냐고. 답답하네."

"애들 시험 기간에 마시는 거 있어. 포카리스웨트에 박카스 섞어 마시는 거."

내가 설명했다.

"그렇게 마시면 어떻기에?"

재우가 묻자 영민은 대단한 비밀을 알려주기라도 하는 양 목소리를 낮췄다.

"이게 또 단계가 있어요. 처음부터 함부로 센 거 마시면 시험이고 뭐고 화장실 들락날락하느라 난리 난다고. 붕붕드링크 1단계는 박카스 두 병에 레모나 두 포 타서 먹는 거야. 잠 안 자고 머릿속에 집어넣을 수 있는 폭주 에너지는 1.5배 정도? 폭주하고 나서 데미지도 두 배 정도 돼. 내가 추천하는 단계는 2단곈데 박카스 두 병에 포카리스웨트 한 캔 타는 거야. 하루 꼬박 폭주할 수 있는데 약발 떨어지고 다음 날 못 자는 정도?"

"그걸 다 해봤다는 거야?"

나도 모르게 인상을 썼는지 영민의 표정이 일그러졌다.

"야, 이 정도는 애들 다 해. 뭘 고고한 척이냐. 그러니까 애들이 싫어하지."

"뭐?"

내가 목소리를 높였다. 재우가 그만하라는 듯 내 팔을 잡으며 영민에게 물었다.

"별 이상한 걸 다 만들어 먹네. 맛은 어떤데?"

"못 먹을 정도는 아니야. 3단계는 박카스 두 병에 포카리스웨트 한 캔, 레모나 세 포 섞는 건데 효과가 좋지만 부작용도 세. 약효 떨어지고 나면 무슨 좀비처럼 힘이 하나도 없고 화장실은 자꾸 가고 싶고 미치게 목마르고. 나도 한 번 해보고 아, 이건 아니다 했지. 근데 솔직히 재우 니가 갖고 있는 약에 비하면 아무것도 아니야. 코 막고 이상한 거 마시는 거랑 약 한 알 먹는 거랑 차원이 다르지. 효과 빠르고 부작용도 없고. 그거 팔면 애들 못 구해서 난리 날걸. 팔아보자니까, 우리."

"됐어."

"너한텐 약이 있다 이거지? 한 번에 좀 많이 줄 수 없냐?"

재우가 입을 닫았다. 영민은 약을 팔아보자고 농담처럼 몇 번 말했지만 나와 재우는 별다른 대꾸를 하지 않았다. 영민은 그럴 때마다 약을 팔아야 하는 이런저런 이유를 만들어냈는데 모두 위험을 감수할 만큼 그럴싸한 이유들이 아니었다. 재우가 붕붕드링크에 관심을 보인 게 기회라고 여겼는지 영민은 작정하고 덤볐다. 돈을 벌어 여행을 가자느니, 피규어를 사겠다느니 했던 지금까지와는 다른 이유가 있었다.

"2반의 호수 말이야."

"정호수? 덩치 좋고 농구 잘하는 애?"

내가 영민의 말에 알은척을 했다.

"걔가 나한테는 포인트 가드만 맡겨."

"그게 뭐 어때서?"

"뭐 어떻냐고? 내가 호수보다 커."

"정말? 그렇게 안 보이는데."

내가 위아래로 훑어보자 책상 의자에 앉아 있던 영민이 벌떡 일어섰다.

"5센티미터는 더 크다고! 그럼 누가 센터 해야겠냐?"

"센터면 어떻고 가드면 어때."

나는 그렇게 말하며 소파 옆에 놓여 있는 문제집을 집어 들었다. 대치동 학원가 유명 강사의 시험 대비 특강 문제집이었다. 영민이 문제집을 빼앗아 던지곤 재우와 내 앞에 섰다.

"내가 슛을 하려고만 하면 패스하래. 모르겠냐?"

"그게 약 파는 거랑 무슨 상관이야?"

"정당하지 않잖아."

영민은 흥분해서 씩씩거리고 있었다.

"걔가 너보다 잘하지 않아? 중학교 때부터 선수급으로 유명했잖아."

"백."

영민이 손가락 열 개를 펴서 흔들었다.
"백! 백이라고!"
"백이 뭔데?"
내가 영민의 손을 한 손으로 치우며 말했다.
"센터 하고 싶으면 한 게임당 백만 원 달래."
재우를 돌아보았다. 재우는 관심 없다는 얼굴로 텔레비전 채널을 돌리고 있었다.
"센터는 골 제일 잘 넣는 애가 하는 거 맞잖아."
내가 말하자 영민이 재우 손에서 리모컨을 빼앗아 들고 방 안을 이리저리 돌아다녔다. 창문 앞에 멈춰 서서 분한 일이라도 당한 듯 주먹으로 손바닥을 쳤다.
"실실 웃으면서 말했다고. 내가 못 할 줄 아는 거지."
"무슨 농담을 그렇게 진지하게 생각해?"
"두세 번만 주고 게임하면 돼. 정정당당하게. 그럼 룰을 바꿀 수 있어."
내가 목소리를 높였다.
"그게 뭐가 정정당당해? 그렇게 하고 싶으면 네 돈 주고 해."
"피규어 산다고 다 썼어. 달라고 해도 더 주지도 않을 거고. 요즘 돈 한 푼 안 주려고 하거든. 우리 아버지가."
영민은 다시 책상 의자에 앉아 재우와 내가 앉아 있는 소파 쪽으로 왔다. 영민이 콧소리를 냈다.
"내가 더 크잖아. 점프도 내가 더 잘해. 두 번만 해봐. 내가 센터지."
손이라도 잡고 애원할 기세였다. 나는 재우한테 영민을 좀 말려보라고 했다. 재우는 언제나처럼 말없이 생각에 잠겨 있었다. 영민이 얼굴을 가까이 들이밀며 재우와 나를 번갈아 봤다. 나는 영민의 눈을 피했다. 재우가 입을 열었다.

"게임이 재미가 없나?"

영민은 드디어 기회가 왔다는 듯 빠르게 말했다.

"없지. 그 새끼 혼자 골 다 넣는다고. 다른 놈이 슛하려고만 하면 패스하라고 소리치고. 너도 한 게임만 뛰어봐. 아닌 척하면서 공부 좀 하고 농구 좀 한다고 은근히 무시해. 백 내놓으라는 거 봐. 지가 뭔 줄 알고. 웃기잖아."

"그런다고 백만 원을 주는 게 더 웃겨."

내가 끼어들었다. 영민은 목소리를 낮추며 재우가 앉아 있는 쪽으로 몸을 붙였다.

"그게 잘 몰라서 하는 소리야. 그 새끼 돈 없거든. 백만 원 던져주면 자존심 상하겠냐, 안 상하겠냐? 괜히 힘으로 덤비는 것보다 영리한 거거든, 이게."

"애들도 걔는 잘 못 건드리지?"

재우가 흥미로운 얼굴로 고개를 들었다. 나는 재우와 영민을 번갈아 보며 재우 팔을 잡았다. 재우가 넘어온 듯하자 영민은 신이 난 어조였다.

"솔직히 별거 아니지 않냐? 좀 세 보이니까 안 덤비고 피하는 거지."

"그럼 팔아봐."

재우가 말했다. 나는 재우의 팔을 잡은 손에 힘을 주었다. 재우가 다른 손으로 내 손을 슬며시 뗐다. 그 감각이 너무도 생경해 바로 옆에 앉아 있는 재우가 순간적으로 멀어진 기분이 들었다. 더 이상 둘의 대화가 귀에 들어오지 않았다.

"정말?"

영민이 거듭 물으며 재우를 끌어안는 시늉을 했다. 재우가 싫은 내색을 보이자 영민은 재우의 머리를 마구 흐트러뜨렸다.

"미쳤어? 재우 너 왜 그래?"

나는 겨우 한마디 끼어들었는데 재우가 시선을 돌려 영민을 봤다.

"호수가 파는 거야."

영민이 되물었다.

"뭐? 우리가 아니라 호수가 판다고? 걔가 그렇게 쉽게 판다고 할 놈이 아닌데."

"물건을 돈 대신 주는 거지. 어떻게 나오나 한번 보자고."

처음에는 걱정스러운 얼굴을 하던 영민은 재우가 무슨 생각을 하는지 알겠다는 듯 고개를 거듭 끄덕이더니 표정이 밝아졌다. 나는 이성적으론 둘을 말려야 한다는 걸 알고 있었지만 좀처럼 목소리를 높일 수 없었다. 무언가 말을 하려고 할 때마다 재우가 팔에서 내 손을 떼어내던 감각이 나를 가로막았다. 재우는 언제든 그렇게 나한테서 빠져나갈 수 있을 것 같았다. 망설이는 사이 이야기는 내가 끼어들 수 없을 만큼 성큼성큼 앞으로 나아가버렸다.

재우는 한발 뒤로 빠져서 영민이나 나를 관찰하곤 했다. 언제나 말이 별로 없었고 예민하고 제멋대로여서 기분을 맞추기 까다롭기도 했다. 재우의 웃는 얼굴을 본 적이 있었나 싶을 정도로 늘 무표정하거나 찡그리고 있었는데, 가끔 무언가 흥미롭게 느껴질 때만 긴 눈이 더 가늘어지고 얇은 입술의 입꼬리가 보일 듯 말 듯 올라가곤 했다. 나는 호수를 끌어들이자고 말할 때 재우의 입꼬리가 살며시 올라가 있는 걸 봤다.

한번 시작된 모의는 그 스스로 생명력을 얻고 힘을 발휘해 우리 사이를 끈끈하고 견고하게 만들었다. 호수를 어떻게 끌어들일지, 약은 어떤 식으로 판매할지 계획을 짜는 동안 우린 약을 먹지 않아도 약을 먹은 듯했다. 재우가 갖고 있는 약의 양이 많지 않았기 때문에 신중해야 했고 위험을 줄이려면 우리 계획에 따라 호수가 움직이게 만들어야 했다. 괜히 호수를 잘못 건드리면 벌집을 쑤시는 꼴이 될 수도 있었다.

우리는 학교에 가면 호수의 행동을 하나하나 관찰했고 다시 모여 계획을 수정했다. 판매 대상을 선정하는 것도 문제였는데 성적을 기준으로 삼을지, 아니면 나약함이나 모험심의 정도를 따져 뽑을지, 그냥 무작위로 뽑는 게 나을지도 결정해야 했다.

"뭐가 제일 중요할까?"

재우가 말을 꺼냈다. 우린 주로 영민의 방에 모여 케이블 채널에서 방영하는 일본 공포 영화를 틀어놓고 계획을 짰다. 〈배틀로얄〉이나 〈데스노트〉 같은, 시끄럽고 잔인한 영화를 고르는 편이었다. 말소리가 밖으로 새어 나갈까 봐 걱정하지 않고 얘기하기 위해서였지만 잔인한 장면이 계속 흘러나오는 영화 앞에 있으면 우리가 하는 일이 그저 별거 아닌 장난에 불과하다는 안도감이 들기도 했다.

"우리는 안 걸려야지. 걸려도 호수에서 끝나야 돼."

내가 말했다. 나는 괜한 일에 끼어들었다는 걸 알면서도 빠져나오지 못하고 있었다.

"계획을 여러 개 만들어놓으면 되지 않겠냐?"

영민이 말하자 재우가 다시 나를 돌아보며 물었다.

"또?"

"누구한테 파느냐도 중요하겠지. 괜히 중독되면 골치 아프잖아. 자꾸 달라고 하거나 누가 파는지 알아내려고 할 수도 있고."

내가 영민을 흘긋거리며 말했다. 영민은 이미 약에 대한 의존도가 높아져 약을 달라고 조르는 횟수가 점점 많아지고 있었다.

"처음에는 소수의 애들한테만 파는 게 낫겠지? 다섯 명 정도?"

재우가 다시 물었다.

"다섯 명한테 팔아서 돈 벌겠냐? 일단 많이 뿌려야지."

영민이 말하자 난 다섯 명이라고 반박했다. 괜한 모험을 할 필요가 없었다. 그때쯤 영화에서 비명 소리가 들렸다. 나는 화면에서 고개를 돌렸고 영민과 재우는 피가 튀는 장면을 봤다. 그 장면이 지나가고 잔잔한 음악이 깔리자 재우가 결심한 듯 말했다.

"다섯 명 정해보자."

종이를 꺼내 떠오르는 애들의 이름을 적었다. 처음엔 무작위로 써놓고 영민과 나, 재우가 상의해서 지워나가는 방식이었다. 그렇게 추린 다섯 명 중 한 명은 영민이 평소 관심을 갖고 있던 여자애였고, 나머지 넷은 남자였다. 성적이 좋지도 나쁘지도 않지만 시험 때면 붕붕드링크를 공개적으로 마시는 애들이었고, 집안 형편이나 교우 관계가 특별히 모난 데 없이 고만고만한, 어떻게 보면 있어도 없어도 별로 티가 나지 않는 애들이었다.

"다섯 명 중에 누가 또 약을 사러 올까? 둘? 셋?"

재우가 물었다. 난 한둘일 거라고 생각했고, 영민은 적어도 넷은 또 올 거라고 했다. 재우는 캡슐에 담긴 약의 성분과 조성이 어떤지 우리한테도 정확히 알려주지 않았다. 약의 비율이 조금이라도 달라지면 위험할 수도 있기 때문이라는 게 이유였는데, 덱스트로메토르판 같은 경우 과다 복용하면 심장마비를 일으킬 수 있다고 했다. 당시 알아본 바로는 덱스트로메토르판은 환각 효과를 보려면 20개에서 30개 정도를 한꺼번에 먹어야 했고, 암페타민은 한두 알만 먹어도 잠이 오지 않고 기분이 좋아지는 각성 효과가 있었다.

재우가 준 약을 먹으면 반나절 정도 기분이 상당히 좋은 상태를 유지할 수 있었다. 후유증은 없지만 효과 면에서는 붕붕드링크와 큰 차이가 없었고, 사람에 따라 기분이 좋아지는 정도는 다르게 나타나는 듯했다.

"고객님이 약을 먹고 뭘 하느냐에 우리 사업의 성패가 달렸어."

영민이 진짜 영업 사원이라도 되는 양 흥분하면서 손을 비볐다.

"가는 정도가 뭘 하느냐에 따라 다른데, 이걸 어떻게 설명해주지? 밤샘 공부만 하면 그냥 그렇거든. 마스터베이션을 해봐야 이게 뭔가 다르구나 할 거야. 그게 최고고 그다음이 운동! 어쨌든 아 씨발 겁나 좋다 하려면 몸을 좀 움직여줘야 돼. 호수한텐 어쩌지? 먹어보라고 해야 되나?"

"호수? 걔는 좀 위험할 것 같은데."

내가 끼어들자 재우가 내 말을 끊었다.

"먼저 줘야지. 언제 부를까?"

나는 재우가 무슨 생각을 하는지 알 수 없었다. 재우도 영민처럼 호수를 이겨보고픈 마음이 있을까 따져보면 재우는 그런 데 관심을 두는 쪽이 아니었다. 그저 호수와 영민을 붙여보는 걸 흥미로워하는 눈치였다. 영민은 재우가 자신을 돕겠다고 나선 데 대해 한껏 흥이 올라 있었다. 이것저것 재지 않고 재우가 하는 말이라면 토를 달지 않았고 예전처럼 재우와 나 사이를 물고 늘어지는 일도 별로 없었다. 나는 괜찮을까 걱정하다가도 약을 팔아보지도 못하고 흐지부지 끝나고 말 거라고 생각했다.

4

호수에게 약에 대해 말하기 전, 우린 먼저 호수와 자연스럽게 친해지는 시간을 가졌다. 영민이 백만 원을 얘기하며 운을 떼자 호수는 영민을 재미있어하기 시작했다. 호수는 자기 반 반장인 은정에게 관심을 품고 있었는데 영민이 같은 학생회여서 그 아이와 같이 밥을 먹고 노는 자리를 만들었다. 우린 호수와 은정을 불러 영민의 방에서 전자레인지 팝콘과 치즈볼, 프레첼을 먹으며 미국 드라마를 봤다. 그때 봤던 드라마 중 기억나는 건 〈덱스터〉인데 살인자를 쫓는 혈흔 분석관인 덱스터가 실은 살인 욕망을 억제하지 못하는 사이코패스여서 한 회에 사건이 하나 해결되며 살인자 한 사람이 죽어나가는 이야기였다. 드라마를 보면서 시시껄렁한 농담을 주고받다 패밀리 레스토랑에서 저녁을 먹고 헤어지는 게 우리가 하는 전부였다.

호수가 마음에 품고 있던 은정은 처음엔 그룹 스터디라도 하는 줄 알고 반색했지만 그게 아니라는 걸 눈치채고 나선 이런저런 핑계를 대고 예고 없이 모습을 나타내지 않았다. 호수는 그 아이가 없으면 우리 사이에 끼어 있는 걸 드러내놓고 지루해했고 건성으로 대답하거나 휴대전화만 보고 있었다. 마침 그때 시즌 4까지 진행된 〈덱스터〉도 덱스터가 결혼을 하고 착해지면서 이야기의 긴장감이 사라져버렸고 빨리감기로 넘겨도 그 지루함을 견디기 힘든 수준이었다. 11월 말이었고 급격히 찬 바람이 불어와 우린 소파를 밀어버리고 난방이 들어오는 바닥에 모여앉아 다 같이 두꺼운 담요를 덮고 있었다. 영민이 호수와 재우를 번갈아 보다가 입을 열었다.

"방에 틀어박혀서 드라마만 보는 거 지겹지 않냐? 바다 보러 갈까?"

"바다는 무슨."

재우가 시큰둥하게 말했다.

"바다 어디? 지하철 타고? 은정이도 가는 거지?"

유일하게 호수만 호기심을 보였다.

"은정이도? 그건 좀 안 될 것 같은데."

영민이 재우와 나의 눈치를 살폈다. 호수가 말했다.

"너네랑 가자고? 내가 왜 가냐?"

"너한테 줄 게 있거든. 그렇지, 재우야?"

영민이 동의를 구하듯 재우 어깨를 툭 건드렸다. 재우가 무심한 어투로 대꾸했다.

"뭘 바다까지 가. 지금 얘기해."

"지금? 바다 가서 하기로 했잖아."

영민의 목소리가 조심스러워졌다. 호수가 담요 밖으로 나가 우리를 내려다보고 섰다.

"뭐냐, 너네? 이 새끼 백 어쩌고 하더니 돈은 언제 주냐?"

호수의 짙은 눈썹이 사납게 위로 올라가 있었다. 영민은 소파에 앉았고 나는 딴청을 부리며 창밖을 봤다. 재우는 화면을 멈추고 텔레비전 앞에 기대어 섰다.

"뭔데? 빨리 말 안 해?"

금방이라도 호수의 손이 올라갈 것만 같았다. 재우가 입을 열었다.

"뭘 좀 팔아볼까 하거든."

"뭘 팔아? 무슨 꿍꿍이냐? 백이 그거였냐?"

호수가 깔보는 듯한 어투로 비아냥거렸다. 담요는 이미 바닥에 아무렇게나 나뒹굴고 있었다. 재우의 눈빛이 날카로워졌다. 영민은 재우를 마주 보고 서 있는 호수를 데려와 벽 쪽에 붙여놓은 소파에 앉히며 말했다.

"흥분하지 말고 들어봐. 위험하지만 많이 벌 수 있는 거라고."

"얼마나 버는데?"

"한 알에 만 원, 한 세트에 5만 원. 처음엔 백만 원이 목표야."

"약이냐?"

호수가 짐작하고 있으리라는 건 계획에 없었다. 재우가 낮은 목소리로 어떻게 알았는지 물었다.

"난 그런 일에 낄 생각 없다. 너네끼리 해라."

짜증이 묻어나는 어투였다. 내가 다시 한번 어떻게 알았느냐고 물었다.

"저 새끼 농구할 때 미친놈이다 했지. 씨발 다음부턴 낄 생각 하지 마라."

호수가 문을 닫고 나갔다. 영민은 호수가 나가자마자 재우를 원망했다.

"여행 가서 그냥 먹이자며? 왜 생각이 바뀐 건데?"

"다시 올 거야."

재우가 DVD를 갈아 끼우며 예의 그 변화 없는 어조로 말했다.

"그걸 니가 어떻게 알아? 쟤가 나 약 했다고 불기라도 하면? 어쩔 거냐고!"

"쟤 돈 필요하거든. 동생이 다쳤대."

"그게 무슨 소리야?"

내가 물었다.

"턱에 3센티미터 정도 흉이 생길 것 같은데 연예인 할 수 있느냐고 물어보더라. 내가 안 된다고 그랬지. 오디션에서부터 탈락이야."

"그걸 언제 물어봤는데?"

"어디서 들었는지 아빠 얘기 하더라. 기획사 대표라고 들었다면서. 대표 아니고 부장인데 그렇게 소문이 났나 봐? 그냥 가만히 있었지."

"흉터 수술하려면 돈 좀 들지 않냐? 호수 걔가 동생 하나는 끔찍하게 챙기잖아? 다시 오겠네."

영민의 목소리에 다시 생기가 흘러넘쳤다.

"그러니까."

재우가 대답했다.

호수 동생 얘기를 듣자마자 생각나는 장면이 있었다. 호수가 낯설지 않다 여겼는데 그제야 열두어 살의 호수가 초등학교도 들어가지 않은 어린 동생의 손을 잡고 다니던 모습이 떠올랐다. 엄마는 그때부터 지금까지 역 근처에 있는 대형 마트를 돌아다니며 일했는데, 내가 가면 교대 시간에 시식 코너를 돌며 받아놓은 만두나 치킨 너깃 같은 걸 줬다. 나는 도시락 통을 몰래 건네받을 때마다 도둑질이라도 하는 것처럼 얼굴이 붉어졌는데 마트에 들르지 않겠다고 하면 엄마가 노골적으로 서운한 기색을 내비쳤기에 어쩔 수 없이 그 일을 반복하곤 했다.

호수는 동생 손을 잡고 와 마트 시식 코너를 돌며 유부초밥이나 생크림빵, 만두 따위를 먹었다. 계산대에 서서 부은 다리를 두드리던 엄마가 호수를 가리키며 혀를 끌끌 찼다.

"오늘도 왔네. 요새 밥 굶는 사람 없다고 하는데 저거 봐라. 부모들은 어디서 뭐 하는지 재네들은 여기 와서 밥 먹는다. 점장이 어제 쫓아냈는데도 또 왔네. 넌 고마운 줄 알고 공부 열심히 해."

"내가 쟤랑 다를 게 뭔데?"

내 입에서 날카로운 말이 튀어나오자 무심하게 말하던 엄마가 화난 얼굴로 나를 봤다.

"뭐? 니 뭐라고 했노."

엄마는 화가 나면 경상도 사투리를 썼는데 나는 사투리 섞인 그 큰 목소리가 듣기 싫어 소리를 질렀다.

"나나 재나 구걸해서 얻어먹는 건 똑같잖아. 아니야? 안 먹는다니까! 왜 자꾸 오라 그래. 싫다니까!"

그러곤 엄마한테 머리채라도 잡힐까 싶어 황급히 마트를 빠져나오는데 덩달아 소리를 지르거나 쫓아올 줄 알았던 엄마가 그 자리에 황망히 서 있기만 했다. 내가 뒤돌아봤을 때 초점 없는 눈으로 자리에서 버티고 있는 엄마의 모습이 속대가 꺾여버렸지만 껍질에 매달려 힘겹게 형태를 유지하는 나뭇가지처럼 애처로워 보였다. 그걸 보는 게 더 끔찍하게 여겨져 눈을 감고 뛰쳐나와버렸다.

그날 밤, 퇴근하고 돌아온 엄마는 여느 때와 달리 마트에서 챙겨온 물건들을 내 앞에 늘어놓지 않았다. 샘플이나 사은품을 챙기지 못하면 시들시들한 채소, 멍든 과일 같은 것이라도 하나씩 담아 오던 엄마의 가방은 텅 비어 있었다. 나는 눈치를 살피며 괜히 부엌을 들락날락했는데, 엄마는 아빠의 저녁상도 차리지 않고 방에 들어가 누웠다. 나는 엄마 등 뒤에 무릎을 꿇고 앉아 뭐라고 말해야 할지 몰라 손만 내려다보고 있었다.

"니 개랑 아는 사이가?"

엄마가 먼저 입을 열었다.

"아니, 오늘 처음 봤어. 왜?"

"됐다, 그럼."

"엄마."

"이제 마트 올 필요 없다."

"왜? 그만뒀어?"

"아니, 니 줄 거 없으니까 올 필요 없다고. 가서 자라. 피곤하다."

미안한 마음에 엄마의 어깨에 손을 올리자 엄마가 거칠게 몸을 빼버렸다. 아빠는 집에 들어오자마자 엄마한테 저녁상을 차리지 않았다고 화를 냈고, 엄마는 좀 쉬자고 편안히 쉬어보는 게 소원이라고 악을 썼다. 둘의 싸움에서 희생양은 언제나 물건들이었다. 엄마가 악을 쓰면 아빠는 손에 잡히는 게 무엇이든 집어던졌다. 수저나 약통, 반찬 통, 빨래 건조대, 토스터 따위가 이리저리 날아다녔다. 문을 잠그지 않았다가 내 물건이 날아다닐 때도 있었다. 교과서나 문제집, 책상 위에 뚜껑이 열린 채 올려져 있던 펜촉이 얇은 하이테크 같은 것들. 몇 번 당하고 나선 볼펜만 썼고 소란이 일어날 것 같으면 문을 잠그고 귀에 이어폰을 꽂았다.

싸움이 있고 난 다음 날이면 엄마는 망가진 것들을 대체할 물건들을 집으로 갖고 왔다. 뚜껑이 없는 냄비나 한쪽 다리가 제대로 고정되지 않는 앉은뱅이책상, 손잡이 한 귀퉁이가 떨어져 나간 머그잔 같은 하자품들. 집에는 언제든 망가질 것을 대비해 한쪽이 기우뚱한 물건들만 가득했다. 망가질까 봐 아껴 쓰고 애지중지해야 하는 물건은 애초에 우리 집에 발을 들이지 못했다. 나는 엄마나 아빠가 귀하게 여기는 건 아무것도 없다고, 자신의 삶조차 곧 망가지고 말 물건처럼 여긴다고 생각했다. 어떤 게 좋은 건지 알아야 좋은 것을 선택할 수 있다. 늘 나쁜 패만 들고 있는 사람은 쉽게 그 이상을 넘보지 못한다. 나는 좋은 것을 선택하고 가꿔보기도 전에 나쁜 패가 전부인 줄 아는 무지가 싫었다. 더 많이 알고 더 좋은 걸 경험하면 좋은 패만 가지고 살 수 있을 줄 알았다. 좋은 패라 여겼던 게 무엇을 만나느냐에 따라 최악의 패가 될 수 있음을 그때는 생각하지 못했다.

호수는 재우의 예상대로 영민을 다시 찾았다. 기말고사가 코앞으로 다가와 있었기 때문에 나는 영민과 재우의 일에 신경 쓸 겨를이 별로 없었다. 내신을 한 번이라도 망치면 수시로 지원할 수 있는 대학의 레벨이 달라졌다. 나는 영민이 발급받은 아이디로 인터넷 강의를 들었고, 재우 과외 선생님의 족집게 노트를 외웠다. 영민의 부모님이 돌아와 있었기 때문에 영민의 집에도 갈 수 없었다.

호수에겐 약을 처음엔 다섯 알 한 봉지, 두 번째엔 다섯 알 두 봉지, 세 번째엔 다섯 알 다섯 봉지, 마지막엔 열두 봉지를 주기로 했다. 약을 한 알씩 팔다가 별다른 문제가 일어나지 않으면 다섯 알씩 한꺼번에 팔기로 한 것이었다. 인터넷 메신저에 단체 채팅방을 만들어 판매할 아이들의 이름을 국어, 영어, 수학, 과학, 사회로 붙이고 판매한 것은 '맞았다', 판매하지 못한 것은 '틀렸다'로 알려주기로 정했다. 호수는 의외로 약에 대해서는 그다지 호기심을 보이지 않았다. 빨리 돈을 마련해 동생의 흉터를 치료해주는 데 온 정신이 쏠려 있었고 패스트푸드 매장에서 시급 알바까지 시작했다.

기말고사가 시작되기 일주일 전, 채팅방에 호수가 국영수과사 모두 하나씩 맞았다는 글을 올렸다. 국어에 해당하는 아이는 우리 반이었는데, 나는 호수가 그 아이를 만난다는 사실을 전혀 눈치채지 못하고 있었다. 호수는 생각보다 더 유능한 장사꾼이었고, 나는 영민과 호수, 재우가 따로 만나 이야기하는 걸 알았지만 굳이 일이 어떻게 진행되어가는지 캐묻지 않았다.

기말고사는 3일 동안 치러졌는데 문제는 수학 시험이 있는 둘째 날 터졌다. 영민이 다급하게 재우와 날 불러냈는데 처음엔 횡설수설하더니 아무래도 호수가 사고를 친 것 같다고 했다. 호수는 채팅방에 수학, 과학, 영어가 약을 두 알씩 다시 샀고, 그다음 번엔 한 봉지씩 샀다고 기록했다. 계산대로라면 세 번째까지 열네 개의 캡슐이 남아 있어야 하는데, 호수에겐 한 알도 없다고 했다. 호수는 자기가 먹었다고 말했지만 영민은 아무래도 그건 아닌 것 같다고 안절부절못했다. 약을 팔기 전, 재우는 호수에게 한 번에 다섯 알 이상을 팔면 안 된다고 여러 번 얘기했다. 또 필요하다고 오면 다음 날 줘야 한다고 다짐을 받기까지 했다.

"어쩌지? 누가 샀는지 물어볼까? 3반이랑 5반, 7반 아니었나?"

영민이 손톱을 깨물며 말했다.

"아니, 절대 안 돼. 애들 눈치가 얼마나 빠른데. 호수가 걔네한테 안 팔았을 수도 있잖아."

나는 호수보다도 성질 급한 영민이 걱정이었다. 내가 영민을 말리며 다시 물었다.

"새로 줄 때마다 전에 팔고 남은 건 회수하기로 했잖아. 안 받았어?"

영민이 재우의 눈치를 살피더니 말했다.

"받으러 갔지. 받으러 갔는데 두 번째에 팔고 남은 네 알을 달라고 하잖아. 나도 처음엔 안 된다고 했는데 그럼 안 하겠다고 하니까 어쩔 수가 없었어. 나한테 하나 줬으니까 세 알이야, 그건."

나는 숨이 턱턱 막히는 기분이었다. 나도 모르게 영민을 다그치기 시작했다.

"우리한테 알려준 대로 판 게 맞긴 해? 그다음 번엔? 약 개수는 정한 대로 준 거 맞아?"

"한 봉지 더 줬어."

"뭐?"

"그러니까 나도 어쩔 수 없었다고. 지금 그게 문제가 아니잖아."

"그게 문제지 그럼 뭐가 문제야? 누가 한꺼번에 먹기라도 하면 어쩔 거야?"

"재우한테 말했어. 재우가 준 거야."

나는 놀란 눈으로 재우를 돌아봤다. 재우는 냉정하고 침착한 얼굴이었다.

"예상했던 일이야. 문제는 약이 지금 누구 손에 있느냐 하는 거지."

재우가 무슨 생각을 하고 있는지 도통 이해할 수 없었다.

"왜 그런 건데?"

내가 그렇게 묻자마자 종이 쳤고, 우리는 각자의 반으로 돌아가야 했다. 수학 시험 시간이었다. 재우가 호수의 요구를 들어줬다면 나는 모르는 또 다른 계획이 있는 것일지도 몰랐다. 그렇게 생각하며 마음을 진정시키려 했지만 시험지를 받아 든 손이 심하게 떨리는 건 어쩔 도리가 없었다. 수열과 로그 함수가 시험 범위였는데, 1번에 나온 쉬운 문제조차 눈에 들어오지 않았다. 연필을 굴리며 멍하니 고개를 들었는데 검은색 거미 한 마리가 앞자리의 의자를 기어오르고 있었다. 거미는 금방이라도 내 다리 위로 떨어질 것만 같았고 나는 문제를 단 하나도 집중해서 풀지 못했다. 시험이 끝나자 재우든 호수든 아무도 나를 방해할 수 없는 곳으로 가버리고 싶었고 초조한 얼굴로 나를 찾아온 영민을 뿌리치곤 집으로 왔다.

다음 날은 생각이 정리되어 제대로 시험을 볼 수 있었지만, 이미 망쳐버린 수학 시험에 대한 후회가 밀려오는 건 어쩔 수 없었다. 시험이 모두 끝나고 영민과 재우를 만났을 때 재우는 창백하지만 침착한 얼굴이었고 영민은 온 인상을 찌푸리고 있었다.

"호수는 만났어?"

내가 묻자 영민이 울분을 터뜨리듯 말했다.

"오늘 안 왔어. 전화도 안 받아. 어제 50통도 더 했을걸. 그 새끼 때문에 시험도 망치고. 우리 아버지 가만히 안 있을 텐데 어쩌냐, 나?"

"아버지?"

나는 영민의 아버지에 대해 들은 바가 별로 없었다. 영민은 평소엔 누구도 자기를 어쩌지 못한다는 듯 자유분방하게 굴었다. 그런데 지금은 귀찮거나 싫다기보다 앞으로 벌어질 일에 겁을 먹고 있는 것처럼 보였다.

"아버지가 방학 때 자꾸 같이 가자 그래서 이번 시험 놓고 딜 했거든. 성적이 조금이라도 오르면 그냥 냅둔다 그랬는데 이게 뭐냐. 공장에 끌려가게 생겼어. 우리 아버지 이거 해라 저거 해라 왜 아직 안 했냐 난리 치는 거 내가 견딜 수 있겠냐? 재우야, 나 어쩌지?"

"기다려봐. 호수가 너한테 연락할 거야."

재우의 말이 끝나기도 전에 영민이 되물었다.

"그 새끼가 연락하기 전에 일이라도 터지면?"

"나중에 준 한 봉지는 비타민이야."

나는 그럼 그렇지 싶었고 괜히 영민한테 말려들어 시험만 망쳤다는 생각에 짜증이 밀려왔다.

"그런 걸 왜 미리 말을 안 해? 그럼 호수가 약을 갖고 있든 아니든 상관없는 거네?"

내가 짜증을 내자 재우는 한 손으로 관자놀이를 문지르며 말했다.

"목소리 좀 낮춰. 비타민 빼고도 총 스물여덟 알이야. 안심할 수 없어."

"근데 왜 기다리라는 거야? 이 새끼 잡으러 가야지."

영민이 당장에라도 나갈 기세로 벌떡 일어섰다. 매점 옆 벤치였고, 아이들이 모두 빠져나간 학교 안의 공기는 차갑게 내려앉아 있었다.

"삼촌이 호수 동생 오디션 잡아줬어."

재우가 말하자 영민이 반색했다.

"김 부장님? 너네 아버지 회사 그 분? 그 아저씨 뒷돈 챙기기로 유명하신 분 아니냐?"

"그러니까 돈을 빌리든 약을 더 받든 조만간 연락 오겠지. 어제 삼촌한테 연락하라고 했거든."

"호수 동생이 호정이던가? 걔 정도면 연예인급 아니냐? 사진 보니까 장난 아니던데."

영민이 갑자기 실실거렸다. 내가 그런 영민을 쏘아보자, 영민은 제 잘못이 아니라는 걸 다짐이라도 받으려는 듯 우리의 동의를 구했다.

"호수가 막 그렇게 사고 칠 애는 아니야. 안 그래?"

나는 재우와 영민을 번갈아 보다 선언하듯 말했다.

"호수가 사고 치든 안 치든, 이제 나랑은 상관없어."

영민이 내 어깨를 잡아 누르며 재우를 돌아봤다.

"얘 갑자기 왜 이러냐?"

"약이나 호수 얘기 할 땐 나 부르지 마."

내가 다시 말했다.

"처음부터 넌 상관없었어. 걱정 마."

재우가 내 어깨에 올려져 있는 영민의 손을 치우며 말했다. 영민이 뭐라 대꾸하려고 했지만 재우가 눈치를 주자 더 이상 아무 소리도 하지 않았다.

곧 겨울방학이었고, 영민은 아버지에게 붙잡혀 얼굴 보기가 힘들어졌다. 영민의 아버지는 영민의 행동 하나하나를 감시하며 모든 시간을 통제하고 있었다. 자식과 함께 있는 시간이 부족해서 그러는지 아니면 한국에 들어올 때마다 그러는 모양인지 알 수 없었다. 그런 영민의 상황을 재우는 대수롭지 않게 여겼다. 재우는 내 앞에서 호수나 약에 대한 이야기를 꺼내지 않았다. 나는 심장마비나 청소년 폭력 같은 인터넷 뉴스가 뜰 때마다 긴장했지만 우리 주변에서 벌어진 일이 아니라는 걸 확인할 때마다 긴장감이 옅어졌다. 애초에 농구에서 센터를 하고 싶었다던 영민의 바람은 호수가 제멋대로 행동하면서부터 그 목적성이 사라져버렸고, 남자아이들은 호수 없이는 농구를 하지도 않았다.

1월이 되어 영민의 부모님이 공장이 있는 인도네시아로 나가자, 우리는 다시 영민의 방에 모였다. 영민은 한국에 남기 위해 기숙학원에 등록해야 했지만 매번 어떻게 빠져나오는지 집으로 돌아와서 재우와 날 불렀다. 호수 동생 호정을 어디서 봤는지 예쁘다는 얘기를 몇 번 하다가 때아니게 따뜻한 바람이 부는 어느 날, 호정을 데리고 여행을 갈 거라고 말했다.

"너 걔랑 연락하는 거야? 초등학생이랑?"

나도 모르게 목소리가 높아졌다.

"왜 화를 내고 그러냐. 그래봤자 다섯 살 차이야. 둘만 가는 것도 아니고."

"그럼 또 누가 가는데?"

"재우가 가지. 너도 갈래?"

믿기지 않는다는 표정으로 재우를 봤다. 재우는 여느 때와 마찬가지로 목소리나 표정에 변화가 별로 없었다.

"내가 영민이한테 물어보라 그랬어."

"왜 네가 말 안 하고?"

"넌 이상하게 생각할 테니까."

나는 최근 재우와 별다른 일이 있었던 것도 아닌데 재우를 만나면 할 말이 없고 괜히 재우의 태도가 예전과 달라졌다고 느끼곤 했다. 약 얘기를 하지 말라고 선언한 이후로 그런 것 같아서 몇 번 호수의 얘기를 꺼낸 적도 있지만 재우는 별다른 이야기를 해주지 않았다.

재우도 호정과 같은 스타일을 좋아할까 생각해보면 호정은 남자아이라면 누구나 한 번쯤 돌아볼 만한 외모였다. 키가 벌써 160센티미터가 넘었고, 도톰하고 붉은 입술에 오똑한 코, 작으면서 입체감이 있는 얼굴로 어쩌면 나보다 더 무르익은 여성성을 풍겼다. 키가 크고 몸매가 좋으니 나이에 비해 꽤나 성숙해 보이는 편이었다. 인터넷에는 벌써 얼짱이라는 제목으로 호정의 동영상이나 사진이 떠돌아다니고 있었다. 나는 영민에게처럼 재우한테도 톡 쏘아붙이고 싶었지만 그러지 못했다. 재우에겐 내 말이나 행동이 어떻게 보일지 먼저 생각하게 됐고 심지어 재우가 피식 웃기라도 하면 그때의 말이나 행동을 곱씹어 떠올리며 기억해두기까지 했다. 재우와 영민이 호정을 데리고 여행을 간다는 발상 자체가 이상했고 끼어들면 안 된다고 판단하면서도 반사적으로 나도 가겠다는 말이 입 밖으로 튀어나왔다.

"진짜 갈 거야?"

영민이 의외라는 듯 다시 물었다.

"응, 간다니까. 호수는?"

"호수 얘기는 왜 꺼내?"

"호수랑은 잘 해결됐어?"

"그러니까 호정이랑 가는 거지. 왜 묻냐? 넌 빠진다면서?"

영민이 비아냥거리듯 말하며 재우 쪽으로 시선을 돌렸다. 나는 일부러 재우를 쳐다보지 않았다. 재우의 표정을 보고 나면 여자 친구라고 규정할 자신이 없어질 것 같아 재우와 마주 보는 걸 되도록 피하고 있었다. 재우는 내가 어색해하고 시선을 피하는 걸 알면서도 더 다가오지도, 그렇다고 멀어지지도 않은 채 언제나처럼 일정한 거리를 유지했다.

5

편집장으로부터 전화가 왔다. 재우는 꽉 막힌 도로의 앞쪽만 쳐다보고 있었다.

"주은 씨, 원고는?"

"무슨 원고요?"

"주은 씨가 아니었나? 행복한 두치맘 말이야."

"저는 감성 엄마고요, 두치맘은 희진 씨예요."

종이를 뒤적이는 소리가 나더니 편집장이 아, 미안 짧게 말하고 전화를 끊었다.

"누가 감성 엄마야?"

재우는 그렇게 참견하면서도 도로에서 시선을 떼지 않았다.

"을지로에 사는 쌍둥이 엄마."

그 집은 낡은 빌라의 꼭대기 층을 개조해 살고 있었다. 옥상에 쌍둥이를 위한 작은 정원을 만들어 SNS에서 화제가 되었는데 편집장은 처음부터 그다지 관심을 보이지 않았다. 재우 역시 뭘 더 묻지 않고 하품을 참는 얼굴로 창밖을 내다봤다. 디지털미디어시티의 아파트 숲이 바로 옆에 있었다. 내부순환도로와 같은 높이에 있는 몇몇 곳이 훤히 들여다보였다. 텔레비전 불빛이 번쩍였고 빨래를 널거나 실내용 자전거를 타는 사람이 있었다. 감성 엄마는 목소리가 밝았다. 애들이 크면 옥상에서 꿀벌을 키울 거예요. 꿀벌요? 하고 되물었더니 정원이 더 잘될 테니까요, 하고 쑥스럽다는 듯 얼굴을 붉히며 웃었다. 그렇게 계속해서 무언가를 길러내겠다는 계획을 갖는다는 게 신기했다. 나는 성일과 결혼해서도 아이를 갖지 않을 생각이었다. 어렸을 때부터 소꿉놀이를 유치한 것으로 생각했고, 무언가를 끊임없이 양육하는 사람들은 소꿉놀이를 하던 유아적 상태를 그리워하거나 벗어나지 못하고 있는 거라 여겼다.

어디선가 비에 젖은 나뭇잎 하나가 날아와 팔랑거리며 차 주변을 맴돌았다. 나뭇잎을 눈으로 좇았다. 언젠가 유리창 밖으로 흩날리는 나뭇잎을 끝없이 바라보던 때가 있었는데 그게 어디였는지 생각나지 않았다. 확신할 수 있는 건 아무것도 없었다. 나뭇잎이 차 유리창에 잠깐 내려앉았다가 바람이 한차례 불어오자 다른 곳으로 날아가 버렸다.

여행을 가기로 정한 날은 2008년 1월 29일 토요일이었다. 정해놓은 날짜가 다가올수록 내가 재우와 어울리지 않는다는 생각에 기분이 자꾸 밑바닥으로 떨어지기만 했다. 재우를 놓을 수 있을지 자신이 없었다. 매일같이 책상 앞에 앉아 있지만 과연 지금과 같은 성적을 유지할 수 있을지도 알 수 없었다. 재우는 늘 그랬던 것처럼 기말고사에서도 거의 모든 과목이 내신 1등급이었고 영민은 마지막 날 치른 시험을 빼면 몇몇 과목에선 지금껏 받아보지 못한 최고 점수를 받았다. 나는 마치 영민이랑 성적을 바꿔치기라도 한 듯 몇 과목의 점수가 좋지 않았고 심지어 수학은 앞으로 남은 시험을 잘 친들 내신 등급 회복이 가능할까 하는 의구심이 들 정도로 형편없었다.

다른 아이들, 그러니까 상위권에서 최상위권으로 올라오려는 아이들은 방학 기간에 과외다 특강이다 바쁘게 돌아다녔다. 그렇게 돈을 쏟아부으면 어김없이 성적이 올랐다. 방학이 끝나면 표정이 달라진 아이들이 있었고 그 아이들은 끝내 내 자리를 빼앗았다. 그렇게 좋은 대학, 좋은 과, 좋은 직장으로 향하는 문은 시시각각 좁아졌다. 그러니까 내가 대학을 졸업하고 아주 좋은 건 아니더라도 그나마 좋은 걸 선택할 수 있는 정도의 삶을 누리려면 한눈을 팔 틈이 없었다.

그럼에도 재우가 신경 쓰였다. 재우가 왜 호정과 여행을 가려고 하는지 이해할 수 없었다. 호정한테 관심이 있는 거냐고 물어볼 수도 있겠지만 내가 재우 앞에서 그런 말을 꺼낸다는 것은 상상만으로도 싫었다. 나는 좀 더 거울을 자주 들여다봤고 수학 문제를 풀다 말고 여자로서의 매력이 무엇인지 1번부터 10번까지 써보기도 했다. 비교적 하얗고 깨끗한 피부, 쌍꺼풀은 없지만 살짝 위로 올라간 눈, 작은 손바닥과 길고 가는 손가락, 이마에 둥글게 난 잔머리, 230밀리미터의 작은 발과 160센티미터가 안 되는 키를 쓰고 나니 더 이상 쓸 게 없었다. 호정처럼 말라도 가슴이 큰 애가 있는 반면 나는 초등학교 저학년 몸매를 벗어나지 못하는 쪽이었고, 치열이 고르지 않아 웃을 때 어떻게 보면 좀 지저분하고 사나워 보이기도 했다. 턱이 뾰족했고, 혈색도 좋지 않았다. 햇빛 알레르기가 있어 심하게 해를 쬐면 피부에 우둘투둘 발진이 올라왔고 몸매를 가릴 수 있는 옷들을 주로 입었다.

내가 여행 당일 호수한테 연락을 한 것은 재우와 영민을 못 믿어서가 아니고 혹시나 앞으로 발생할 문제가 있다면 미리 막고자 하는 마음 때문이었다. 호수는 신호음이 몇 번 울리지도 않았는데 전화를 받았다. 주은이야, 하고 말했는데 누구냐고 되물었다. 재우 여자 친구라고 했더니 그제야 아아, 라고 탄식과 같은 소리를 냈다. 호수는 호정이 여행을 간다는 사실을 모르고 있었다. 영민의 말을 그대로 믿었던 게 아차 싶었지만 이제 막 충동적으로 여행을 계획했다는 듯 둘러대며 호수를 초대했다. 호수는 가는 곳이 어디인지 여러 번 되묻고는 한동안 말이 없었다. 나는 호정이 여행 간다는 얘기를 전해달라고 했다며 서둘러 얘기를 수습했다. 호수는 아르바이트가 끝나면 출발하겠다며 알려줘서 고맙다는 알 듯 모를 듯 한 말을 덧붙였다.

재우와 난 홍제역에서 만나 3호선을 타고 갔다. 영민과 호정은 고속버스터미널에서 만나기로 했다. 토요일의 지하철은 등에 멘 백팩의 위치를 이리저리 바꿔야 할 만큼 혼잡했고 재우는 억지로 끌려나오기라도 한 듯 내내 찌푸린 표정이었다. 그렇게 생각하지 않으려 해도 내가 괜히 끼어든 건 아닌가 싶어 계속 재우의 표정이 신경쓰였다. 압구정쯤에서 겨우 자리를 잡고 앉자 재우가 쿨럭거리며 투덜거렸다.

"택시 타고 가자니까."

"차 막히면? 4시 반 표 끊었다며."

"다시 끊으면 되지."

재우는 인상을 찌푸리며 한쪽 어깨에 걸고 있던 동그란 모양의 스포츠 백을 내 무릎에 얹었다. 지하철의 건조한 히터 공기 때문인지 연신 마른기침을 했다.

"약은?"

내가 물었다.

"아직 그 정돈 아니야. 너는?"

"무슨 약?"

"처음에 받아 갔던 약들. 다섯 알."

재우가 개수까지 기억하고 있을 줄은 몰랐다. 스포츠 백의 가방끈을 손가락에 감으며 재우를 올려다봤다.

"먹었지."

"먹었다고?"

"응, 왜?"

당황한 표정을 들키지 않으려고 웃어 보였다. 나는 서랍 속에 넣어둔 약을 한 번도 꺼내보지 않았다. 시험 기간에 약에 대한 유혹이 없었던 건 아니었지만 그것보다 지기 싫다는 마음이 먼저였다. 나는 언젠가부터 주어진 것에 만족하라고 강요받는다는 생각을 해왔고, 그럴수록 더 많은 선택지를 갈망했다. 내몰리듯 주어진 것만 택하다 그것이 전부인 양 이리저리 끌려다니긴 싫었다. 쓰는 상황을 선택하고 주체가 되어 이용할 수 있으려면 필요할 때가 아니라 쓸모가 없을 때 써야 한다. 그러니까 그것이 내 삶에 어떤 미미한 영향도 미치지 않을 거라 확신할 수 있을 때 말이다. 약을 먹는 순간 재우와의 관계가 다른 쪽으로 틀어질 수도 있을 거라는 두려움도 있었다. 나는 약에 대해선 무심한 척 굴려고 했다. 재우는 한참 내 얼굴을 뜯어보더니 빙긋 웃었다.

"안 먹었지?"

"먹었다는데 왜 아니래?"

"우울했다가 슬펐다가 기뻤다가 죽을 것 같기도 한 게 너한텐 없어 보여서."

"아니, 있어. 알잖아. 그게 뭔지."

나는 손잡이를 잡고 있는 재우 팔을 끌어당겨 손을 잡았다. 꽤 용기를 낸 행동이었는데 재우는 주위를 둘러보며 헛기침을 했다. 재우가 내가 앉아 있는 쪽으로 몸을 낮춰 속삭였다.

"국어, 영어, 수학, 과학, 사회 중에 누가 계속 맞았을까?"

"일단 국어는 틀렸어. 사회가 3반의 키 작고 안경 쓴 앤가?"

재우가 고개를 저었다.

"알 수 있을 줄 알았는데 모르겠어."

"호수는 먹었어?"

"호수는 중독되는 쪽일까?"

"글쎄, 처음부터 걔는 끌어들이는 게 아니었어. 도대체 왜 그런 거야?"

"두고 보면 알겠지."

뭘 두고 보려고 하는지 물어보고 싶었지만 재우가 잡혀 있던 손을 빼고 어두운 표정으로 생각에 잠겼기 때문에 더 이상 말을 걸지 못했다. 호수를 불렀다는 걸 말하기 위해 호수 얘기를 꺼냈는데 이상하게도 그 말이 입 밖으로 나오지 않았다. 영민과 호정을 만나기 전, 재우에게 미리 말했다면 어땠을까 가끔 생각해보곤 한다. 나는 몇 번 말할 기회를 놓치고 나자 차라리 다 모였을 때 말하는 게 낫겠다고 단순하게 생각해버렸다.

고속버스터미널은 넓고 복잡해 경부선과 영동선을 가르는 표지판이 붙어 있음에도 불구하고 재우와 난 한참 길을 헤맸다. 지하엔 대형 서점과 여러 음식점, 아기자기한 소품을 파는 인테리어숍과 문구점이 있었고 도마뱀과 색색의 새, 어항과 물고기를 파는 곳도 있었다. 수십 개의 상점을 거쳤다 다시 되돌아 나오길 두어 번, 버스가 출발하기 10분 전에야 호정, 영민과 만나기로 한 매표소 앞에 도착했다.

영민은 매표소 앞에 서서 휴대전화를 붙잡고 큰 목소리로 위치를 설명하고 있었다. 호정도 재우나 나처럼 지하를 헤매고 있었다. 호정은 거의 다 왔다고 했지만 버스가 출발하기 전까지도 길을 찾지 못했다. 다시 전화를 받은 영민이 호정이 어디 있는지 알겠다며 데리러 갔고, 재우는 물을 사 오겠다며 편의점에 갔다. 나는 등받이가 깨진 플라스틱 의자에 앉아 짐을 지켰다.

어디선가 히익히익 하고 거친 숨을 내쉬는 듯한 소리가 들렸다. 처음 들어보는 소리였는데 한번 소리가 들리기 시작하자 소리는 점점 더 크고 위협적으로 가까워졌다. 일렬로 줄줄이 놓인 대기석에 군데군데 사람들이 앉아 있었고 외투와 이런저런 모양의 가방들이 올려져 있기도 했다. 옆 좌석의 바닥엔 LG 싱싱 냉장고라고 굵은 글씨가 쓰여 있는 커다란 박스가 가로로 놓여 있었다. 박스는 대여섯 살 정도의 아이가 들어갈 법한 크기였는데, 어울리지 않는 커다란 리본이 붙어 있었다. 테이핑을 하지 않고 덮어놓은 박스 끝이 열릴 듯 말 듯 아슬아슬한 모양새였다. 히익 하는 소리와 함께 박스가 흔들렸다.

잠깐 잠잠하던 박스에서 또다시 히익 소리와 탁 부딪히는 소리가 들리고 박스 끝이 이리저리 움직였다. 박스를 지키는 사람도, 박스 주위를 맴도는 사람도 없었다. 박스가 흔들릴 때마다 박스 끝의 틈은 처음보다 더 벌어졌다. 나는 벌어진 검은 틈에서 눈을 뗄 수 없었다. 주먹만 한 구멍이 생겼을 때 무엇인지 알 수 없는 어떤 생물체와 눈이 마주쳤다. 툭 불거져 나온 눈의 검은 눈동자 주위로 갈색의 흰자 부분이 보였다. 검은 눈동자가 점점 작아지며 뾰족해졌다. 시선을 돌려야지 생각하면서도 나는 끝까지 그 생물체를 응시했다. 히익 하는 소리가 다시 들리고 구멍 사이로 머리가 나왔다가 들어갔다.

악어였다. 소리를 지를 뻔했다. 정작 입 밖으론 아무런 소리도 나오지 않았고 여전히 구멍에서 시선을 떼지 못했다. 머리가 다시 한 번 천천히 구멍 사이로 나왔다. 이번에는 들어가지 않았다. 뾰족한 주둥이와 편평한 머리끝에 침엽수 잎사귀처럼 돋은 뿔이 보였다. 회갈색 머리와 달리 목 부분은 녹색을 띠고 있었다. 툭 튀어나온 눈을 뒤룩거리며 주변을 살피던 그 생물체는 머리 크기가 작은 수박만 한 성체 이구아나였다.

이구아나는 처음의 기세와는 달리 머리를 밖으로 내놓고는 제 스스로도 놀란 눈치였다. 그 상태 그대로 꼼짝도 하지 않고 눈만 굴렸다. 나는 이구아나를 왜 악어라고 착각했나 싶어 생김새를 하나하나 뜯어봤다. 주둥이 위에 벌어진 코 두 개가 벌름거렸고 툭 튀어나온 눈과 꾹 다문 입, 퉁퉁한 아래턱이 심술궂은 노인의 얼굴 같기도 했다. 눈과 눈 사이에 동그란 회색 점 같은 게 눈에 띄었는데, 한번 눈에 들어오자 계속 그것만 보게 되었다. 회색 점은 처음에는 보일 듯 말 듯 했지만 보면 볼수록 점점 더 형태와 모양이 뚜렷해졌다.

"이주은! 표 다시 끊었냐?"

돌아보니 영민이 호정을 데리고 헐레벌떡 뛰어오고 있었다.

"아직."

"재우는?"

"편의점."

"여기 있어봐. 표 끊어 올게."

영민이 매표소 쪽으로 뛰어갔다. 호정이 언니 안녕하세요 하고 붙임성 좋게 인사하곤 어디서 헤맸는지 재잘거리기 시작했다. 나는 건성으로 들으며 박스를 돌아봤다. 잠깐 사이에 박스가 사라지고 없었다. 박스를 들고 가는 사람도 보이지 않았다.

"저기 있던 박스 못 봤어?"

호정의 말을 끊고 물었다.

"무슨 박스요?"

호정이 눈을 동그랗게 떴다. 헛것을 봤을 리 없었다. 이상하게도 마음이 조급해졌다.

"아니야. 오빠는?"

내가 묻자 호정이 손가락을 세워 쉿! 하고 입술에 갖다 댔다.

"우리 오빤 몰라요. 알면 가만히 안 있지. 영민 오빠가 오디션 잡아준다고, 보기만 하면 바로 연습생이라고 그러는데 오빠가 못 하게 해요. 아빠 때문이에요."

"뭐? 오빠가 못 하게 한다고?"

"아빠 죽으면 하래요. 내가 진짜 연예인이라도 되면 지금보다 더 못살게 굴 거라고. 아빠가 죽긴 언제 죽겠어요. 우리보다 더 오래 살 걸. 원래 죽어라 죽어라 하는 사람이 제일 오래 산대요. 빨리 돈 벌어서 그깟 돈 달라고 할 때마다 줘버리는 게 낫지. 언니도 이렇게 같이 가줘서 고마워요. 우리 오빠보다 언니 오빠들이 나아요. 엄마 볼 수 있게 데려가주고."

"속초에 엄마가 계셔?"

"몰랐어요? 오빠들이랑만 가기 그렇다니까 언니도 데리고 온다고 한 건데."

호정이 내 표정을 살폈다. 나는 머릿속이 혼란스러웠지만 내색하지 않고 알고 있었다고 둘러댔다. 호정은 연습생을 몇 번이나 할 뻔했다는 이야기를 늘어놓기 시작했다. 영민과 재우가 호정의 오디션을 잡아준다는 걸로 호수를 구슬리지 못한 게 분명했다. 그렇다면 호수와의 일이 해결됐을 리 없는데, 호수가 왜 순순히 온다고 한 건지도 이해할 수 없었다. 호수가 오기로 했다는 걸 말해야 할지 말지 판단하기 어려웠다. 어쩌면 호수를 만나기 위해 호정을 끌어들인 것일지도 몰랐다.

"오빠한테 진짜 아무 얘기 못 들었어?"

"왜요?"

호정은 정말 아무것도 모른다는 얼굴이었다. 영민과 재우가 어디서 만났는지 둘이서 무언가를 한참 얘기하며 걸어오다가 내 시선을 느끼곤 동시에 말을 멈췄다. 영민의 표정이 심상치 않았다. 호수 일로 의견 충돌이 있는 것 같았다. 영민은 부루퉁한 표정으로 재우에게 왜 안 부르냐고 말했다가 입을 닫았다. 성질 급한 영민은 호수를 불러서 담판을 짓자고 한 것 같았고, 재우는 호수를 만나지 않고 호정을 통해 해결하려는 것 같았다. 호수를 직접 만나지 않으면 또 다른 오해가 생길 게 뻔했다. 재우와 영민이 오자마자 나는 호수를 불렀다는 얘길 하려고 했지만, 호수가 나타날 때까지 아무 말도 하지 않는 쪽으로 마음을 굳혔다. 재우와 영민, 호수 사이의 일이 해결돼야 완전히 안전해질 수 있었다.

밤 10시가 넘어서야 호정의 엄마가 산다는 집에 도착했다. 속초해수욕장이 바로 내려다보이는 곳에 있는 조개구잇집이었는데 호정의 엄마는 식당에서 일을 하며 숙식을 해결하는 것 같았다. 토요일이라 그런지 대여섯 개의 테이블 모두에 손님이 앉아 있었다. 바쁘게 서빙을 보던 호정의 엄마는 처음엔 당황한 기색이었지만 이내 호정을 한 번 안아주고 우리를 식당 뒤에 딸린 창고 같은 공간으로 데려갔다. 근처에 묵을 만한 곳을 알아볼 테니 잠깐만 기다리라며 앞치마에 손을 닦으면서 나가는 호정의 엄마 얼굴에서 마트에서 일하는 엄마의 얼굴이 보였다. 아무렇게나 질끈 묶은 머리, 화장기 없는 얼굴에 립스틱만 짙게 바른 입술, 얼굴과 몸에 배어 있는 피로감과 분주함. 나는 괜히 호정이 진짜 동생이나 된 듯 마음이 쓰였지만 이내 고개를 흔들었다. 호정은 호수의 동생이었다. 붉은색 알전구가 매달려 있는 창고엔 포대에 든 숯과 안 쓰는 몇몇 개의 테이블, 플라스틱 의자, 당구대가 놓여 있었다. 영민이 의자를 당구대 앞에 끌어다 놓았고 호정은 기분이 좋은지 의자에 앉아 발을 까딱거렸다. 나는 입이 바짝바짝 말랐다.

"엉망이다, 정말."

짐을 아무렇게나 내려놓으며 말했다. 긴장 탓인지 기분이 계속 좋지 않았다. 호수가 오면 재우가 어떻게 반응할지 걱정스러웠다. 버스를 타고 오면서도 말을 해야 할지 말아야 할지 계속 갈등했다. 몸이 절로 움츠러들 만큼 추웠고 퀴퀴한 곰팡이 냄새가 났다. 호정의 엄마가 다시 들어왔다.

"많이 춥니? 12시에 방이 난다는데 홀엔 손님이 있어서……. 여기서 좀 기다릴래? 배고프지? 뭐 좀 시켜줄까?"

"엄마, 나 피자."

호정이 기다렸다는 듯 말했다.

"하나도 안 추워요, 어머니."

영민이 깜짝 놀랄 만큼 씩씩하게 대꾸했다.

"교회? 학원?"

"엄마, 오빠 친구들이야."

"호수가 바빠서 저희가 대신 왔어요."

영민이 능청스럽게 말했다.

"호정이한테 오지 말라고 하는데도 와선 이렇게 호수 친구들을 고생시키네. 지난번엔 교회 언니들, 또 저번엔 학원 선생님이었지? 내가 호정이를 못 말린다, 정말."

"혼자서는 못 오게 하니까 그러지."

호정이 엄마한테 투정을 부렸다. 호정의 엄마는 호정을 데리고 가 작은 전기난로 하나를 들고 왔고 다시 앞치마에 손을 닦으며 나갔다. 재우는 창고에 들어온 순간부터 쉬지 않고 쿨럭거렸다. 나는 또 골치 아픈 일에 끼어들었다는 생각에 좀처럼 기분이 나아지지 않았다. 영민은 어떻게든 분위기를 바꿔보려고 애쓰고 있었다. 당구대 위에 휴대전화를 올려놓고 노래를 크게 틀었는데 원더걸스의 〈텔 미〉와 빅뱅의 〈거짓말〉 같은 노래가 연이어 나왔다. 호정은 거의 모든 노래를 따라 불렀다. 삐걱거리는 당구대에 기대어 호수에게 몇 시쯤 도착할 거 같으냐고 문자를 보냈다. 호수에게선 답이 없었다. 기침이 조금 잦아든 재우가 플라스틱 의자에 앉아 턱을 괴고 호정을 바라봤다. 재우의 양쪽 입꼬리가 거의 동일하게 올라가 있었다. 재우를 저런 표정으로 웃게 만들 수 있다니 호정이 새삼 부러웠다.

"아, 배고파 죽겠네. 피자 안 오나, 피자?"

호정이 애교 섞인 목소리로 투덜거리자 영민이 받아쳤다.

"그래, 야 재우, 주은! 인상 구기지 말고 피자, 펴."

호정은 영민의 말도 안 되는 농담이 하나도 안 웃긴다면서도 하하 웃어주었다. 나이 차가 많이 나는 오빠가 있어서 그런지 호정은 나나 재우도 어려워하지 않았고 말을 할 때 반말과 높임말을 섞어 쓰며 붙임성 있게 굴었다. 재우는 그런 호정을 계속 가만히 지켜봤고, 영민은 호정의 기분을 맞춰주느라 정신이 없었다. 나에 대해선 누구도 신경 쓰지 않았고, 나는 한편으론 마음이 놓이면서도 또 한편으로는 호정의 행동 하나하나가 신경 쓰였다. 나조차 호정에게서 눈을 떼지 못하고 있었다는 게 정확한 설명일 것 같다. 호정은 피자가 오자 맛있다고 탄성을 내지르며 먹었다.

"너 같은 동생 있으면 업고 다니겠다, 정말."

영민이 말하자 호정이 피자를 입에 가득 머금고 깔깔거렸다.

"우리 오빤 업어주지도 않고 잔소리만 하는데! 첫째 오빠, 둘째 오빠 할까요?"

호정이 영민과 재우 가운데 서서 팔짱을 꼈다. 나는 목이 말라 콜라를 컵에 한가득 따라 마셨다. 재우가 그런 나를 보더니 호정의 팔을 슬그머니 풀곤 가방에서 약통을 꺼냈다.

"그게 뭐예요?"

호정이 호기심을 보였다.

"비타민이야. 호수가 준 적 없지?"

영민이 말했다. 나는 피자 조각을 내려놓고 재우와 영민을 번갈아 보며 말했다.

"이걸 준다고?"

영민이 나를 보고 눈을 찡긋거렸다.

"이거 먹으면 뭐든 잘하게 된다고. 피곤하지도 않고."

그러곤 약통에서 약 한 알을 꺼내 콜라와 함께 삼켰다.

"진짜? 난 신 거 못 먹는데."

"엄청 셔."

내가 끼어들었다.

"그럼 됐어요."

호정이 다시 피자를 먹기 시작했다. 영민이 나를 노려보았다. 나는 모른 척 내려놓았던 피자를 집어 들었다. 재우가 약 한 알을 콜라와 함께 삼켰다.

"오빠도 먹어요?"

호정이 묻자 재우는 그런 호정이 정말 귀엽다는 듯 빙긋 웃었다.

"몸에 좋거든."

"피부에 좋은 거예요? 어쩐지 오빠 피부 좋더라. 근데 오빠 진짜 예쁘게 생긴 거 알아요?"

그 순간 재우의 표정이 딱딱하게 굳었다. 재우는 몇 입 먹지도 않은 피자를 내려놓고 멀찍이 놓인 의자에 앉아 귀에 이어폰을 꽂았다. 호정이 재우의 눈치를 살피자 영민이 말했다.

"신경 쓰지 마. 저러니까 계집애 같다고 하지. 그러면서 또 그런 소리 들으면 엄청 싫어해."

재우가 갑자기 표정이 바뀔 땐 나나 영민은 되도록 말을 걸지 않는데 호정은 달랐다. 재우 앞에 가서 이어폰을 뽑더니 오빠 삐쳤어요? 나 때문에? 하고 아양을 떨었다. 재우가 못 이기는 척 피식 웃으며 이어폰을 빼자 그럼 그렇지 하는 표정으로 돌아와 약통을 잡았다. 재우에게 보여주려는 마음인 것 같았다.

"몸에 좋은 거면 먹어야지!"

호정이 약통을 열었다. 먹지 말라고 소리치고 싶었지만 재우가 나를 보고 있었다. 재우가 나한테 등을 돌려버릴까 봐 더 이상 호정을 말릴 수 없었다. 한 알 정도면 아무렇지 않을 수 있었다. 나한테서처럼 기분이 묘해지는 꿈 정도로 지나갈 수도 있었다. 내가 망설이는 동안 호정은 약을 콜라와 함께 삼켜버렸다.

"아무 맛도 안 나네. 언니 거짓말한 거죠?"

호정이 장난스럽게 날 흘겨보았다. 나는 멋쩍은 듯 그런가? 하고 웃었다.

"언니는 안 먹어요?"

호정이 내게 약통을 내밀었다. 분위기상 먹지 않을 수 없었다. 재우와 영민이 나를 지켜보고 있었고, 안 먹겠다고 하면 호정이 이상하게 생각할지도 몰랐다. 내가 약통으로 손을 내밀자 재우가 당구대로 다가와 뚜껑을 닫았다.

“얜 이런 거 싫어해.”

놀란 눈으로 재우를 쳐다봤다. 재우가 뭔가를 이렇게 직접적으로 못 하게 하는 경우는 드물었다. 기뻐야 할 상황 같은데 난 이상하게 꼭 무슨 일이라도 벌어질 것처럼 숨이 막혔다. 호정은 입을 삐죽거리더니 언닌 좋겠어요, 남자 친구 있어서, 했다.

마치 취기가 올라오듯 약 기운이 몸에 퍼지는 모양이었다. 영민과 호정의 눈이 풀리고 목소리 톤이 한층 높아졌다. 호정이 춤 보여줄게요, 춤! 했고 영민은 당구대를 밀어 공간을 만들었다. 재우가 내게 손짓하더니 한 의자에 같이 앉자고 끌어안았다. 재우 무릎에 앉자 재우는 내 어깨에 팔을 올리고 몸을 기댔다. 재우의 묵직함이 좋아 나는 조금도 움직이지 않았다. 재우가 사라지거나 죽는 꿈을 꾸고 깨어나는 일이 종종 있었다. 누군가 곁에서 사라지는 게 두려워 울면서 꿈까지 꾸는 일은 처음이었고 그 처음이 낯설고 생경해 더 큰 두려움을 느끼곤 했다. 영민이 노래를 틀려고 할 때 재우가 호정에게 말했다.

“호수한테 국어 맞았다고 해.”

“그게 무슨 말이에요?”

호정이 되물었다.

“그렇게 말하면 알아.”

“오빠가 알아요? 나 여기 온 거?”

재우가 말이 없자 호정이 영민을 돌아보았다. 영민이 말했다.

“알지.”

“죽었다, 이제. 말하지 말라고 했잖아요.”

호정은 금방이라도 울음을 터뜨릴 것만 같았다. 나는 괜히 지금까지 걱정했다 싶어 재우에게 고개를 돌리며 물었다.

"호수한테 언제 말했어?"

재우는 내 등에 기대 눈을 감고 있다가 부스스 일어났다.

"어제."

"어제?"

놀라서 되물었는데 재우는 말하기 귀찮다는 표정으로 다시 등에 얼굴을 기댔다.

"영민이한테 어딘지 말하지 말고 여행 간다고만 하라 그랬어. 누가 이기나 해봐야지."

재우의 계획이 무엇인지 그제야 짐작이 갔다. 호수가 생각대로 움직이지 않으니 호정을 미끼로 삼은 거였다. 호정까지 약에 연루되어버리면 호수가 위험한 상황을 만들진 못하리라는 걸 확실히 담보할 수 있었다. 혹여나 문제가 생기면 호정을 물고 늘어지면 되는 일이었다. 호수는 내게 마치 여행 얘기는 처음 들었다는 듯 감쪽같이 연기를 했다. 이제 호수가 나타난다면 무슨 일이 벌어질지 몰랐다. 나는 손톱을 잘근잘근 깨물었다. 이빨과 손톱이 부딪치면서 딱딱거리는 소리가 났다.

"듣기 싫어."

재우가 말했다. 나는 뒤를 돌아보지 않고 말했다.

"호수가 올 거야."

"응?"

재우는 여전히 졸린 목소리였다. 환각 속을 헤매고 있는 것일지도 몰랐다. 목소리가 떨리고 있었다.

"호수한테 여기가 어딘지 알려줬어. 곧 올 거야."

재우가 몸을 벌떡 일으켰다.

"왜?"

뒤돌아보지 않아도 날카롭게 변한 재우의 얼굴이 그려졌다.

"도움이 될 줄 알았어."

"뭐? 누구한테? 호수한테?"

"몰랐어. 영민이 말대로 잘 해결된 줄 알았지."

"왜 이렇게 다들 제멋대로야?"

"호수가 온다고 달라질 건 없잖아. 만나서 잘 얘기하면 돼."

"나한테 말도 없이 네 멋대로 행동해?"

"처음부터 호수한테 왜 약을 팔라고 시킨 건데? 센턴지 뭔지 말도 안 되는 영민이 부탁을 왜 들어준 거냐고?"

"넌 몰라."

"내가 뭘 모르는 건데?"

"전부. 아는 게 하나도 없어. 그러니까 제멋대로지."

재우가 다른 쪽으로 가려다 휘청거리며 날 가볍게 밀쳤고 그 바람에 의자가 넘어져버렸다. 재우가 영민을 부르는 순간 노래가 시작되었고 호정이 춤을 췄다. 영민은 다가오려는 재우를 저지하며 호정의 보디가드 흉내를 냈다. 몇 명인지 알 수 없을 정도의 소녀들이 떼로 나와 여러 번 봐도 익숙해지지 않았던 소녀시대의 노래였다. 호정은 치어걸처럼 팔을 휘두르고 폴짝폴짝 뛰다가 가사에서 '어리다고 놀리지 말아요'라는 말이 나올 땐 영민 앞에 갔다가 또 '수줍어서 말도 못 하고'라는 말이 나올 땐 재우 앞에 와 있었다. 급기야 영민은 호정에게 뽀뽀해야겠다고 쫓아다녔고 호정은 춤을 추면서 영민을 피했다. 그때였다, 문이 열리고 호수가 들어온 것은.

호수는 말릴 새도 없이 호정의 머리채를 잡았다.

"미친년이 여기가 어디라고 저 새끼들을 데리고 와!"

호수가 소리를 질렀다.

"아 오빠, 내 머리카락!"

호정은 앓는 소리를 내면서도 그 와중에 자기 머리카락 다 뽑힌다고 악을 썼다. 호수한테 머리채를 잡혀 고개가 들리자 그제야 호정의 흉터가 보였다. 턱과 목 사이의 기다란 상처엔 분홍빛의 새살이 올라와 있었다. 누군가에게 포박돼 칼로 협박을 당할 때에야 생길 법한 상처였다. 호정을 대하는 호수의 태도를 보니 호수가 호정의 목에 칼을 대고 있는 모습이 그려졌다. 영민이 달려들어서야 겨우 호정이 호수의 손에서 풀려났다. 호수는 개새끼들! 하고 욕을 하면서 바닥에 침을 뱉었다.

호정은 마치 아무 일도 없었다는 듯 헝클어진 머리를 바로 묶곤 오빠 왔어 하고 팔짱을 꼈다. 호정이 휘청거리며 비실비실 웃었다.

"뭐야?"

호수는 호정을 밀치고 재우와 나, 영민을 차례로 돌아보았다. 그러더니 벽에 기대어 서 있던 재우의 멱살을 잡았다. 호수의 주먹이 올라가자 호정이 소리를 질렀다.

"오빠는 내 얘긴 들어주지도 않잖아. 왜 언니 오빠들한테 뭐라고 하는 건데?"

호수가 재우의 턱을 주먹으로 쳤다. 호정이 호수에게 달려들어 팔을 깨물었다.

"놔! 안 놔?"

호수가 팔을 흔들며 호정을 떼어내려고 하자 호정이 눈을 번뜩이며 호수의 팔을 더 세게 물고 늘어졌다. 영민이 뒤에서 호정을 끌어안았다. 호정이 갑자기 웃음을 터뜨리며 주저앉았다.

"아, 오빠! 간지럽잖아!"

영민은 어정쩡하게 선 자세로 호정을 붙잡고 있었는데 호수가 그런 영민을 발로 내리찍었다.

"그 손 안 놔?"

당구대 위에 놓인 휴대전화에선 '어리다고 놀리지 말아요. 스쳐가는 얘기뿐인걸'이 계속 재생되고 있었다. 호정은 바닥을 손바닥으로 치며 눈물까지 흘리면서 깔깔거렸다. 나는 영민의 휴대전화를 집어 들어 노래를 껐다. 갑자기 조용해지자 죽어가는 물고기의 비늘처럼 긴장감이 날을 세웠다. 영민이 엉거주춤 일어나서 횡설수설 말하기 시작했다.

"야, 나 옷만 잡았어. 내 손이 다 억울하단다. 우리가 준 게 아니고 호정이가 먹었어. 한 알이야, 한 알. 호정아, 말해봐. 내가 뭐 만졌어?"

호정은 바람 빠진 소리를 내며 등을 땅에 대고 헐떡거렸다. 영민이 호수한테로 한 걸음 다가서며 말했다.

"진짜 한 알이야. 한 알은 비타민 같은 거 알잖아? 왜 자꾸 일을 복잡하게 만들어? 몇 알 갖고 있어? 스무 알? 열 알?"

호수는 누워서 낄낄거리며 웃고 있는 호정을 돌아보더니 영민과 재우를 번갈아 노려봤다.

"개새끼들, 내가 가만히 있을 줄 알아?"

"가만히 안 있으면?"

재우가 입을 열었다. 호수는 씩씩거리며 재우 쪽으로 몸을 돌렸다. 재우의 한쪽 입꼬리가 올라가 있었다. 호수가 재우의 어깨를 한 손으로 밀치며 말했다.

"재밌냐? 다 네 마음대로 될 거 같지? 잘못 걸렸어. 영민이가 보낸 문자도 그대로 있고 통화한 것도 녹음해놨어."

재우는 호수의 눈을 똑바로 바라보며 빙긋 웃었다.

"어디까지 가나 해봐."

"공급자한테 처벌이 제일 센 건 알고 있나? 최소 5년에서 11년이라지, 아마?"

"공급자가 누굴까?"

"내가 팔았을 것 같아?"

"글쎄, 나한텐 약인데 너한테도 약일까?"

재우의 얼굴에서 웃음기가 사라졌다. 호수는 금방이라도 칠 기세로 재우를 노려봤다. 재우가 왜 저렇게까지 호수와 맞서는지 이해할 수 없었다. 호정이 갑자기 발을 구르며 엄마를 찾았다. 보다 못한 영민이 재우를 끌고 가려 했지만 재우는 꿈쩍도 하지 않았다. 호수와 재우를 지켜보는 내 등에서 식은땀이 났다. 심호흡을 하고 재우 앞에 섰다. 어떻게든 둘 사이의 긴장감을 누그러뜨릴 생각이었다.

"잠깐 나 좀 봐."

내가 재우 팔을 잡자 호수가 재우에게서 눈을 떼고 나를 보며 비아냥거렸다.

"이 새끼 왜 핀란드 갔는지 알고 만나냐?"

영민이 호수 입을 막아보려 우왕좌왕했지만 호수는 재우를 똑바로 쳐다보며 비웃었다.

"동준이 소식은 알고?"

재우가 고개를 숙이고 한 손으로 얼굴을 쓸어내렸다. 눈꺼풀과 입 주위가 미세하게 떨렸다. 숨을 가쁘게 쉬기 시작했는데 그 소리가 꼭 이구아나의 숨소리 같았다. 영민이 이번엔 호수를 끌어내보려 했지만 호수 역시 꿈쩍도 하지 않았다. 심상치 않은 분위기를 눈치챈 호정이 그제야 일어나 호수에게 달라붙어도 소용없었다. 호수는 재우에게서 눈을 떼지 않고 나한테 말했다.

"저 새끼가 다리도 절고 말도 더듬는 병신을 반 죽여놨거든. 그 정도면 그냥 죽였다는 게 맞지. 강한 새끼를 밟은 것도 아니고 지보다 약한 새끼를. 니 남자 친구가 그러고 도망친 비겁한 새끼라니까."

"호정이 목에 난 상처는 누가 그런 건데? 네가 그런 거 아니야?"

나는 목소리가 떨리고 있다는 걸 느꼈지만 애써 침착하게 굴었다.

"이 미친년이!"

호수의 손이 내 머리 위로 올라왔다. 턱이 떨렸지만 눈 한 번 깜빡이지 않고 호수를 노려보았다. 호정이 끼어들었다가 호수한테 또 한 번 머리채를 잡혔다. 영민은 호수에게서 호정을 떼어내느라 정신이 없었다. 재우의 숨소리가 점점 더 거칠어졌다. 히익 숨을 들이마셨다가 제대로 내뱉지 못하는 횟수가 늘어나고 있었다. 나는 재우의 가방을 뒤져 약병을 찾았다. 가방 안에는 크고 작은 약병이 여러 개 있었다. 손에 잡히는 대로 약병을 들고 가자 재우는 호정, 영민과 나눠 먹었던 약이 아닌 다른 약을 꺼내 먹었다. 재우를 끌고 밖으로 나왔다. 어딜 도망가냐고 악을 쓰는 호수를 영민과 호정이 막고 있었다.

바닷가의 찬 바람을 피해 편의점 안으로 들어갔다. 숨소리가 규칙적으로 잦아든 후에도 재우의 얼굴엔 핏기가 하나도 없었다. 자정이 지났지만 편의점은 여전히 분주했다. 바코드를 찍는 소리와 나지막이 흘러나오는 음악 소리같이, 어디에 와 있는지 잊게 만드는 편의점만의 규칙성이 예외적인 일은 일어나지 않을 거라는 안도감을 불러일으켰다. 창 쪽으로 난 의자에 앉아 무엇을 보는지 바깥만을 응시하는 재우를 두고 나는 어느새 아무 일 없었다는 듯 핫초코를 홀짝일 수 있게 됐다.

"어쩌지?"

내가 묻자 재우가 어쩔까? 하고 혼잣말처럼 중얼거렸다. 처음엔 호수가 쫓아오지는 않을까 두리번거렸지만 핫초코를 마시고 나니 그럼 또 어때, 하는 느긋한 마음이 들기까지 했다. 차라리 환하게 불을 밝히고 있어 사람들이 계속 모여드는 편의점 같은 데에서 호수를 설득하는 게 나을 것 같았다.

"호수 데리고 올까? 여기서 얘기할래?"

진심이었는데 재우는 엉뚱한 얘기라도 들은 듯 피식 웃었다. 그때 편의점 앞 도로에 흰색 SUV 한 대가 섰다. 운전석에서 청바지에 카디건을 입은 여자가 내렸다. 여자가 조수석으로 가 문을 열자 패딩을 입은 남자가 마지못해 차에서 내렸다. 여자와 남자는 차 문을 활짝 열어놓은 채 말다툼을 벌였다.

돌아보니 재우 역시 여자와 남자를 보고 있었다. 남자는 소리를 지르는 여자를 홀로 두고 편의점 쪽으로 걸어왔다. 여자는 남자를 지켜보다가 먼저 조수석 문을 쾅 닫았고 그래도 남자가 돌아보지 않자 운전석에 올라 또 한 번 큰 소리를 내며 문을 닫았다. 남자는 마치 장난감을 빼앗긴 아이라도 되는 양 화가 가시지 않은 고집스러운 얼굴로 컵라면을 골랐다. 남자가 컵라면에 뜨거운 물을 받아 밖으로 나가자 그때까지 남자를 기다리고 있던 차가 순식간에 속도를 높이더니 시야에서 사라져버렸다. 남자는 컵라면을 한 손에 든 채 차를 붙잡지도 못하고 그렇다고 컵라면을 버리지도 못하고 엉거주춤 서 있었다. 남자의 모습에 나도 모르게 웃음이 터져버렸다. 한 번 터져 나온 웃음은 쉽사리 멈추지 않았고 남자가 편의점으로 돌아와 라면을 먹는데도 끅끅거리는 웃음소리가 비어져 나왔다.

"주은아."

재우가 남자의 눈치를 보며 조심스럽게 물었다.

"뭐가 그렇게 웃겨?"

재우의 표정이 너무 진지해 또다시 웃음이 터져 나왔는데 눈물까지 흘리며 웃음을 멈추지 못하자 재우는 당황스러운지 어쩔 줄 몰라 했다.

"중학교 1학년 땐가. 자다가 깼는데 엄마가 머리를 다 풀어 헤치고 땀을 엄청나게 흘리면서 1.5리터 생수를 병째로 마시고 있는 거야. 그때 아빠는 야간 근무라 집에 없었어. 나는 그게 땀이라고 생각 못 하고 엄마 울어? 그랬어. 숨을 가쁘게 몰아쉬는 게 꼭 흐느끼는 소리처럼 들렸거든. 엄마가 지금 나처럼 웃었어. 너도 내가 무서워?"

"아니, 그냥 좀 이상해."

재우는 내가 무슨 말을 하는지 모르겠다는 표정으로 대답했다.

"엄마가 숨이 넘어갈 것처럼 웃으면서 말하는 거야. 아빠 차에 어떤 여자가 같이 타길래 그 차를 쫓아갔대. 이 새끼 저 새끼 하면서 죽기 살기로 쫓아가다가 차가 딱 멈추는데 그때 차 번호가 보이더래. 아빠 차가 아니었다는 거야. 아빠한텐 비밀이라고 또 웃는데 그게 꼭 우는 거 같아서 진짜 이상하고 무서웠어. 엄마가 왜 저러나. 엄만데. 엄마가 저래도 되는 건가. 웃는 사람을 위로할 순 없는 거잖아?"

"엄마랑 딸은 그렇구나."

나는 단어를 고르며 천천히 말했다.

"그런 게 아니지. 엄마가 나한테 예의가 없는 거야. 엄마가 딸한테 멋져 보이진 못해도 보여줄 거 안 보여줄 건 가려야 하지 않나."

재우는 잠시 말이 없었다. 라면을 다 먹은 남자가 빈 용기를 쓰레기통에 버리고 밖으로 나가 담배를 피웠다. 담배 연기가 입김에 섞여 산산이 흩어졌다. 남자는 아까의 재우처럼 파도 소리 외에 아무것도 보이지 않는 바다를 응시하고 있었다.

"나한테 이런 얘기 한 적 없지 않나?"

나는 남자에게서 눈을 떼고 재우를 봤다. 재우의 얼굴에 다시 생기가 돌기 시작했다.

"없지. 앞으로도 없을 거야. 재우야."

나는 재우 이름을 부르고 뜸을 들였다.

"말해."

재우가 내 눈을 마주 보고 있었다. 시험이 끝난 후로 처음인 것 같았다.

"호수가 원하는 대로 해줘. 나한테 무슨 일 생기면 우리 엄마 아빠는 감당 못 해. 우왕좌왕하다 전부 놓아버릴 거야. 아무것도 붙잡지 않고 전부. 좋은 대학 가서 졸업하자마자 취직해서 대출 갚아야 돼.

그러고 나면 가족 여행이란 것도 가고 철마다 다른 스타일의 옷도 살 수 있겠지. 돈 모아서 좋은 구두도 사고 가방도 사고 그럴 거야."

조금 긴장하는 듯했던 재우의 표정이 풀렸다.

"넌 꼭 이미 다 살아본 애처럼 굴어. 재미없잖아, 그런 계획."

"재미는 너나 영민이 같은 애들한테나 있는 거지. 나한텐 없어."

"너도 날 그런 식으로 생각하네."

재우가 씁쓸한 표정으로 오른쪽 턱을 만졌다. 호수한테 맞은 부위가 붉게 부풀어 올라 있었다.

"다르니까."

내가 혼잣말하듯 중얼거리자 재우는 시시하다는 얼굴로 창밖을 봤다.

"재미없다, 정말."

남자가 담배를 발로 비벼 끄고 바다 쪽으로 걸어갔다. 나는 남자의 뒷모습을 눈으로 좇으며 말했다.

"호수가 약을 팔기는 했을까?"

"팔았어."

"어떻게 알아?"

내가 놀란 얼굴로 돌아보자 재우가 어깨를 한 번 으쓱했다.

"문자 왔거든. 더 구할 수 없냐고."

"누구한테?"

"몰라. 주소 받아보니까 해남이야."

"인터넷으로 판 거야?"

"처음부터 시킨 대로 할 생각이 없었던 거지. 전화번호나 이름도 내 걸 쓴 거 같아."

"재미없네, 진짜로. 어쩌지?"

"끝까지 가봐야지. 이제 가자."

재우가 일어섰다. 앞서가는 재우를 쫓아가 손을 잡았다. 재우의 손이 따뜻했다. 바다 쪽으로 향하던 남자는 어디로 갔는지 그새 보이지 않았다.

환하게 불이 켜진 조개구잇집 안엔 여전히 손님들이 가득했다. 호정의 엄마가 가게를 바쁘게 오가며 소주병을 나르고 있었다. 재우가 먼저 알루미늄인지 철인지 알 수 없는 금속으로 된 얇은 문을 열고 안으로 들어갔다. 영민과 호수는 당구대에 기대 얘기를 하고 있었고, 호정은 난로 앞에 놓인 의자에 앉아 꾸벅꾸벅 졸고 있었다. 호수는 재우를 보자마자 딱딱하게 굳은 얼굴로 몸을 일으켜 세웠다. 영민이 재우와 호수의 눈치를 살피며 괜히 호수의 어깨에 팔을 둘렀다.

"원하는 게 뭐야?"

재우가 먼저 입을 열었다. 호수가 비아냥거리듯 대꾸했다.

"알지 않나? 알라고 네 번호도 주고 문자도 보내고 한 건데."

"더 달라고? 없어."

"어떻게 만들었는지 알려줘."

호수와 재우가 다시 금방이라도 한 대 칠 듯 서로를 노려봤다. 영민이 재우에게로 가더니 어깨에 팔을 올렸다. 영민과는 이미 얘기가 된 눈치였다. 재우가 귀찮다는 듯 몸을 피했다.

"그럼 뭘 줄 건데?"

"다 지워주지. 문자도, 녹음한 것도."

재우가 말이 없자 영민이 나섰다.

"아까도 설명했지만 뭘 알아도 약을 구할 수가 없어요. 이 새끼는 아프니까 타 오는 거지. 그냥 한 달에 스무 알씩 준다니까. 그 정도면 충분하지 않나?"

"누가 스무 알을 준대?"

재우가 목소리를 높였다. 영민이 재우에게 낮은 목소리로 속삭였다. 재우는 영민의 말을 들으며 미간을 찌푸렸다. 둘을 지켜보고 있던 호수가 소리쳤다.

"어떻게 만드는지 가르쳐줄 거야 말 거야? 약은 내가 구해."

"네가 구한다고? 어떻게?"

내가 물었다. 호수는 나를 쳐다보지도 않았다. 없는 사람 취급하는 것 같았다. 잠깐 동안 정적이 흘렀다. 홀에서 고래고래 고함을 치며 노래를 부르는 소리가 들려왔다.

"알았어. 다음 주에 영민이 집에서 만나."

재우가 입을 열었다. 영민이 과장되게 기뻐하며 재우 목을 끌어안았다.

"야, 그래. 우리 집에서 미드도 보고 피자도 시켜 먹고 하자. 이거 다 식어서 얼음이야 얼음. 이런 걸 호수 먹으라고 할 수도 없고. 호정이도 부를까?"

호수가 영민을 쏘아보자 영민은 눈치를 살피더니 다시 너스레를 떨었다.

"호정이가 예뻐서 그래. 어렸을 때부터 호정이 같은 여동생 있는 게 내 소원이었다고. 내가 말 안 했나? 우리 엄마 만날 허리 아프다고 골골대는데 하나 낳아달라고 할 수도 없고."

그때 졸고 있던 호정이 자기 이름을 듣고 졸린 눈을 비비며 고개를 들었다.

"재우 오빠 왔어? 괜찮아?"

호정이 재우를 걱정스러운 얼굴로 쳐다보자 호수가 호정을 일으켜 세워 엄마한테 가보라고 시켰다.

"너넨 가라. 차 있다."

호정이 자리를 뜨자 호수가 우리를 돌아보며 말했다. 영민은 속초까지 와서 조개 한 점 못 먹고 간다고 투덜거렸다. 호수가 그런 영민을 쳐다보며 잠시 머뭇거리다가 들릴 듯 말 듯 한 목소리로 빠르게 웅얼거렸다.

"학교에선 아무 말 하지 마라."

"뭐? 무슨 말?"

가까이 서 있던 영민이 어리둥절한 표정으로 되물었다가 이내 능글맞게 웃으며 호수의 어깨를 가볍게 쳤다.

"야, 걱정 마. 이 새끼, 은근히 섬세하네."

재우가 먼저 가방을 들고 일어섰고 나는 재우를 따라 밖으로 나왔다. 영민이 찜질방 갈까 소리쳤지만 재우는 영민의 말엔 대꾸도 하지 않고 택시를 잡았다. 택시를 타고 버스터미널로 향하면서 영민은 뭐가 그렇게 신이 났는지 말을 멈추지 않았다. 영민이 조수석에 앉았고 재우와 내가 뒷좌석에 앉았는데, 영민은 우리를 보지 않고도 잘도 떠들어댔다. 그러다 영민의 입에서 동준이라는 이름이 튀어나왔다.

"호수 그 새끼 동준이 과인 줄 알았더니 아니네. 마지막에 학교에서 아무 말 하지 말라고 할 때 표정 봤냐? 호수 잘 모르는 애들은 개네 집 잘사는 줄 알잖아. 나도 호정이한테 이것저것 듣기 전에는 그랬거든. 와, 생각할수록 웃기네. 안 그러냐?"

"그만해라."

재우의 목소리가 심상치 않았다. 영민은 재우의 말을 듣지 못했는지 말을 멈추지 않았다.

"동준이가 좀 특이하긴 했지. 솔직히 그런 애 평생 살면서 한 번 만날까 말까이기도 하고. 재우 저 새끼가 동준이 무지 챙겼어. 아까 호수 그건 몰라서 하는 말이야. 잘 모르는 애들이 그렇게 꼭 없는 말 만들어내고 그런다니까."

"그만하라고."

재우가 다시 한번 말했다. 재우의 숨소리가 심상치 않게 변하고 있었다.

"아저씨, 히터 좀 꺼주세요."

내가 날카롭게 말하자 영민은 그제야 고개를 돌려 재우의 기색을 살피더니 조용해졌다. 우리는 서울로 향하는 막차를 탔다. 몸이 녹고 긴장이 풀려서 그랬는지 정신을 차리고 있으려 해도 나는 자꾸 잠에 빠져들었고, 한 번씩 눈을 뜰 때마다 마치 허상처럼 눈 한 번 깜빡이지 않고 깜깜한 창 너머를 응시하는 재우가 나타났다가 사라졌다. 재우의 시선을 내게로 돌려보고 싶었지만 온몸에 힘이 빠져 꼼짝도 하지 못한 채 까마득한 나락으로 떨어지기만 했다. 재우를 잡은 손이 풀리고 있다는 걸 느끼면서도 다시 힘주어 잡지 못했다.

6

속초에 다녀온 다음 날, 그다음 날에도 눈이 왔다. 아침부터 시작된 눈은 오후 늦게까지 내렸다. 거리의 발자국은 빠르게 쏟아져 내리는 눈에 지워졌다. 눈이 온 첫날에는 기분 좋게 눈을 맞으며 걸어 다니던 사람들도 다음 날이 되자 우산을 들고 나왔다. 바깥엔 하얗게 눈이 깔렸지만 집 안은 하루 종일 불을 켜놓지 않으면 안 될 정도로 어두웠다. 나는 어두운 집 안에서 몸을 웅크리고 앉아 휴대전화만 들여다봤다. 웹툰을 보고 라디오를 큰 소리로 틀어놓아도 왠지 모를 초조함이 사라지지 않았다. 영민과 연락을 할 때까지 그렇게 방 안에만 틀어박혀 있었다.

속초에서 올라와 헤어진 이후로 재우와 연락이 되지 않았다. 뭐해? 문제집 좀 빌려줄래? 머리를 굴려 밥은 먹었느냐와 같은 문자를 보내도 답이 없었다. 휴대전화는 계속 꺼져 있었다. 하루 정도 연락이 되지 않는 경우는 종종 있었지만, 이렇게 오랫동안 재우와 연락이 되지 않은 적은 처음이었다.

하루가 지나고 이틀이 지나자 한시라도 가만히 앉아 있기 힘들 지경이었다. 처음엔 어디가 아픈 게 아닌가 걱정스러운 마음이 컸지만 통화 목록의 재우 이름 옆에 표시되는 전화의 수가 늘어날수록 자존심이 상했고 괘씸한 마음마저 들었다. 영민과 재우가 다시 호수를 만났는지, 아무 일 없었는지 확인하고 싶은데 연락이 되지 않으니 그 일에 관심을 두지 않으려 해도 불안감만 커졌다. 영민에게 연락해볼까 휴대전화를 들었다 놓았던 것도 여러 번이었다. 3일째 아침이 되자 절망적인 심정이 되었다. 온몸의 세포가 제멋대로 날뛰며 서로를 갉아먹는 기분이었다. 자꾸만 끔찍한 생각이 침입해 들어와 공부도 제대로 하지 못하고 잠도 제대로 자지 못했다.

영민에게 전화를 걸기 전, 마음을 가라앉혀보려고 책상에 앉아 스테들러 형광 색연필을 깎았다. 칼날이 색연필 심으로 파고들어 하마터면 손을 베일 뻔했다. 채점할 때면 늘 쓰던 빨간색 모나미 502 젤러 펜은 잉크가 한참 남았는데도 그날따라 써지지 않았다. 아무것도 되는 게 없어 차라리 도서관에나 갈까 하다 충동적으로 영민에게 전화를 걸었다. 그동안의 망설임에 비하면 무엇에 씐 것 같은 돌발적인 행동이었다. 하루만 더 참았더라면, 그냥 도서관에 갔더라면 나는 그 자리에 없었을 것이었다. 그 일을 목격하지 않을 수 있었다. 나는 그 모든 불길한 신호들을 유난히 춥고 어두운 날씨 때문이라고 여겼다.

신호음이 몇 번 울리지도 않았는데 영민이 전화를 받았다. 영민은 과장스럽게 나를 반기며 역 앞 맥도날드에서 맥모닝을 먹자고 했다. 밖에는 진눈깨비가 흩날리고 있었다. 눈이 얼어붙은 거리를 오가는 사람들의 모습이 슬로비디오를 재생해놓은 것처럼 느리고 어색해 보였다. 영민은 내 몫의 맥모닝까지 시켜놓고 창가 쪽 테이블에 앉아 있었다. 후드티에 청바지 차림으로 우산도 없이 왔는지 어깨와 모자 부분이 젖어 있었다. 덩치에 맞지 않는 작은 의자에 기대어 앉아 다리를 떨고 있는 모습을 보니 마음이 좀 놓였다.

"학원은 그만뒀어?"

내가 묻자 영민은 감자튀김을 입에 욱여넣으며 인상을 썼다.

"오지 말래. 나 같은 학생은 받아줄 수 없다고. 웃기지 않냐? 돈은 다 받아놓고."

"아버지가 가만히 계셔?"

"아, 우리 아버지? 베스퍼를 심어놨지. 문제는 이 아줌마가 제임스 본드를 웃기고 울리는 에바 그린이 아니라는 거고! 난 아줌마를 절대 사랑할 수 없는데 아줌마는 내가 궁금해 죽어. 방문을 벌컥벌컥 열고 들어오질 않나 늦잠이라도 자면 아버지한테서 바로 전화 오잖아."

"호수는? 만났어?"

내가 더 이상 참지 못하고 물었다.

"내일 집으로 온다 그랬어. 괜찮겠지? 잘못하면 진짜 인도네시아로 끌려가게 생겼어. 자카르타도 아니고 수라바야라나. 여기 집도 정리하고 아예 거기서 살아야겠다는 무서운 말씀을 하신다."

"가면 또 어때. 대학 걱정 없고 취직 걱정 없는 거 아니야?"

입맛이 없었지만 맥모닝의 비닐종이를 벗겼다. 영민은 한입에 맥모닝 반을 넣고 우물거렸다.

"아니, 전기 쪽 전공하라고 어디라도 밀어 넣을걸."

"전기? 그런 쪽이었어? 아버지 하시는 일이?"

"어, 전기 전선 부품 뭐 이런 거. 생각만 해도 싫다고."

영민이 고개를 절레절레 흔들며 맥모닝의 나머지 반을 입 안에 넣었다. 나는 두 입 정도 베어 먹은 햄버거를 다시 포장지로 감싸곤 고개를 들었다.

"넌 뭐 하고 싶은데?"

"내가 말한 적 없어?"

영민이 놀랍다는 표정을 지었다. 영민에겐 그다지 관심이 없었기 때문에 듣고 흘려보냈을 가능성이 컸다. 내가 마지못해 모르겠다고 말하자 얘기는 재우와 상관없는 쪽으로 흘러갔다. 영민을 괜히 불러냈다는 후회가 밀려왔지만 이미 영민은 내 반응도 살피지 않고 자기 얘기를 하느라 신이 나 있었다.

"프로 농구팀 구단주. 이게 최종 목표고 일단 영화로 돈 벌어야지. 영화과 갈 거야."

"영화로 무슨 돈을 벌어? 예술 해서 돈 번다는 얘기는 처음 듣는다."

다 먹은 햄버거 비닐종이를 구기며 영민이 물었다.

"너네 아버지 도자기 하신댔나?"

"그건 또 어디서 들었어?"

쿨럭거리며 쏘아보았더니 영민이 거드름을 피웠다.

"나한테 뭐 숨기려고 하지 마라. 다 아는 법이 있으니까."

그러다 주위를 한 번 살피더니 목소리를 낮췄다.

"호정이 목에 난 흉터 있잖아. 호수 그 새끼가 한 거 맞대."

"호정이가 그래?"

"처음엔 아니라고 하더니 맞더라고. 호수가 칼 들고 한 번 설쳤대. 호정이 끌어안고 아버지 협박했다나. 엄마랑 이혼 안 해주면 호정이 죽이고 자기도 죽을 거라고. 그 새끼 진짜 독하지 않냐? 아무리 그래도 동생 목에 상처까지 내고. 호수 아버지가 돈만 생기면 주식하는데 이번엔 빚까지 져서 했다가 다 날렸나 봐. 얼마 전에 주식 폭락했잖아."

"주식?"

"넌 뭐 아는 게 없냐. 우리 아버진 어디서 듣고 한참 전에 내 이름으로 된 거 다 빼 갔잖아."

내가 심드렁한 표정으로 말없이 있자 영민이 얼굴을 가까이 들이밀었다.

"재우랑은 연락하냐?"

"너는?"

초조한 마음을 숨기지 못하고 다급하게 물었다. 영민이 억울하다는 표정을 지었다.

"그때부터 전화도 안 받고 문자도 씹는다. 내가 뭐 잘못했냐?"

나는 모르겠다는 얼굴로 고개를 저었다.

"나한테도 연락 없어. 집에는 가봤어?"

"독서실 갔다더라고. 자꾸 찾아가면 이상하게 생각할 거고. 동준이 얘기해서 그런 것 같지?"

나는 궁금한 기색을 내비치지 않으려 노력하면서 물었다.

"동준이라는 애랑 무슨 일이 있었는데?"

"나도 자세히는 몰라. 내가 얘기한 거 알면 재우가 싫어할걸."

"그럼 됐어."

내가 관심 없다는 얼굴로 고개를 돌리자 영민이 빙긋 웃었다.

"그래도 재우 여자 친구니까 알고 있는 게 낫겠지? 재우 그놈이 동준이 일 있고 처음으로 마음 연 거니까 이런 건 주은이 네가 알아도 될 거야. 나한테 들었다고만 안 하면."

내가 알겠다고 고개를 끄덕이자 영민이 말을 이었다.

"초등학교 5학년 때 우리가 동준이랑 같은 반이었어. 동준이 개가 어렸을 때 사고가 났나 그래서 한쪽 다리가 좀 짧았어. 다리를 저니까 체육 시간에 밖에 못 나가는데 재우도 천식 때문에 그랬거든. 둘이 교실에 있으면서 친해진 거지. 동준이가 똑똑해서 다리 절어도 애들이 놀리거나 그러진 못했어. 여자애들한텐 인기도 많았고. 고무줄 끊고 도망가는 그런 애들이랑 다르게 젠틀했거든. 이젠 이름도 기억 안 나는데 어떤 놈이 동준이가 마음에 안 들었던 거야. 급식 당번이 돌아가면서 급식 차 끌고 반으로 오는 거였는데, 동준이는 왜 당번 빼주냐고 학급회의 시간에 말한 거지. 그때 동준이가 미안하다거나 아니면 자기도 하겠다거나 했으면 안 그랬을 텐데 뭐라 그랬지. 권리라고 했던가."

"권리?"

"자기는 조금 다른 몸을 갖고 있고 할 수 없는 일은 안 할 수 있는 권리가 있다고. 급식 차를 끄는 게 아니라 오히려 자기를 위해서 급식을 갖다 주는 당번이 있어야 된다고 했나? 선생님이 동준이 편을 들어버린 거야. 아, 우리 동준이가 그동안 교실 앞까지 급식 받으러 나오기 힘들었겠다고 하면서. 차이를 인정해야 한다고 가르치신 거지."

"그래서?"

"건의했던 그놈을 동준이 급식 당번으로 만들었어. 그럴 필요까진 없었거든. 동준이랑 같이 밥 먹는 나나 재우가 늘 갖다 줬으니까. 걔랑 친한 여자애들도 있었고. 그놈이 밥을 엉망으로 만들어서 동준이한테 갖다 주는 거야."

"초등학생이 그랬다고?"

"지금 같으면 나한테 함부로 못하지. 그땐 나도 그렇고 재우도 그렇고 반에서 제일 작고 말라서 덩치에서 밀렸거든. 동준이도 마찬가지였고. 동준이가 엉망이 된 식판을 받아 들고 걔한테 뭐라고 했는지 알아?"

내가 모르겠다고 고개를 젓자 콜라를 한 번 들이켜곤 말했다.

"다시 갖고 오라고 한 거야. 제대로 된 거로. 좋게 좋게 한 번으로 끝날 수도 있었는데 걔를 건드린 거지. 걔가 동준이한테 쪽지를 보냈어. 학교 끝나고 무슨 속셈학원인가 1층으로 오라고. 나랑 재우는 가지 말라고 했어. 갔다가 괜히 무슨 일을 당할지도 모르고 못 이길 게 뻔하니까. 그렇잖아, 힘으로 안 되는 게 뻔한데 왜 거기 가서 맞서냐고. 어차피 선생님이나 여자애들은 다 동준이 편인데. 근데 동준이는 어떤 상황에서도 비겁해지면 안 된다는 거야. 야, 잠깐만. 전화 왔다."

영민이 말을 멈추고 휴대전화를 들고 일어났다.

"재우야?"

영민은 그렇다는 건지 아니라는 건지 턱을 내 쪽으로 들어 보이고 황급히 밖으로 나갔다. 잠을 내내 못 자서인지 무겁게 내려앉은 공기 때문인지 무언가에 짓눌려 있는 듯한 기분이었다. 영민은 큰 보폭으로 유리문 앞을 왔다 갔다 하며 통화하고 있었다. 말하길 좋아하는 영민이 대답도 거의 하지 않고 듣고만 있었다. 평소와 다르게 초조해 보이는 모습이 낯설게 느껴졌다.

동준에 대한 얘기 따위는 듣지 않고 그냥 가버릴 수 있으면 좋을 것 같았다. 재우의 일에 그렇게 온 신경이 곤두서는 게 속이 상하면서도 한편으론 내가 아닌 듯 생경했다. 재우가 아니라 아이돌 가수나 갓 부임한 생물 선생님을 좋아할 수 있다면 어땠을까. 몸에 무언가 새겨져버린 것처럼 그러지 못하리라는 걸 스스로 너무 잘 알았다. 절대적인 대상은 그 대상 자체가 무게가 되어 재우가 없는 자리에서도 나를 꼼짝도 못 하게 만들었다. 영민의 통화는 지루할 정도로 길었다.

나는 플라스틱 빨대를 입에 물고 도로 쪽으로 시선을 옮겼다. 인도와 도로 사이에 비둘기 한 마리가 아슬아슬하게 내려앉아 있었다. 여기저기 깃털이 파이고 흰색 반점이 점점이 찍힌 비둘기가 뒤뚱거리며 도로 쪽으로 걸어갔다. 날개 한쪽이 흉하게 바깥쪽으로 꺾여 있었다. 차들이 비둘기 앞을 아슬아슬하게 스쳐 지나갔다. 도로에 비둘기가 먹을 만한 게 있나 싶어 둘러보았지만 빵 한 조각, 날아다니는 비닐 하나 없었다. 비둘기는 무언가에 홀린 듯 도로 한가운데로 비틀거리며 나아갔다. 죽으려고 작정이라도 한 것 같았다. 검은 세단 한 대가 달려와 순간적으로 비둘기 몸을 가렸다. 눈을 질끈 감았다. 내장이 둔탁하게 터지는 소리가 들렸다. 물론 그건 불가능한 일이었다. 맥도날드 안은 충분히 소란스러웠고 두꺼운 유리문이 사람이 드나들 때마다 쉴 새 없이 열렸다 닫혔다 하고 있었다. 속 깊은 곳에서 구토가 올라와 콜라를 급하게 들이켰다. 콜라 컵의 뚜껑을 열어 얼음을 입에 털어 넣고 있을 때 영민이 문을 열고 들어왔다. 창밖을 내다보자 여러 마리의 비둘기가 날아와 죽어버린 비둘기가 있어야 할 자리를 콕콕 쪼아대고 있었다.

그때 비둘기들이 무엇을 했던 것인지 아직도 알 수 없다. 언젠가 성일에게 비둘기들이 죽은 비둘기의 몸을 쪼는데 그게 끔찍하게 느껴지지 않고 마치 애도하는 것처럼 보였다고 말한 적이 있다. 성일은 언제나 동물의 생태에 관심이 많았는데 비둘기는 그럴 만한 동물이라고 했다. 비둘기는 마음에 품은 단 하나의 짝을 기가 막히게 알아봐. 지구 한 바퀴를 돌아서 자기가 살던 집을 찾을 수 있는, 인간이 훈련시킬 수 있는 거의 유일한 새가 비둘기야. 나는 성일에게 그 얘기를 들었을 때 뒤뚱거리며 일상적으로 스쳐 지나가는 것들에 대해 우리가 모르는 게 너무 많다고 생각했다. 죽어가는 비둘기를 봤을 때야말로 모든 걸 멈출 수 있는 마지막 기회였다. 영민의 얘기를 모두 듣고 밖으로 나가 다시 도로를 내려다봤을 때 비둘기가 있어야 할 자리엔 동그란 핏자국만 남아 있었다.

영민은 들어오자마자 얼음만 남은 콜라를 들이켜더니 야, 하나 더 시키자 했다. 내가 됐다고 하자 콜라를 한 잔 더 받아 왔다.

"아까 어디까지 얘기했지?"

"누구 전환데?"

내가 묻자 영민은 아버지 친구라고 말을 돌렸다. 그러더니 묻지도 않았는데 동준의 얘기를 계속했다.

"우린 끝까지 가지 말라고 말렸어. 근데 동준이 이 새끼가 고집을 안 꺾는 거야. 비슷한 일은 언제든지 일어날 수 있고 그럴 때마다 피할 순 없다, 피할 수 없는 일이라면 겪고 넘어가야 한다고 말이야.

난 또 재우가 그렇게 흥분하는 거 처음 봤잖아. 재우가 막 부들부들 떨면서 그래서 니가 얻는 게 뭐냐고, 그건 정정당당한 게 아니라 멍청한 거라고 쏘아붙였지. 동준이가 그때 뭐라 그랬는지 아냐?"

"뭐라 그랬는데?"

"쇼는 계속되어야 한다."

그 말을 듣고도 내가 별다른 반응이 없자 영민이 흥분해서 침을 튀겼다.

"야, 솔직히 좀 멋있지 않냐? 걔가 막 그런 어려운 말, 멋있는 말 많이 알아서 여자애들이 정신을 못 차렸는데. 내가 그때부터 속담이나 영화 대사 같은 거 외우기 시작했잖아. 아무튼 걔가 그때 그랬어. 자기가 사람들이랑 조금 다르니까 사람들이 자기한테 그런 걸 요구한다는 거야. 그런 태도를. 그러니까 부탁하고 부끄러워하고 뭐 그런 거 말이야. 솔직히 쪽 안 팔고 사는 사람이 어딨냐? 지금 생각하면 말도 안 되는 소리지."

"동준이는 그 애들이 부르는 데로 갔어?"

"갔지. 안 갔어야 했는데 갔어. 그때 그렇게 싸우지만 않았어도 같이 갔을 텐데 동준이가 워낙 정의다 뭐다 하면서 고집을 부리니까 재우랑 나는 그냥 될 대로 되어라 하고 집으로 왔지. 동준이도 말로 안 되면 몇 대 맞을 거라고 가볍게 생각한 거지."

"무슨 일이 있었길래?"

"나도 자세히는 몰라. 다음 날 얼굴이 멀쩡하더라고. 난 그래서 동준이가 말만 그렇게 하고선 안 갔구나 했어. 우리가 물어봐도 대답도 안 하고. 체육 시간에 일이 난 거지. 동준이랑 재우만 교실에 남아 있었는데 나는 둘이 걱정되니까 슬쩍 빠져서 교실로 먼저 왔거든. 교실 문 열자마자 재우가 숨을 이상하게 쉬면서 바닥에서 펄떡펄떡하는데 어떻게 해야 될지도 모르겠고, 죽는 줄 알았다니까. 그때 재우가 처음으로 발작을 일으켰어. 동준이 그 새끼는 얼굴이 하얗게 질려서는 내가 선생님 좀 불러오라 그래도 꼼짝도 안 하고 계속 재우만 내려다보고 있었어. 그러다가 바지를 내리더니, 이걸 말해도 되나 모르겠다."

영민이 말을 끊더니 뜸을 들였다. 나는 플라스틱 빨대로 빈 콜라 컵을 쑤셨다.

"하기 싫으면 하지 마. 안 들을래."

영민은 콜라를 길게 한 번 빨아들이곤 숨을 고르며 말했다.

"지금 생각하면 별거 아닐 수도 있는데 그땐 좀 충격이었어. 재우가 펄떡펄떡하다가 잠깐 조용해졌다가 악몽 꾸는 사람처럼 온몸을 허우적거리면서 팔다리를 휘둘렀어. 그게 기면증인 거지."

그러더니 다시 한번 콜라를 들이마시곤 목소리를 낮춰 속삭였다.

"동준이가 재우 얼굴에다 오줌을 눴어."

내가 그 말을 듣고도 아무 반응이 없자 과장되게 떠들기 시작했다.

"신기한 게 그러고 나니 재우가 진정이 됐다니까. 그때 애들이 들어왔는데 동준이는 바지를 내리고 있지 재우 얼굴이 난리지, 진짜 난리가 났지. 여자애들 막 소리 지르고, 선생님이 들어와서 동준이를 가로막는데 동준이가 꼼짝도 안 하고 노려보더라고. 걔네들을. 동준이 불렀던 그 나쁜 새끼들 있잖아. 그러고 뭐 물어볼 틈도 없이 동준이는 전학 가고 재우는 핀란드 가고 그랬어. 근데 소문은 재우가 동준이보고 그렇게 하게 시켰다는 거야. 스스로 그렇게 했다는 건 누구라도 믿기 어려웠으니까. 재우만 나쁜 놈 된 거지. 동준이가 왜 그랬는지는 사실 나도 얼마 전에 알았어."

"재우가 말해줬어?"

"아니, 재우가 그런 거 말할 새끼냐. 얼마 전에 동준이한테 메일 보냈거든. 요새 재우가 좀 이상하잖아. 생각난 김에 한번 보내봤지. 옛날 이메일 주소라 답 없으면 말라고 했는데 답장이 왔더라고. 그 속셈학원 화장실에서 그 새끼들이 동준이한테 누우라고 시키고 오줌 받아먹으라고 했었나 봐. 그걸 재우한테 말했는데 재우가 자기를 불쌍하게 생각하는 것 같아서 끝까지 센 척했대. 자기는 정정당당하고 재우는 비겁하다고 몰아붙였다나. 그때 재우 아버지 얘기를 한 건 사실 자기가 비겁해서였다나. 뭐 어땠는지는 자세히 안 썼지만 어쨌든 재우한테 미안했다는 내용이었어. 대신 전해달래. 웃기지 그 새끼도."

"재우 아버지가 왜?"

영민의 얼굴에 당황한 기색이 지나갔다. 영민은 과장되게 손을 휘휘 내저으며 말했다.

"나도 몰라, 둘이 무슨 얘기 했는지. 아, 배고파서 안 되겠다. 뭐 하나 더 시켜서 올게."

나는 주문을 하려고 계산대에 서 있는 영민의 뒷모습을 바라봤다. 시계를 봤다가 휴대전화를 봤다가 메뉴판을 봤다가 이상하게 허둥대는 모습이었다. 어쩐지 조금 들떠 있는 것 같기도 했다. 문득 재우는 영민을 어떻게 생각하는지 궁금해졌다. 나한텐 서로의 사정을 속속들이 알고 있는 친구가 없었다. 물론 나한테도 그런 친구를 곁에 둬보려고 노력했던 시기가 있었다. 별거 아닌 일로 깔깔대고, 싸웠다가도 미안하다는 말 없이 다시 실없는 얘기를 나눌 수 있는 친구가 하나쯤 있었으면 좋겠다고 간절히 원하기도 했다.

재우가 동준을 만났던 것과 비슷한 시기에 그런 친구 비슷한 애가 내 앞에 나타났다. 수지는 나처럼 외동이었고 비슷한 종류의 복도식 아파트에 살았다. 나처럼 맞벌이 부모님을 뒀지만 나와 달리 사랑받고 자란 티가 났다. 다람쥐처럼 오밀조밀 귀엽게 생겨서 뭐가 그렇게 재밌는지 늘상 웃고 다녔고 여자애들이나 선생님한테 인기가 좋았다. 내가 다녔던 초등학교 뒤에는 북한산으로 이어지는 야트막한 산이 있어 늘 산을 빙 둘러 집까지 가곤 했다. 언제부턴가 수지와 그 길을 함께 다녔다. 수지는 내가 별다른 말을 하지 않아도 저 혼자 이런저런 얘기를 하며 깔깔 웃곤 했다. 수지가 왜 그 시기에 나랑 어울리려고 했는지 알 수 없다. 어떤 의도가 있지 않았을까 짐작할 뿐이다. 그때의 나는 중학교 때처럼 아주 외톨이가 아니었다. 매일 붙어 다닐 정도로 친한 애는 없었지만 몇몇 아이들과 의례적인 얘기를 나누며 같이 밥을 먹고 숙제를 같이 하기도 했다. 수지와 그렇게 붙어 다니고 나서 얼마 뒤 수지가 뒷산을 넘어보자고 했다.

그 산에는 유독 소문이 많았다. 토막 난 시체가 묻혀 있다느니, 남자들이 밤에 여자를 끌고 가 나쁜 짓을 한다느니 하는 것들이었다. 가끔 학교에 바바리맨이 나타나기도 했는데 늘 그쪽 산에서 내려와 여자애들을 혼비백산하게 만들었다. 새 학기가 시작된 지 얼마 안 된 초여름이었고 해가 점점 길어지고 있었다.

"산을 빙 둘러 집에 가는 게 지겹지 않아?"

수지가 호기심 어린 얼굴로 눈을 반짝이며 물었다.

"그렇다고 산을 넘어갈 순 없잖아?"

산으로 들어가는 샛길이 우리 앞에 놓여 있었다.

"왜? 한번 가보자."

내가 망설이자 수지는 마치 그 산을 넘어가보기 위해 태어난 애처럼 내 팔을 잡고 늘어지기 시작했다. 그래도 내가 움직이지 않자 수지가 실망한 기색을 내비치며 이렇게 말했다. 다른 애들은 못 해도 너라면 할 수 있을 줄 알았어. 너는 좀 특별해 보였거든.

나는 수지와 산속을 헤맸다. 겉에서 볼 때와 달리 산에는 아무렇게나 솟은 높은 바위가 많아 올라가기도, 그렇다고 다시 내려가기도 쉽지 않았다. 어디선가 나뭇가지가 부러지는 소리가 났다. 수지는 겁에 질려 다시 돌아가자고 했다. 나는 되돌아가는 길이 앞으로 나아가는 길보다 위험하다는 걸 직감적으로 알았지만 그런 느낌만으론 공황 상태에 빠져버린 수지를 설득할 수 없었다. 누가 갖다 놨는지 나무로 둘러싸인 작은 터에 야구방망이와 글러브, 한쪽 다리가 없는 의자와 밧줄 같은 것들이 널브러져 있었다. 바람이 멈추고 적막이 흐를 때 수지가 갑자기 소리를 지르며 도망쳤다.

나는 혼자 산에 남았다. 그때 수지를 쫓아 되돌아가지 않았던 것은 순전히 오기 때문이었던 것 같다. 힘든 길을 넘어왔는데 그만큼의 시간과 노력을 처음으로 되돌리고 싶지 않았다. 산을 넘어가보자는 건 그냥 가벼운 장난이었는데 나는 산을 오르는 순간 장난을 꼭 해내야 하는 임무로 받아들이고 있었다. 누가 시키지도 않았는데 스스로 마음속에서 빗장을 잠가버렸다. 되돌아가는 건 내가 할 수 없는 일로 만들어버리고 고집을 부리는 것. 그런 성향이 어디에서 시작됐는지는 알 수 없지만 그때 난 혼자 도망가버린 수지를 우습게 여기려고 노력했고 산을 넘을 수 있다는 걸 수지한테 보여주고 싶었다. 너와 나는 다르고 나는 특별한 사람이라는 생각은 언제든 전복될 수 있다는 걸 그때는 생각하지 못했다.

산속에서는 까마득히 멀어 보였던 길이 꼭대기에 오르고 나니 인도와 면하는 나지막한 비탈만 남아 있었다. 흙투성이가 된 몸을 꼼꼼히 씻고 밥을 먹었다. 그러곤 수지네 집을 찾아갔다. 닫힌 문 뒤에서 처음에 누구세요, 하고 물었던 목소리는 분명 수지였지만 수지는 끝까지 문을 열어주지 않았다. 나를 원망하는 듯한 말도 몇 마디 했는데 나는 그런 수지를 이해할 수 없었다. 산속으로 나를 끌어들인 건 분명 수지였으니까. 빈터에 날 놓아두고 도망쳐버린 건 수지였고, 뒤쫓아 가지 않은 건 내 잘못이 아니었다. 나는 몇 번 더 벨을 누르다가 집으로 돌아갔다.

다음 날 학교에는 이상한 소문이 퍼져 있었다. 선생님이 나를 불러 말을 고르다가 물었다.

"여자애들이 밤에 산에서 내려오는 널 봤다는데, 무슨 일이 있었니?"

나뭇가지에 긁혀 얼굴과 팔 여기저기에 상처가 나 있었다. 나는 최대한 환하게 웃으려고 노력했다. 상대방이 안심할 수 있도록. 아무 일도 없었다고 말하며 웃었는데 그 웃음이 생각만큼 환하지 않았는지 선생님은 걱정하지 말고 언제든 자기에게 찾아와 말해달라고 했다.

교실로 돌아가자 수지가 나를 보며 울었다. 수지는 훌륭한 배우였다. 나는 수지와 단둘이 얘기해보고 싶었지만 수지는 그럴 때마다 미안해서 내 얼굴을 볼 수 없다며 여자애들에게 둘러싸여 다른 데로 가버렸다. 몇몇 호기심 강한 아이들이 나한테 어떻게 된 일이냐고 물어오기도 했다. 난 늘 아무 일도 없었다고 말했다. 아무 일도 없었어. 정말이야. 그 말은 아무런 힘을 발휘하지 못했다. 아무 일도 없었다는 것보다 무슨 일 하나라도 있었다는 편이 믿기 쉬웠다. 실체가 있는 쪽이 더 매력적이니까. 나는 도도한 얼굴로 수업을 듣고 시험을 치르고 좋은 성적을 받았다. 소문의 힘은 누그러들었지만 완전히 사라지진 않았다.

수지가 그때 왜 그렇게 도망쳐버렸는지는 아직도 모른다. 수지는 잔뜩 겁에 질려 '나'라는 방패를 세웠다. 중학교 때 수지는 두꺼운 화장을 하고 오토바이를 타고 동네를 돌아다녔다. 나는 몇 번 수지가 내 곁을 스쳐 지나가는 걸 알았지만 모른 척했다. 수지는 민얼굴일 땐 눈썹이 반밖에 없었고 이미 늙어버린 여자의 얼굴을 하고 있었다. 그러다 어느 순간 동네에서 사라져버렸다. 자퇴해버렸거나 퇴학을 당했거나 둘 중 하나였다.

나는 수지를 비웃으며 앞을 헤치고 나아갔다. 그러니까 앞이 아니라 뒤가 위험했던 게 맞았다. 수지가 뒤로 돌아갔기 때문에 나는 용기를 낼 수 있었다. 되돌릴 수 없는 일에 미련을 품는 건 사람을 어긋나게 한다. 수지와의 일을 아무렇지 않은 것으로 치부하려 해도 그 후부터 누군가와 어울리는 게 쉽지 않았다. 여러 번 그 산을 곱씹기도 했다. 다음에 그런 위험이 닥치면 반드시 함께 되돌아가겠다고 후회한 적도 있었다. 이미 오래전 일이지만 나는 재우와 영민이 그 얘기를 알고 있으리라 짐작했다. 둘은 약속이나 한 듯 그때의 일을 묻지 않았다. 그리고 나는 재우가 그 일을 묻지 않는 게 고마웠다.

영민이 빅맥버거와 콜라, 감자튀김을 새로 받아 왔다. 그러곤 아무것도 먹지 않은 애처럼 먹어치우기 시작했다. 영민의 먹성을 보면 호리호리한 몸을 유지하고 있는 게 신기할 정도였다. 영민의 휴대전화 벨 소리가 울렸다. 영민은 화면에 찍힌 이름을 보자마자 입 안에 남은 음식을 삼키고 전화를 받았다. 이번엔 진짜 재우였다. 찬 바람이 들이닥친 것처럼 몸이 떨리기 시작했다. 짧은 통화를 마친 영민이 남은 햄버거를 포장지와 함께 구기며 말했다.

"지금 온대."

"누가?"

"재우가 호수 불렀다고. 가자."

영민이 끼익 소리를 내며 의자에서 일어났다. 플라스틱 식판에 놓여 있는 것들을 한꺼번에 버리곤 엉거주춤 서 있는 나를 돌아봤다.

"갈 거지?"

나도 모르게 고개를 끄덕였다. 재우를 봐야겠다는 마음이 강하게 치고 올라와 더는 나쁜 일에 휘말리지 않겠다는 결심을 짓눌러버리고 말았다.

영민이 비밀번호를 누르고 묵직한 문을 열었다. 라면 냄새와 땀 냄새가 섞인 집 안 공기가 밖으로 밀려 나왔다. 전실을 지나 현관으로 들어갔다. 현관문 바로 앞에 소스가 묻어 있는 피자 상자와 플라스틱 콜라병이 나뒹굴고 있었고, 긴 복도를 따라 양말이나 청바지, 속옷 같은 영민의 옷이 아무렇게나 내팽개쳐져 있었다.

"아줌마는?"

쓰레기를 밟지 않게 발을 조심스럽게 디디면서 물었다.

"이번 주 휴가야. 좀 심한가?"

"재우가 보면 집에 안 들어오려고 하겠다."

"그런가? 방에 가 있어. 좀 치울게."

영민의 방이라고 상태가 다르진 않았다. 각종 DVD와 음료수병, 문제집, 과자 봉지 같은 것들로 바닥이 뒤덮여 있었다. 그나마 깨끗한 책상 위에는 조립이 덜 된 회색 피규어가 놓여 있었다. 머리가 작고 몸통이 두꺼운 로봇이었는데 양쪽 팔 자리가 휑했다. 소파에 널려 있는 것들을 한쪽으로 치우고 앉아 있으려니 재우의 전화를 받았다는 영민의 말이 왠지 믿기지 않았다. 재우한테 영민이네 집이라고 문자를 보냈다. 재우한테서 바로 지금 가는 중이라는 답이 왔다. 그간의 기다림이 싱거울 정도로 빠른 답이었다. 재우는 아무 일 없었다는 듯 굴 게 뻔했다. 아직 재우를 만나지도 않았는데 서운한 마음에 눈물이 차올랐다. 눈물이라니, 며칠 동안 잠을 제대로 자지 못해 호르몬이 롤러코스터를 타고 있는 게 틀림없었다. 방문이 열리는 소리에 깜짝 놀라 일어섰다. 영민이었다. 내 표정을 보곤 짓궂게 웃었다.

"재우 오고 있대."

"알아. 호수는?"

나는 다시 소파에 털썩 주저앉으며 물었다.

"오겠지. 봤어?"

영민이 책상 위에 있는 로봇을 가리켰다.

"돈이 어디서 났어?"

영민은 당황한 듯 말을 더듬었다.

"딴 거 팔아서 샀어."

"뭐? 다 있는 거 같은데?"

내가 책장에 놓여 있는 피규어를 둘러보자 영민이 책장을 가리키며 책상 앞에 섰다.

"이거 보고 아무렇지도 않아?"

"이게 뭔데?"

"모른다고? 우리 〈아이언맨〉 같이 보지 않았냐?"

영민이 피규어를 조심스럽게 집어 들더니 손바닥 위에 세웠다. 내 눈엔 그냥 조금 큰 로봇일 뿐이었다.

"요즘 공부는 안 해?"

"아이언 몽거 보면서 어떻게 공부 얘기를 할 수 있냐?"

영민은 그렇게 말하며 피규어를 다시 책상 위에 눕혔다.

"너네 아버지가 널 왜 끌고 가려는지 알겠어."

그냥 한 말이었는데 영민이 얼굴을 붉히며 소리를 질렀다.

"아, 진짜! 아이언 몽거 앞에서 어떻게 아버지 얘기를 하냐! 우리 아버지가 무기 만들고 그랬으면 내가 토니 스타크인 건데. 그럼 베트남이든 인도네시아든 가지. 근데 아니잖아? 거기 끌려가면 이런 것도 못 산다고. 인터넷이 얼마나 느린데. 다시는 그런 얘기 하지 마라."

그때 휴대전화 벨 소리가 울렸고 영민이 화들짝 놀라며 휴대전화를 내려다봤다. 재우 이름이 찍혀 있었다.

"재우 이 새끼. 아버진 줄 알았네. 그러니까 아버지 얘기는 왜 하냐고!"

"전화나 받아."

"딴짓만 하면 귀신같이 전화한다니까. 어디서 보고 있는 것도 아니고."

영민은 전화를 받으며 초인종 누르지 무슨 전화냐고 구시렁거렸다. 영민이 문을 열어주러 나간 사이 나는 책상 앞에 서서 아이언 몽거를 만지작거렸다. 재우가 들어오기 전까지 무언가 집중할 게 필요했다. 아이언 몽거는 생각보다 꽤 묵직했다. 손 위에 세웠다가 가슴 바로 윗부분에서 사람 얼굴이 나와 하마터면 떨어뜨릴 뻔했다. 머리가 벗겨지고 턱수염을 기른 얼굴은 어떻게 보면 현자 같으면서도 또 어떻게 보면 비열해 보였다. 재우가 방으로 들어왔다. 나는 아이언 몽거를 내려놓고 문 쪽으로 몸을 돌렸다. 재우는 영민과 빠르게 말을 주고받다가 나와 시선이 마주치자 수줍은 듯 웃으며 왔어, 라고 했다. 그 한마디에 웅크리고 있었던 마음이 탁 풀려버렸다.

"호수는 언제 와? 호정이도 불렀어?"

내가 묻자 영민이 놀란 듯 호정이? 하고 되물었다. 그때 초인종이 울렸다.

"뭐야? 왜 이렇게 빨리 와?"

영민이 재우를 쳐다보며 말했다. 재우는 늘 그렇듯 무슨 생각을 하고 있는지 알 수 없는 얼굴이었다. 영민은 어디로 가야 할지 모르는 사람처럼 잠시 우왕좌왕하더니, 문을 거세게 두드리는 소리가 나자 욕을 내뱉으며 현관 쪽으로 갔다. 재우는 오래 앓고 일어난 사람처럼 기운이 없어 보였다.

"폰이 고장이라도 났었나?"

재우가 약간 쉰 듯한 목소리로 대답했다.

"수리 맡겼다 오늘 찾았어."

"정말이야?"

"아니."

내가 아무 말이 없자 재우가 다시 입을 열었다.

"넌 오늘 여기 오는 게 아닌데."

"왜?"

"호수한테 충분히 지기로 했거든."

"치고받고 싸우기라도 할 거야?"

"호수 목적은 우리가 아니야. 그런 애랑 뭘 싸우겠어."

"그럼 호수는 왜 그러는 건데?"

"자기가 죽고 싶거나 누구든 죽이고 싶거나, 둘 중 하나겠지."

재우의 표정이 그 어느 때보다 슬퍼 보였다. 무슨 일이 있었는지 몰라도 그런 재우의 손을 잡아주고 싶었다. 재우에게 손을 뻗으려고 할 때 영민이 시끌벅적하게 방으로 들어왔다. 목소리에 힘이 잔뜩 들어가 있었다. 호수는 방에 들어오자마자 말릴 틈도 없이 재우를 벽 쪽으로 밀어붙였다. 잔뜩 흥분한 상태였다. 취해 있는 것 같기도 했다.

"네가 뭔데 호정이한테 돈을 줘?"

재우가 침착한 목소리로 대꾸했다.

"내가 아니라 영민이가 줬지. 놔."

"누가 줬든! 다 네가 시키는 거 아니야?"

호수가 소리를 질렀다.

"지금처럼 팔아선 그 돈 못 벌어."

"인터넷에 올리는 거 찾아서 지우는 것도 너지?"

호수는 재우의 목을 팔로 눌렀다. 재우 얼굴이 빨개졌다. 재우가 신음을 내뱉으며 말했다.

"호정이 수술하면 됐잖아."

"개새끼야, 방해하지 마. 내가 확 다 불어버린다고 했지?"

영민이 호수의 어깨를 잡고 재우에게서 떼어내며 말했다.

"호수, 일단 얼마가 필요한지 말해봐."

"니들이 주게? 됐고, 약이나 내놔."

"아니, 우리가 학교에서 팔랬지 언제 인터넷으로 팔라고 했냐고. 흔적이 남잖아. 인터넷이 더 위험한 거 몰라? IP 추적당하면 어쩌게? 재우 저 새끼는 아파서 약 먹는다 치고 내가 약 먹고 그런 거 알면 아버지한테 죽는다고. 내가 계속 너한테 말했잖아. 재우는 이제 나한테도 약 안 준다고 도망 다닌다고. 호수야, 나 좀 봐줘라."

영민이 거의 빌듯 호수에게 매달렸다. 재우와 연락이 되지 않았던 게 다른 이유가 아니라 영민 때문이었음을 확인한 것 같아 마음이 놓였다. 그러자 그렇게까지 아버지한테 걸릴 것을 걱정하고 있는 영민의 모습이 우스꽝스럽게 느껴졌다. 영민이 갖고 있는 두려움의 근원이 나와는 다른 종류의 의존적이고 유아적인 나약함 같았다. 어쩌면 영민은 내가 생각하는 것보다 더 약에 의존하고 있는 것일지도 몰랐다. 호수가 팔을 잡고 매달린 영민을 뿌리치며 소리쳤다.

"넌 이 약이 뭐라고 못 먹어서 안달이냐? 하여튼 너 같은 미친놈이 여기저기 많으니까 내가 돈을 벌지. 너도 나한테 사라. 기가 막힌 걸 만들었거든."

"미친놈?"

영민의 표정이 사나워졌다. 호수는 아랑곳하지 않고 비아냥거렸다.

"여기다 뭘 좀 섞으면 끝내줘. 일단 약이나 내놔."

"뭘 섞어?"

재우가 목소리를 높였다. 영민이 붉게 달아오른 얼굴로 호수의 가슴을 한 손으로 밀치며 말했다.

"이 새끼가 진짜 미쳤나."

재우가 그런 영민의 팔을 잡으며 다그쳤다.

"호수한테 또 줬어? 왜?"

영민이 재우 팔을 뿌리치며 버럭 소리를 질렀다.

"내가 시키는 대로만 해야 되냐?"

"아, 씨발! 약이나 내놓으라고!"

호수는 영민의 반응은 아랑곳하지 않고 재우한테 목소리를 높였다. 재우가 호수한테 물었다.

"너도 한 거야?"

"니가 주는 건 너무 약해. 딴 걸 좀 구했지. 하나 해볼래?"

호수는 그렇게 말하며 휙 휘파람을 불었다. 재우가 물었다.

"뭘 구했는데?"

호수가 빙긋 웃었다.

"알 거 없고 일단 내놓기나 해. 내가 만들어서 너희한테도 팔게. 10프로 할인. 어때?"

재우가 호수를 노려봤다.

"위험한 거 몰라?"

"그러니까 왜 날 건드리느냐고. 세상에 어디 안 끔찍한 데가 있는 거 같냐? 숨 돌릴 데가 있는 거 같으냐고! 너네한텐 다 장난 같겠지. 너넨 쭉 그렇게 살아. 처음처럼 나한테 약만 줘. 뭘 진지해지고 그래. 장난인데. 약만 내놓으면 안 끌어들일게."

"장난? 센터 하고 싶으면 백 내놓으라는 게 장난이냐?"

영민이 끼어들어 악을 썼다.

"넌 장난감이나 만들어. 니가 나한테 돈 받은 거 얘네는 아냐?"

호수가 영민의 어깨를 툭툭 치며 말했다. 재우와 내가 영민을 동시에 돌아보았다.

"뭐? 장난감? 장난감이라고 했냐?"

말릴 틈도 없이 영민이 호수한테 달려들었다. 호수가 발을 들어 영민의 배를 걷어찼다. 책장에 허리를 부딪친 영민이 바닥에 나뒹굴었다. 영민의 몸 위로 피규어들이 떨어졌다. 재우가 한숨을 내쉬었다. 잠시 망설이는 듯하더니 들고 온 백팩의 지퍼를 열었다. 나는 재우의 팔을 잡았다. 주면 안 된다고 고개를 흔들었다. 그런 나를 보곤 호수가 비아냥거렸다.

"넌 겁도 없이 왜 남자애들 사이에 껴 있냐? 그럴 입장은 아닐 텐데."

내가 표적이 되자 목소리가 떨렸다.

"내가 어떤 입장인데?"

호수가 내 볼을 한 손으로 툭툭 치며 싱글거렸다.

"당했다며? 말 안 한다고 모르는 게 아니거든. 아, 알겠다. 너도 하는구나. 내가 만드는 약이 더 끝내준다니까. 약 먹고 저 두 놈이랑 하면……."

말이 끝나기도 전에 재우가 주먹으로 호수의 턱을 쳤다. 뒤에서 누군가 나에 대해 수군거린다는 것을 알고 있는 것과 그 말을 직접 듣는 것은 전혀 다른 일이었다. 나는 눈앞이 하얘져 꼼짝도 할 수 없었다. 호수는 예상치 못한 공격에 휘청거리다 텔레비전에 머리를 박고 넘어졌다. 재우가 제 분을 못 이겨 씩씩거리고 있는 영민과 호수를 번갈아 보며 차갑게 말했다.

"오늘 다 주려고 했어. 너든 영민이든, 달라는 게 누구든. 이젠 나도 몰라."

재우가 가방을 손에 들고 내 손을 잡았다.

"가자."

나는 꼼짝도 하지 못하고 그 자리에 그대로 서 있었다. 재우에게 해명해야 한다고 생각하면서도 말이 입 밖으로 나오지 않았다. 그때 방문을 나서려는 재우의 가방을 누군가 낚아챘다. 가방을 두고 영민과 호수 사이에 몸싸움이 벌어졌다. 영민은 당황스러울 정도로 흥분해 있었다.

"개새끼야, 뭐? 장난감? 내가 호정이한테 어떻게 했는데. 미친놈?"

영민의 발악에 책상 의자가 넘어지고 소파가 뒤로 밀렸다. 벽에 걸려 있던 텔레비전이 소리를 내며 바닥에 떨어졌다. 호수는 머리를 맞고 잠깐 휘청거렸지만 금방 자기 페이스를 찾아 영민을 밀어붙였다. 호수가 영민이 들고 있던 재우의 가방을 빼앗았다. 아슬아슬하게 벽에 기대 있던 텔레비전이 바닥으로 넘어졌다. 호수는 씩씩거리며 방문을 나가다가 되돌아왔다. 문 앞에 재우와 내가 손을 잡은 채로 서 있었다. 호수는 재우를 보며 무슨 말을 하려고 입을 열었다.

그 순간 탁 하는 소리가 났고 호수가 머리를 감싸쥐며 고개를 돌렸다. 영민이 거친 숨을 몰아쉬며 산산조각 난 아이언 몽거를 들고 서 있었다. 호수가 한쪽 팔을 들어 올리며 몸을 돌리는 순간 호수의 큰 몸이 바닥으로 떨어져 내렸다. 기름이 묻어 있는 과자 비닐이 호수의 왼쪽 발아래에 깔려 있었다. 호수는 뒤로 미끄러지며 뒤통수를 바닥에 내리찍었다. 머리통이 터지는 소리와 뼈가 꺾이는 소리가 동시에 들렸다. 호수의 목이 뒤틀려 돌아갔다. 호수의 머리 옆에

서 피 묻은 5킬로그램짜리 아령이 반짝거렸다. 아령은 언제나 영민의 방 여기저기를 굴러다녔다. 소파 밑에 있을 때도 있었고 책상 의자 밑에, 텔레비전 밑에 있을 때도 있었다. 그저 굴러다니기만 하던 쇳덩어리 하나가 누군가를 죽일 수 있을 거라고 생각하지 못했다. 코미디 영화 속에 들어와 있는 것 같았다. 현실이라고 하기엔 너무나 극적이었다. 영민이 말을 더듬었다.

"뭐, 뭐야? 왜 이래?"

재우의 숨소리가 거칠어졌다. 비릿한 피 냄새가 공기 중에 퍼졌다. 재우와 맞잡은 손이 끈적거렸다. 영민이 재우와 날 번갈아 보며 말했다.

"난 아니야! 봤지? 혼자 넘어졌어."

영민이 무릎을 꿇고 앉아 호수의 몸을 흔들었다. 내가 재우의 손을 놓고 방문을 닫았다. 피 냄새가 점점 짙어졌다. 지독한 오줌 냄새도 나는 것 같았다. 현기증이 일었다. 호수의 머리에서 흘러나온 피가 영민의 손에 묻었다. 영민은 새하얗게 질려 손을 바지에 닦고 또 닦았다. 침착해야만 했다. 나는 손을 떨면서 바닥 한편에 놓여 있는 신문을 집어 들었다. 한 장을 떼어내 머리를 덮었다. 신문지에 피가 달라붙었다. 또 한 장을 그 위에 덮었다. 피가 자꾸만 신문지 위로 배어 나왔다. 손에 들고 있던 신문을 전부 머리 위에 얹었다.

머리를 가리자 창백하게 변한 손이 보였다. 온몸이 떨렸다. 조금 전까지도 불같이 날뛰던 아이였다. 영민은 계속 손만 닦고 있었고 재우는 어디를 보는지 모르는 눈을 하고 숨을 거칠게 몰아쉬고 있었다. 호수의 몸을 덮을 만한 것을 찾으려고 두리번거렸다. 책장 가장 아래 칸에 놓여 있는 모의고사 평가 문제지가 눈에 들어왔다. 국어 영역을 펴서 한쪽 팔을 덮었다. 전부 가려지지 않았다. 사회 탐구 영역으로 왼쪽 다리를 덮고 과학 탐구 영역으로 오른쪽 다리를 덮었다. 몸 위에 수학 영역을 뿌리고 덮은 데를 다시 외국어 영역으로, 또다시 국어 영역으로 뒤덮었다. 몇 개월 치의 모의고사 평가 문제지로 호수의 몸을 빼곡히 덮고 나니 영민의 방에 널려 있던 쓰레기와 다르지 않아 보였다. 재우가 날 부를 때까지 덮을 수 있는 거라면 뭐든지 들고 와 호수의 몸에 얹었다.

"주은아, 창문 좀 열어줘."

재우가 그렇게 말하며 소파에 주저앉았다. 영민은 흩어진 아이언 몽거 조각들을 찾고 있었다. 내가 창문을 열려다 말고 돌아서서 물었다.

"누가 보면?"

"블라인드 내리고 열어."

재우가 숨을 가라앉히려고 애쓰면서 다시 한번 말했다.

"신고할 거야?"

영민이 갑자기 고개를 들었다.

"어디다 신고해야 돼? 경찰? 119에 해야 하나?"

내가 말하자 영민은 무언가 생각난 듯 벌떡 일어나더니 호수의 바지 주머니를 뒤졌다. 애써 가려놓은 호수의 몸이 눈앞에 드러났다. 손끝이 움직이는 것만 같았다. 구역질을 참으며 고개를 돌렸다. 영민이 휴대전화를 꺼내 전원을 켰다. 낡고 오래된 검은색 폴더폰이었다. 폰을 켜자마자 문자 알림음이 쉬지 않고 울려 퍼졌다.

"뭐 하는 짓이야?"

내가 소리를 질렀다. 영민은 휴대전화 액정을 재우에게 들이밀었다. 재우가 문자를 몇 개 넘겨보고는 휴대전화 전원을 껐다. 영민이 찾아낸 휴대전화에는 약을 거래하기 위해 주고받은 문자메시지가 들어 있었다. 나는 바닥에 떨어져 액정이 깨져버린 호수의 또 다른 휴대전화를 주워 들었다. 그 휴대전화에는 호수가 말한 대로 우리가 국어, 수학 운운하며 주고받은 인터넷 메신저 내용과 영민과의 통화 내용을 녹음한 파일이 저장되어 있었다. 영민은 약 얘기를 하는 자신의 목소리를 듣고 하얗게 질려 안절부절못했다. 증거가 너무 많았다. 호수의 죽음을 처리할 방법은 단 하나밖에 없었다. 완벽한 은폐.

순식간에 많은 일이 일어났는데 아직도 밖이 환했다. 호수를 방에 두고 우리는 거실로 나왔다. 진눈깨비가 멈추고 날이 개고 있었다. 창이란 창은 모두 커튼을 쳐 밖이 보이지 않도록 했다. 〈NCIS〉나 〈크리미널 마인드〉, 〈덱스터〉, 〈CSI〉 등을 닥치는 대로 보며 누군가 죽는 장면과 수사 과정을 빠르게 넘겨봤다. 해가 져야 무엇이든 할 수 있었다.

부검도 하지 않아야 했고, 왜 죽었는지 의심을 품게 해서도 안 됐다. 불에 태우거나 높은 데서 떨어뜨려 자살로 위장하는 게 제일 합당해 보였다. 영민이 불을 내자고 했다.

"호수 혼자 못 빠져나왔다고 하면 되잖아, 어?"

재우가 고개를 저었다.

"불이 어디 옮겨붙기도 전에 스프링클러가 작동해."

"끄는 방법 없나?"

영민이 재우와 나를 번갈아 봤다. 내가 말했다.

"자살은?"

"유서는?"

재우가 냉정한 얼굴로 되물었다. 저수지에 빠뜨린다거나 토막을 낸다거나 하는 건 물리적으로 불가능했다. 운전을 할 수 있는 사람이 없었고 그렇다고 택시나 버스에 실을 수도 없는 일이었다. 시체를 처리하는 장면을 보고 또 봐도 가장 고전적이면서 일반적인 방법을 쓸 수밖에 없었다. 뒷산에 호수를 파묻고 오랫동안 발견되지 않기를 바라는 것. 실종 상태가 오래될수록 위험하기도 했지만 또 그만큼 안전했다.

영민이 아버지의 공구함에서 삽을 꺼냈다. 작은 모종삽과 호미, 커다란 삽이 하나씩 있었다. 골프 가방과 이민 가방, 등산용 백팩, 캐리어까지 끌고 나와 바닥에 늘어놓았다. 영민이 하나씩 차례로 들어보았다. 재우는 영민에게 가방을 들고 몇 걸음 걸어보도록 시켰다. 골프 가방이나 이민 가방은 너무 눈에 띄었다. 그나마 가장 자연스러운 것이 백팩이었는데, 백팩에 호수가 들어갈 리 없었다. 재우가 영민을 오랫동안 설득한 끝에 영민이 호수를 업고 가기로 했다. 주차장에서 나와 담벼락만 돌아가면 산이었다. 100미터도 되지 않는 짧은 거리였고 새벽에 나간다는 걸 가정했을 때 CCTV만 피하면 될 거라는 게 재우의 생각이었다.

재우는 빌라 앞에 설치된 CCTV의 위치를 꼼꼼하게 확인하고 동선을 짰다. 부딪칠 가능성이 있는 사람은 경비 업체 직원과 재우의 부모님, 2층에 사는 노부부뿐이었다. 1층은 오랫동안 비어 있었다. 재우가 엄마한테 전화를 걸어 영민네 집에서 자고 가겠다고 말했다. 재우의 아버지는 출장을 갔다고 했다. 재우는 영민에게 대사 하나를 외우라고 시켰다. 노부부나 경비 업체 직원을 만났을 때 최대한 자연스럽게 보여야 했다.

"술을 마셨는데 이 친구가 잠이 들어버렸어요. 데려다주려고요."

영민은 재우가 정해준 말을 중얼중얼 외우다가 같이 안 자고 왜 데려다주냐고 물으면? 도와주겠다고 하면? 하고 불안해했다.

"걱정 마. 내가 알아서 할게."

재우가 영민을 진정시켰다. 영민은 마치 시험공부라도 하는 것처럼 재우가 일러준 말을 계속 중얼거렸다. 내가 술을 찾아왔다. 부엌의 장식장에 있는 술병을 손에 잡히는 대로 집었다. 곰인지 뱀인지 음침한 동물의 얼굴이 그려진 까만 술병이었다. 독한 알코올 냄새가 코를 찔렀고 한 모금 넘길 때 불길을 삼키는 듯한 통증이 일었지만 누구도 내색하지 않고 병을 돌려가며 마셨다. 옷이며 몸에 뿌리기도 했다.

화장실에 들어가 구역질을 몇 번 했고 거실 바닥에 누워 잠이 들었다 깼다 하기를 반복했다. 얼핏 정신을 차릴 때마다 재우는 빨리감기를 하고 있었다. 화면 속 인물들은 뭐든지 빨랐다. 놀라는 것도, 키스도, 사람을 죽이는 것에도 뜸을 들이지 않았다. 모든 일이 망설임 없이 단호하게 진행됐다. 자정이 되자 재우가 영민과 나를 깨웠다.

"호수를 닦아줘야 돼."

"누가? 내가?"

영민이 멍한 표정으로 물었다.

"번갈아 해. 주은이 입을 만한 옷 있어?"

영민이 고개를 저었다.

"주은이가 마지막에 들어가."

재우가 그렇게 말하고 영민의 방 앞에 섰다. 방문을 열려다 말고 돌아와 술병을 집어 들었다. 방문이 열리자 시체 냄새가 났다. 재우가 한 발 뒤로 물러났다가 방 안으로 들어갔다. 재우는 20분짜리 드라마 한 편이 끝날 때쯤 방에서 나왔다. 고개도 들지 않고 바로 화장실로 향했는데 귀를 막아도 구역질을 하는 소리가 들렸다. 한참을 씻고 나서야 밖으로 나와 쉰 목소리로 영민을 불렀다. 눈가가 붉게 부풀어 올라 있었다.

"못 하겠어. 안 볼래. 재우야, 난 빼줘. 제발."

영민이 그렇게 말하며 소리 내어 울기 시작했다.

"조용히 해."

재우는 지친 표정으로 겨우 말을 내뱉었다. 영민이 끅끅거렸다. 쉽게 진정이 될 것 같지 않았다. 자리에서 일어나 방문 앞에 섰다. 문을 열자 토할 것 같은 악취가 났다. 숨을 한 번 들이마시고 방 안으로 들어갔다. 방문 앞에 놓인 커다란 비닐봉지엔 피와 오물이 묻은 휴지가 가득 들어 있었다. 나는 호수 옆에 무릎을 꿇고 앉았다. 윗옷에 피가 묻어 있었다. 어깨를 들어보았지만 겨우 바닥에서 몸을 뗀 정도까지밖에 안 됐다. 누워 있는 몸과 잠깐 씨름했을 뿐인데 땀과 눈물로 눈앞이 흐려져 자꾸 손을 들어 얼굴을 만져야만 했다. 아무리 들어보려 애를 써도 꿈쩍도 하지 않는 호수의 무게감이 끔찍했다. 미동도 하지 않는 몸 앞에서 앞으로 남은 날들을 지금의 무게를 잊지 않고 살아가겠다고 속죄하듯 흐느꼈다. 호수의 패딩을 갖고 와 한쪽 팔을 끼웠다. 그게 내가 할 수 있는 최선이었다. 패딩을 입은 한쪽 팔을 몸 위에 가지런히 올려주었다. 나는 처음엔 분명히 목격자일 뿐이었지만, 호수의 몸을 가리는 순간부터 공범자가 되어 있었다.

영민은 끝까지 자기는 빼달라고 흐느꼈다. 호수에게 패딩을 입혀 줄 수 있는 사람은 영민밖에 없었다. 떠밀려 방으로 들어가면서 영민이 원망하는 눈빛으로 재우와 날 돌아보았다. 영민은 방에 들어가자마자 짐승처럼 울부짖었다. 나는 귀를 틀어막았다. 재우가 방문을 두드려 주의를 주자 소리를 죽였지만 간간이 괴성을 질렀다. 드라마 에피소드 두 개가 끝날 때까지도 영민은 방에서 나오지 않았다. 새벽 2시가 되었다. 재우가 방문 앞에 서서 영민에게 이제 그만 나오라고 속삭였다. 잠이라도 든 것처럼 방 안이 조용했다. 재우가 문을 여러 차례 세게 두드렸을 때야 영민이 문을 열었다. 축 처진 채 비실거리며 나오는 영민의 눈에 광기 같은 것이 서려 있었다.

영민이 호수를 업었다. 털모자를 쓰고 목도리를 두르고 패딩을 입은 호수는 정말로 그냥 잠이 든 것 같았다. 우리는 주차장으로 내려갔다. 지하 주차장에는 여러 대의 고급 차들이 주차되어 있었다. 먼저 밖으로 나가 있던 재우가 아무도 없다는 신호로 차고 문을 세 번 두드렸다. 나는 미리 전해 받은 비밀번호를 눌렀다. 여러 겹으로 된 철문이 스르륵 올라가기 시작한 순간 재우가 다급하게 문을 두드렸다. 한번 올라가기 시작한 문은 멈춰지지 않았다. 문이 끝까지 열리자 새하얀 전조등 불빛이 시야를 가렸다. SUV 한 대가 빠르게 차고로 들어오고 있었다. 나는 가까스로 피했지만 영민과 호수는 그러지 못했다. 앞으로 돌진해 들어온 차가 영민 등에 업힌 호수의 다리를 쳤다. 영민이 호수를 바닥에 떨어뜨리며 옆으로 넘어졌다. 잠깐 멈췄던 차가 빠르게 후진하더니 앞으로 다시 돌진했다. 우리가 한 번 짓눌렀던 호수의 머리를 차가 또 한 번 짓밟고 지나갔다.

7

죽음이라는 결과는 분명한데 호수가 왜 죽게 되었는지는 여러 번 되짚어보아도 뚜렷하지 않았다. 영민이 호수의 머리를 아이언 몽거로 내리치긴 했지만, 그 자리에 놓여 있던 아령만 없었더라도 그저 우스꽝스러운 몸싸움에 그칠 일이었다. 호수의 머리뼈가 조금 더 단단했거나 뒤가 아니라 앞으로 넘어졌더라도 호수는 죽지 않고 살 수 있었다. 영민이 과자 비닐을 아무렇게나 방바닥에 버려놓지 않았더라면, 방을 좀 치워놓았더라면, 영민의 아줌마가 휴가 중이 아니었더라면 호수는 살 수 있었다. 살 수 있을 가능성이 무수히 많았는데 그 모든 것을 피해 호수가 죽었다. 호수의 죽음은 예기치 못한 사고였다. 진짜 불행은 그 일이 내 눈앞에서 두 번이나 벌어졌다는 데 있다. 누군가의 죽음을 쉽게 불행하다고 판단할 수 없다. 언제나 남겨진 모든 것은 산 사람의 몫이 되어버리고 말기 때문이다.

호수의 몸 위에서 멈춰버린 차 안에는 영민의 집에서 일하는 아줌마가 앉아 있었다. 아줌마는 차에서 내려 넋이 나간 표정으로 횡설수설했다. 경비 업체 직원이 뛰어왔고 노부부가 창밖을 내다봤다. 영민과 호수는 구급차에 실려 갔다. 나와 재우가 택시를 타고 뒤따라갔다. 영민은 병원에 도착하자마자 여러 가지 검사를 받았고 재우가 그 뒤를 따라다녔다. 병원으로 달려온 호정과 호수의 아버지를 내가 만나야만 했다. 나는 어떻게 된 일이냐고 묻는 소리에 그저 울고만 있었다. 한번 울기 시작하자 말을 하기 어려울 정도로 울음이 터져 나왔다. 재우 역시 창백한 얼굴로 숨을 힘겹게 몰아쉬며 견디고 있었다. 아줌마는 술에 취해 있었고 면허도 정지된 상태였다. 우리는 호수의 죽음을 목격한 진짜 목격자가 되어 있었다. 두어 번 경찰서에 가 진술해야 했지만 호수의 죽음은 의심할 여지가 없는 불행한 사고로 처리되었고 병원에서 바로 장례식이 치러졌다.

재우와 나는 계속 병원에 남아 호수의 장례식 준비를 도왔다. 영민은 엉치뼈와 다리뼈에 금이 가 한동안 꼼짝할 수 없었다. 재우는 잠깐 틈이 생기면 영민네 집으로 가 뒷정리를 했고, 나는 영민의 병실과 호수의 장례식장을 오고 가는 아이들을 지켜봤다. 영민의 부모님이 오기 전까지 재우의 부모님이 영민의 보호자 역할을 했다. 나는 어디로도 가지 못하고 그 주변을 맴돌았다. 재우의 아버지는 안경을 쓰고 머리를 단정하게 빗어 넘긴 중년 신사의 모습이었고 그 와중에도 양복을 깔끔하게 차려입고 있었다. 재우의 어머니는 창백한 낯빛에 어딘가 불안정해 보였는데 그런 모습이 재우와 비슷했다. 두 사람 다 나라는 존재를 크게 신경 쓰지 않고 병원에서 벌어지는 이런저런 사무적인 일들을 차분하게 처리했다. 엄마는 잠깐 장례식장에 나타나 호수의 영전에 절을 하고 나한테 필요한 옷을 전해주고 갔다. 내게 별다른 말을 하지 않았는데, 얼굴은 잔뜩 화가 난 표정이었다. 하필 왜 그런 일이 벌어질 때 함께 있었는지 따져 물을 것만 같아 나는 엄마 앞에서도 울었다. 그때의 내겐 우는 것이 가장 큰 무기이자 방패였다.

호수는 화장을 했다. 호수의 어머니가 재우와 날 알아보시곤 가끔 호수를 찾아와달라고 부탁했다. 온몸에서 물이 다 빠져나간 것 같았지만 울어야 했다. 호정은 울다가 사람들의 걱정을 한 몸에 받으며 잠깐 명랑해졌다가 다시 울다가 했다. 재우와 난 그날 바로 집으로 돌아가지 못했다. 우리는 호수의 관이 불이 붙여질 구멍으로 들어가는 걸 지켜봐야만 했다. 호수는 우리가 얘기했던 거의 모든 방식으로 죽어버린 것 같았고 호수의 몸에 묻은 피를 닦아낼 때의 감각이 너무도 생생해 자꾸만 구역질이 났다. 화장로의 문이 닫힐 때 나는 더 이상 참을 수 없어 헛구역질을 해버렸고, 그런 나를 호정이 이상한 눈빛으로 돌아보았다.

장례식이 끝난 후 재우와 난 한동안 연락도 하지 않고 만나지도 않았다. 영민도 찾아가지 않았다. 병원에 가볼까 침대에서 일어났다가 다시 누운 일이 몇 번 있었지만 방을 나서지 못했다. 입에 무언가를 갖다 대면 구역질이 올라와 잘 먹지도 못했고 양치질도 제대로 하지 못했다. 재우한테서 받아놓았던 캡슐을 까 물에 가루를 타서 마셨다. 눈을 감으면 재우와 온몸에 피를 묻힌 채 섹스를 했다. 나는 재우의 피를 악착같이 핥아 먹었다. 눈을 뜨고 방의 윤곽을 확인하면 밤이었고 또 감았다 뜨면 하루가 지나가 있었다.

약이 다 떨어지고 나자 비슷한 환영을 보며 누워 있으려 해도 잠이 들지 않았다. 술을 마셔도 수면제를 먹어도 머리만 아플 뿐 잘 수 없었다. 온몸에 힘이 빠지며 잠의 나락으로 떨어지려는 순간 냄새나 소리 같은 것들이 의식을 낚아채 정신이 명료해져버렸다. 종이가 바스락거리는 소리나 방문이 닫히는 소리, 김치 통 뚜껑이 열리면서 나는 냄새, 음식물 쓰레기 냄새. 일상을 이루는 거의 모든 감각이 그날의 기억을 불러왔고 그 기억이 지나갈 때까지 온몸을 떨며 견뎌야 했다.

내일이 개학이라고 이제 그만 좀 하라고 엄마가 악을 쓰고 나간 날 재우한테서 전화가 왔다. 재우의 전화를 받자마자 약을 좀 달라고 말했다. 재우가 만나자고 했다. 우린 DVD방으로 갔다. 주인의 눈치를 보며 손에 잡히는 대로 뽑아 든 영화는 〈하우스 오브 왁스〉였다. 끝없이 긴장감을 유발하는 음악이 둘이 겨우 누울 수 있는 좁은 방의 사방에서 울렸다. 재우가 가방에서 약통을 꺼냈다. 재우가 먼저 한 알을 먹었고 나도 먹었다. 콜라와 함께 두 번째 알을, 과자와 함께 세 번째 알을 먹었다. 재우의 입술을 핥았다. 피비린내가 나는 것 같았다. 헐떡거리며 혀의 감각에 몰두했다. 재우는 내게 들어오기 전에 속삭였다.

"못 할지도 몰라."

재우가 흐느꼈다. 나는 아무 말 없이 재우의 것을 손으로 잡아 안으로 집어넣었다. 가벼운 통증이 있었지만 우리는 금방 서로의 흔들림에 리듬을 맞췄다. 마치 폭풍우를 만난 배 안에 누워 있는 것 같았다. 잠깐 잠잠해졌다가 곧 죽을 만큼 격렬해졌다. 따뜻한 물이 몸 안으로 울컥 흘러들어오는 것이 느껴졌고 그 순간 재우가 숨을 멈추며 기절하듯 몸 밖으로 빠져나갔다. 나는 재우 옆에서 숫자를 셌다. 하나, 둘, 셋, 넷. 재우는 심장이 멈춰버린 것처럼 미동도 하지 않았다. 내가 서른까지 셌을 때 다시 깨어났고 급하게 숨을 들이켰다. 재우는 마치 잠에서 깨어난 듯 몽롱한 표정으로 내 손을 잡고 말을 쏟아냈다.

“어릴 때 아버지가 날 술자리에 자꾸 불렀어. 가면 머리가 벗어지고 코가 번들거리는 아저씨가 있었어. 그 아저씨는 내 머리를 쓰다듬고 엉덩이를 톡톡 치고 허벅지를 만졌어. 다른 건 없었어. 어른들 자리에 끼어 있는 게 뿌듯해서 나는 아버지가 불러주는 게 좋았어. 그런데 엄마가…….”

재우는 말을 멈추고 숨을 크게 한 번 들이마셨다. 나는 재우의 손을 만지작거리며 가만히 있었다. 재우의 손이 더 작아진 것만 같았다.

“엄마는 내가 돌아오면 옷을 벗기고 몸을 씻겼어. 아버지가 말려도 소용없었어. 어딜 만졌냐고 물어보면서 울기도 했어. 아버지랑 엄마가 싸워. 둘은 영원히 서로를 이해할 수 없어. 그런데도 지금까지 같은 침대에서 자. 나는 아무렇지도 않았는데 엄마가 그러니까 그 손길이 이상하게 느껴졌어. 누가 귀엽다고 머리를 쓰다듬어도 싫었어. 아버지는 나를 비웃어.”

재우는 나를 보지 않고 똑바로 누워 있었다. 느릿느릿한 독백이 계속 이어졌다.

“부끄럽다, 잘못했다, 뿌듯하다, 수치스럽다, 뭐 이런 건 상황을 어떻게 규정하는지에 따라 달라져. 어쩔 땐 그렇게 느끼라고 강요받기도 해. 나한텐 아무런 영향을 미치지 않는 일에도.”

내가 재우를 향해 돌아누웠다. 재우의 고개를 돌려 나를 보게 했다.

“우리가 호수를 잊을 수 있을까?”

"문제는 호수가 아니지. 영민이야."

재우가 생각하기 싫은 일을 떠올린다는 듯 미간을 찌푸렸다.

"호수를 왜 끌어들였어? 너는 영민이를 말릴 수 있었잖아."

신경 쓰며 말했는데도 나는 재우를 탓하는 목소리로 묻고 있었다.

"내가 잘못 생각했어. 나는 호수가 영민이를 멈출 수 있을 줄 알았어. 호수는 필사적이었으니까. 영민이가 자꾸 약에 매달렸어. 내가 견디기 힘들 정도로. 난 호수가 들킬 줄 알았어. 이렇게 엉망이 되어버릴 줄은 상상도 못 했어. 우리가 걸린다고 뭐 큰일이 있겠어? 어른들이 다 손을 쓸 텐데. 들켜야 모든 걸 멈출 수 있다고 생각했어. 아버지가 나를 비웃는 것도, 영민이가 제 아버지를 겁내는 것도. 일을 좀 저질러보고 싶었어. 그런 일을 벌여야만 살 거 같았어."

나는 재우가 들키길 바랐다는 말에 힘이 빠졌다. 돌아보면 재우는 일이 커지길 기다리고 있었고, 나를 이 일에서 빼려고 했던 게 맞았다.

"어떻게든 될 거야. 어쨌든 터져버렸으니까."

재우는 그렇게 말하면서 나를 붙잡고 있는 손에 힘을 줬다. 끝까지 범인이 밝혀지지 않을 것만 같았던 영화에서도 범인의 얼굴이 나오며 엔딩 음악이 흘러나왔다. 나는 생존자가 있다는 사실에 안도했다.

재우 말대로 일은 예측하지 못한 방식이었지만 터져버렸고 문제를 더 이상 숨길 수 없게 되어버렸다. 하지만 미성년자이고 학생이란 이유로 모든 게 유보된 채 우리의 생활은 이어졌다. 영민은 퇴원하자마자 인도네시아로 떠났다. 재우는 대기를 걸어놓았던 국제학교에서 연락이 와 전학을 했고 방배동으로 이사를 갔다. 나는 학교에 남아 소문과 싸우며 고등학교 생활을 마쳐야 했다. 정말 원했던 대학은 아니었지만 수시 1학기에 웬만큼 괜찮은 대학에 합격한 이후론 학교에 나가지 않았다. 소문보다 학교 앞으로 찾아오는 호정을 피하고 싶었다. 호정은 내가 다니는 고등학교에서 가까운 중학교에 다녔고, 툭하면 학교 앞으로 찾아왔다.

호정은 만날 때마다 호수의 휴대전화 얘기를 했다. 영민이 병실에 누워 있는 동안 나와 재우는 호수를 묻기로 했던 빌라의 뒷산에 올라가 호수의 휴대전화를 묻었다. 혹시라도 누군가 데이터를 복원하면 그냥 넘어가지 못할 게 뻔했다. 나는 호정이 호수의 휴대전화 얘기를 할 때마다 누군가 목을 조르는 것만 같았다. 호정은 호수의 휴대전화에 있는 사진들을 아까워했다.

"그때 언니 오빠들 가고 우리가 사진을 찍었거든요. 오빠가 잘 안 웃는데 엄마한테 어깨동무하고 서서 활짝 웃었어요. 오빠 휴대전화에 그 사진이 있어요. 그게 마지막 사진인데. 진짜 오빠 폰 못 봤어요?"

이런 식의 물음에 내가 뭐라고 답할 수 있었을까. 나는 모른다고, 정말로 모른다고 말할 뿐이었다. 실제로 나는 모든 걸 봤지만 내가 본 것도 설명해낼 수 없는 것투성이였다. 마지막에는 호정이 꼭 모든 걸 알고서 일부러 나를 괴롭히는 것 같아서 나쁜 년이라고 소리를 지르고 싶은 걸 꾹 참기도 했다.

이 모든 상황을 견뎌내기 힘들 땐 재우를 만나러 갔다. 신사동이나 옥수에서 만나 사복으로 갈아입고 DVD방으로 들어갔다. 슬래셔 무비를 골라 틀어놓고 얼굴을 가린 살인마가 나와 칼이나 도끼,

망치로 난도질하는 장면을 보며 섹스를 했다. DVD방에 CCTV가 달려 있을 때도 있었지만, 너무 숨이 막힐 땐 어쩔 수 없었다. 우린 전화에서도, 문자에서도 말이 별로 없었다. 만나서도 그랬다. 언제 볼까, 언제 보자. 다음엔 언제 만날 수 있을까. 이런 말들이 전부였다. 서로에게 매달려야 속에 억눌러놓았던 것들을 풀 수 있었다. 재우와의 관계가 오래될수록 몸으로 나누는 감각이 희미해질 법도 한데 그러지 않았다. 재우도, 나도 대학에 입학한 순간부터 다른 사람을 만나보려고 애썼지만 늘 다시 서로에게 되돌아왔다.

그러니까 내게 성일이라는 사람이 생긴 건 재우에게나 나에게나 뜻밖의 일이었다. 성일은 나한테 일종의 선물이었다. 지나간 시간의 무게를 망각하게 해주는 선물 말이다. 성일은 자연스럽게 일상으로 스며들어 재우를 밀어냈다. 호수에 대한 기억은, 처음엔 혼자 감당하지 못할 만큼 거대했지만 시간이 지날수록 부피감이 줄어들었다. 성일을 만나고 난 뒤론 재우를 보면 함께 떠오르는 호수가 목에 걸린 가시처럼 성가시고 불편했다. 재우는 이제 막 사회에 발을 들여놓으며 어떻게든 도드라지려고 질척거렸지만, 성일은 이미 그 모든 과정을 겪어낸 어른이었다. 언제 나를 찔러댈지 몰라 날카롭게만 여겼던 세상의 모든 것이 성일과 함께 있으면 모서리 없이 둥글어졌다.

부모님은 내가 대학에 들어가자마자 기다렸다는 듯 이천으로 내려가 자리를 잡았다. 전국을 돌아다니며 영업 일을 하던 아버지가 그릇을 다시 생산해보겠다고 했고 엄마는 그 계획을 내게 통보하며 학자금 대출을 받아서 쓰라고 했다. 성일은 아버지의 공장에 찾아가 사진을 찍고 아버지가 하는 일이 멋있다고 말했다. 재우라면

먼지가 날리는 공장에서 기침을 하며 한시라도 빨리 그 상황을 벗어나려 애썼을 터였다. 성일은 내가 그만 가자고 일으켜 세우는데도 넉살 좋게 같이 밥을 먹고 아버지와 술을 마시고 우리 집에서 잠까지 잤다. 결혼을 하고 싶어 안달을 낸 것도 성일이 아니라 나였다. 어쩔 수 없는 조건들은 원망하지 않고 되돌아보지도 않고 싶었다. 이제 그만 이것도 좋고 저것도 좋다며 허허거릴 수 있는 부드러운 세계 속에서 살고 싶었다. 그런데 나는 다시 영민이 불러온 과거 속으로 끌려들어가고 있었다.

8

집 앞에 와서야 웨딩드레스가 든 종이 가방이 없다는 걸 알았다. 영민의 집 어딘가에 놓여 있다고 생각하니 끔찍했다. 주말에 웨딩 촬영을 하기로 되어 있었다.

"차 돌릴 수 있을까?"

안전띠를 풀었다가 문을 닫고 앉아 물었다.

"우리 집? 아니, 호텔이 낫겠지? 워커힐? 메이필드?"

재우의 입가에 미소가 떠올랐다. 나는 잠깐 망설이다 입을 열었다.

"거기, 영민이 방."

재우의 표정이 싸늘해졌다.

"왜?"

"뭐 두고 왔어."

"뭔데?"

"아까 산 옷."

재우의 눈초리가 가늘어졌다.

"들어가서 내일 입을 옷 챙겨 와. 예약하고 있을게."

"안 가. 이제 안 한다고 했잖아."

재우가 얼굴을 손으로 쓸어내렸다. 지친 기색이 역력했다.

"들어가, 그럼. 한 번 만난 거로 충분해. 어차피 주말에 가야 돼."

"뭐? 난 못 가."

재우는 나를 쳐다보지도 않고 카오디오의 플레이 버튼을 눌렀다.

"어쩔 수 없어. 조정해."

'기쁨을 마셔버린 붉은 천사야. 마지막 불꽃으로 떨어져보자.' 국카스텐 보컬의 목소리가 드럼과 전자기타 소리를 뚫고 나지막하게 울려 퍼졌다. 내리지 않고 재우의 옆얼굴을 노려보고 있자 재우가 볼륨을 높였다. '니가 베어 문 농염한 비명에 우리 모두는 춤추고.' 기타와 보컬, 드럼 소리가 점점 커졌다. 차에서 내려 문을 소리 나게 닫았다. 창문을 전부 올리고 있어도 차가 쿵쿵 울렸다. 내가 내리자마자 차는 속도를 높여 도로를 빠져나갔다. 재우는 골치 아픈 일이 생기면 하드코어한 노래를 들었다. 핀란드 사람들, 조용하고 정적이니까 클래식 듣고 그럴 거 같지? 아니, 무조건 하드코어야. 그래야 균형이 맞아. 언젠가 내가 음악을 좀 꺼달라고 했을 때 재우가 말했다. 영민의 등장은 재우에게도 위기였다. 재우가 날 밧줄로 묶어 끌고 가려 한다면 나도 무언가를 숨기고 있어야만 했다. 치명적이지만 눈에 띄지 않는 무언가를.

택시를 잡으려고 도로 쪽으로 팔을 내밀었다가 뒤돌아섰다. 영민을 혼자 만나는 건 좋은 생각이 아니었다. 먼저 전략이 필요했다. 눈앞엔 지하철역을 끼고 있는 15층짜리 오피스텔이 서 있었다. 불만에 가득 찬 고함에 시도 때도 없이 잠이 깨고 마는 방 한 칸이 내가 들어가 몸을 누일 곳이었다. 현관의 유리문 앞에는 'CCTV 촬영 중'이라는 경고문이 붙어 있었다. 비밀번호를 누르며 카메라를 찾았다. 매일 같은 글귀를 마주하면서도 어디에 있는지 크게 신경 쓰지 않았던 카메라였다. 현관 위쪽에 동그란 덮개에 둘러싸인 까만 렌즈가 있었다. 누군가와 눈이 마주친 듯한 느낌에 소름이 돋았다. 영민의 아버지가 우리를 보고 있었어. 차 안에서 재우에게 들은 얘기가 귓가에 울렸다. 그때의 우리를 누가 지켜보고 있었을 거라곤 단 한 번도 생각해보지 않았다. 비밀번호를 다 누르지도 않은 것 같은데 현관문이 스르륵 열렸다. 정말 누가 보고 있는 건가 싶어 복도를 두리번거렸다. 복도엔 CCTV가 없었다. 엘리베이터를 타지 않고 걸어서 계단을 올라갔다.

지금껏 단 한 번도 우연히 일어난 일들을 왜 의심해보지 않았던 것일까. 호수가 죽은 날, 이상하게도 운이 좋았다. 일은 마치 계획이라도 되어 있었던 것처럼 매끄럽게 마무리되었다. 차고 문이 열리자마자 차가 나타났다. 그 차는 차고로 들어가지 않고 호수에게로 돌진했다. 차의 주인은 술에 취해 있었다. 그게 휴가 중이었던 영민네 아줌마였다. 그렇게 우연이 겹치고 겹쳐 사고를 완전하게 은폐할 수 있었다. 큰 행운의 뒷면엔 자잘한 불운들이 놓여 있기 마련이었다. 엄마한테서 종양이 발견돼 대장을 잘라내는 수술을 했을 때도, 붙을 확률이 높았던 기업의 최종심에서 탈락했을 때도, 영민이 돌아왔다는 얘기를 들었을 때도 내가 감내해야 할 자잘한 불운이 지나가는 중이라고 생각했다. 행운이라는 건 공평하기보단 영악한 기회주의자 같아서 불행에 처한 인간은 쉽게 붙잡을 수 없도록 몸을 숨긴다는 걸 미처 생각하지 못했다. 그래서 행운은 나눠 가질 수 없다. 호수가 죽은 날 우리는 행운을 나눠 가진 게 아니라 각자 제 몫의 불운을 갖고 간 게 분명했다. 거기엔 영민의 아버지도 끼어 있었다. 행운이라고 착각했던 불운의 크기가 어느 만큼인지 도저히 가늠되지 않았다.

숨은 목격자, 예측할 수 없는 눈. 영민의 아버지는 영민의 방에 CCTV를 설치해놓고 영민을 감시했다. 아버지가 꼭 보고 있는 것같이 군다고 영민이 여러 번 투덜거렸는데 그땐 영민 특유의 과장과 엄살인 줄로만 알았다. 영민의 아버지는 CCTV 뒤에서 시체를 놓고 허둥대는 우리를 비웃었다. 어른답고 침착하게 일을 어떻게 수습하면 좋을지 궁리했다. 만약 그때 영민의 아버지가 영민에게 전화했더라면 우리는 경찰을 불렀을 것이다. 누군가 우리를 보고 있다는 걸 알았다면 다른 선택은 없었다. 그런데 영민의 아버지는 아줌마를 불러들였고 그 아줌마가 모든 죄를 뒤집어쓰게 만들었다. 불운을 행운이라 착각할 수밖에 없었던 요인은 수도 없이 많았다. 영민의 아버지는 아줌마를 시켜 시체를 묻어버리든 빠뜨리든 멀리 옮겨 달라고만 했는데 차로 호수를 밀어버렸으니까. 아줌마가 하필이면 만취 상태였던 덕에 지금까지 아무렇지 않게 호수의 죽음을 덮어놓을 수 있었으니까. 영민의 아버지는 그 누구에게도 이 사실을 말하지 않았다. 영민도 아직 모르고 있을 거라고 했다.

재우는 내게 모든 것을 알고 있는 아버지가 영민을 어떻게 대했을지 상상해보라고 했다. 나는 그런 건 생각하고 싶지 않았다. 내가 궁금한 건 왜 아버지가 자식의 잘못을 그런 식으로 감싸안느냐 하는 것이다. 영민에게는 안된 일이지만, 그때 경찰에 알렸다면 재우도 나도 가벼운 처벌을 받고 넘어갈 일이었다. 우린 그저 목격자의 역할을 성실히 수행했으면 됐다.

영민의 아버지는 그 일 이후 영민을 옴짝달싹할 수 없게 감시하고 또 감시했다. 영민이 있는 곳이라면 어디든 CCTV를 달았고, 친구 한둘은 감시자로 포섭했으며 휴대전화 영상통화로 영민이 어디에 있는지 시시때때로 확인했다. 영민이 도망이라도 치면 동네를 이 잡듯 뒤져 찾아냈고, 영민은 그런 일을 반복적으로 겪으면서도 도망치고 잡혀 오고 학교를 옮겨 다녔다. 재우는 지금껏 한마디도 안 하다가 영민이 돌아오고 나서야 내게 공동의 책임을 물었다. 나한텐 준비할 시간이 없었다. 시간이 있었더라면, 성일을 만나기 전이었다면 달랐을 것이다. 되돌릴 수 있을 때 되돌리자고 말했을 것이다. 지금처럼 너무 늦기 전에 말이다.

재우가 대학교 2학년 때, 영민은 재우한테 지금이라도 자수를 하고 싶다고 말했다. 재우는 그때도 내게 그 일을 말해주지 않았다. 조금만 더 참아보라고 영민을 말렸다. 이젠 영민의 아버지가 나섰다. 모든 게 꼬여버렸다. 우리한테 지금껏 움켜쥐고 있었던 비밀을 알린 건 일종의 협박이었다. 영민을 더 이상 통제할 수 없으니 재우와 날 쥐어짜기 시작한 것이다. 되돌려 바로잡을 수 있는 건 아무것도 없었다. 난 이미 성일을 만났고 성일을 놓을 수 없었다. 성일이 나를 지금과는 다른 눈으로 바라보게 할 수 없었다.

목에 있는 얼룩이 부풀어 올랐다. 자리를 이동이라도 하듯 긁고 나면 그 옆이 간지러웠다. 차가운 물로 씻어내고 얼음을 갖다 대보아도 가려움은 쉽게 사라지지 않았다. 작은 점에 불과했던 잿빛 얼룩은 두 달 동안 새끼손톱만 한 크기로 자랐다. 잠이 들 만하면 얼룩이 미세하게 피부를 자극하며 움직였고 손톱으로 긁고 파헤치고 나면 커진 게 아닌지 걱정이 됐다. 불을 켜고 얼룩을 거울로 들여다보았다가 다시 불을 끄고 누워 손톱으로 파헤쳤다. 아침이 되어 얼룩에서 끈적한 피가 묻어났을 때에야 잠깐 눈을 붙일 수 있었다.

다음 날 영민으로부터 메일이 왔다. 메일에는 〈여흥상사〉 대본이 첨부되어 있었다. 일요일에 '그곳'에서 모이자. 비밀스럽게 표현된 단 한 문장을 제외하면 흔히들 붙이는 담백한 안부 인사조차 없었다. 다시 〈여흥상사〉라니. 꽤 오랫동안 잊고 있었던 이름이었다. 회사로 가는 지하철 안에서 휴대전화로 첨부 파일을 열어보았다가 실명이 쓰여 있는 걸 보고 놀라 탭을 닫았다. 영민이 보낸 메일의 하단에는 굵은 글씨로 '거기서 살고, 거기서 자고, 거의 한 번도 거기서 나가지 않고, 줄곧 그 신비로운 압력을 받으면서, 시나브로 그는 그것과 닮아가고, 말하자면 그 속에 틀어박혀, 마침내 그것의 일부를 이루기에 이르렀다. 빅토르 위고 『파리의 노트르담』'이라는 말이 쓰여 있었다.

『파리의 노트르담』을 읽었던가. 내용을 떠올리려고 해도 생각나지 않았다. 빅토르 위고의 소설은 늘 어렵게 느껴져 읽어보려다가 포기하곤 했다. 영민이 어린이용으로 나온 축약본 말고 제대로 된 버전을 읽기나 한 건지 알 수 없었다. 내용과 상관없이 그저 문장이 마음에 들어 옮겨 왔을 가능성이 컸다. 영민은 늘 있어 보이는 말을 좋아했고, 그 말이 의미심장하게 받아들여지길 바랐다. 여흥상사도 사실 아무 뜻이 없는 이름이었다. 우리가 뭘 제대로 팔아본 것도 아니고 누군가한테 기쁨을 준 것도 아니고 이름은 그저 이름일 뿐이었다.

나는 잠깐 망설이다 성일에게 전화를 걸었다. 웨딩 촬영이 일요일 오후 1시로 잡혀 있었다. 성일의 후배가 찍어주기로 했고 사진을 찍고 나면 그 동네에서 유명한 흑돼지구잇집에 가려고 했었다. 영민과 재우에게 빠지겠다고 해봤자 지난한 힘겨루기만 할 게 뻔했다. 괜히 들쑤시는 것보다 이번 기회에 영민과 재우를 조정해버리고 다시는 만나지 않는 편이 나을 것 같았다.

"주은 씨, 출근 중?"

성일은 늘 나를 '주은 씨'라고 불렀다. 주은아, 자기, 뭐 이런 것보다 주은 씨가 훨씬 좋았다. 너무 멀지도 않고 가깝지도 않고 살갑게 존중받는 느낌이었다.

"오늘 좀 늦었어요. 혹시 우리 웨딩 촬영 미룰 수 있을까?"

"무슨 일 있어요?"

"거절하기 곤란한 일이 생겨서요."

잠깐 생각하는 듯하던 성일이 이내 담담한 목소리로 말했다.

"후배한테 연락해볼게요. 목소리가 안 좋다. 못 잤어요?"

"일이 좀 많아서요."

"눈 좀 붙여요. 이따 연락할게요."

성일이 무슨 일이냐고 물어보면 죽음이 임박한 친구의 병문안을 가야 한다고 말할 참이었다. 영민이 죽을 일은 없겠지만 영민을 돕는 일, 그러니까 영화든 뭐든 영민과 함께 하는 일을 일종의 병문안으로 생각해야겠다고 마음을 정리했다. 호수가 죽고 영민이 병상에 누워 있는 동안 병문안을 가지 못했다. 그걸 이제 해주는 것이다, 오래 걸리진 않을 거다, 하고 밤새 되뇌었다. 성일은 내가 말하기 곤란해하는 것 같으면 깊게 묻지 않았다. 난처한 순간에 적당한 거리를 지켜주는 게 성일의 가장 좋은 면이었다.

성일과 그릇을 보러 간 적이 있었다. 성일은 당산의 오피스텔에 혼자 살면서 마트에서 아무렇게나 골라 담은 식기로 생활하고 있었다. 화려한 기하학적 문양이 돋보이는 아라비아핀란드에서부터 잔꽃 무늬가 화사한 버얼리, 투박하지만 견고해 보이는 르쿠르제와 한식에 잘 어울리는 덴비까지, 내가 그릇에서 눈을 떼지 못하자 성일은 사고 싶은 걸 사라고 했다.

"깨질 거 걱정해서 코렐 같은 거 사면 후회하더라고요. 안 깨져요, 코렐은. 그릇이 좀 깨지고 그래야 아까워도 하고 조심하기도 하는데 점점 막 쓰게 돼. 한 번 해보니깐 그런 건 싫어요."

"아직도 코렐 써요?"

지칭하진 않았지만 성일의 법적인 아내를 염두에 두고 한 말이었다. 성일이 한쪽 팔로 내 어깨를 감싸안았다.

"한번 코렐 쓰면 다음에도 코렐이야. 웃기죠?"

"이런 데 담아서 예쁘게 차려 먹으면 아, 내가 진짜 결혼했구나 할 것 같아."

"아버님 그릇도 좋던데."

"도자기는 싫어요. 유기라면 모를까."

명인들의 방짜 유기 코너가 눈앞에 있었다. 밥그릇 하나를 들어 눈앞에서 돌려보았다. 뽐내지 않고 은은하게 빛나는 광택이 근사했다. 성일이 그릇을 건네받으며 손으로 무게를 가늠해봤다.

"성일 씨는 뭐 갖고 싶은 거 없어요?"

내가 묻자 성일은 그릇을 제자리에 내려놓고 나를 보며 말했다.

"없어요. 이미 많이 가지고 많이 더럽히고 했거든. 이제 그만하고 싶어."

"그래도 내가 이것저것 사대면 싫지 않을까?"

성일이 눈살을 찌푸렸다. 법적인 아내의 쇼핑 중독을 생각하는 눈치였다.

"싫을 것 같아요. 다이아몬드나 모피, 가죽 같은 건 특히. 한쪽을 짓밟고 가지는 거니까."

내가 성일의 손을 잡으며 말했다.

"난 그런 것보다 좋은 공간을 소유하고 싶어요. 좁아도 품격 있고 편안하면서 분위기 있는."

성일이 그때 내 이마에 부드럽게 입을 맞췄다. 성일은 부유하게 자랐다. 성일을 처음 만났을 때 옷차림은 수수했지만 좋은 신발을 신고 있었다. 재우가 즐겨 신기에 알게 된 브랜드였는데 프리랜서 사진작가가 선뜻 살 수 있을 정도의 금액은 아니었다. 성일의 아내는 결혼 후 명품 브랜드를 시즌별로 사지 않으면 참지 못했고, 성일은 그런 아내를 참기 어려웠다고 했다. 그릇은 코렐을 쓰고 플라스틱 반찬 통을 꺼내 밥을 차리면서 SNS에 신상 에르메스 스카프를 올리는 여자. 둘의 이혼이 지지부진하게 흘러가는 데에는 재산 분할 문제가 컸다. 성일은 아무렇게나 쓰는 사람에게 함부로 돈을 내어줄 수 없다고 끝까지 깐깐하게 굴고 있었다. 자신이 언제든 뒤돌아설 수 있는 사람이라는 걸 성일은 포장하려 들지 않았고 숨기지도 않았다. 성일이 자신의 흠을 아무렇지 않게 드러내놓는 걸 보면 언젠가 나도 그럴 수 있을 것만 같았다.

토요일 밤까지도 영민이 보내준 〈여홍상사〉를 읽을 마음이 생기지 않았다. 그 주에 나는 성일 앞에서 저도 모르게 얼룩을 긁적이고 있었으며, 성일은 내게 무슨 일이 있는 것 아니냐고 두어 차례 묻기도 했다. 나는 그때마다 친구가 아파서 그런다고 대답하며 넘어갔지만, 영민을 다시 만날 날이 가까워질수록 언제까지 견딜 수 있을지 자신이 없어졌다. 일요일 새벽이 되어서야 메일을 다시 열었다. 아침 일찍 재우가 집 앞으로 오기로 했고 더는 미룰 수 있는 시간이 없었다. 〈여홍상사〉의 첫 장을 읽는 순간 그동안 느꼈던 불편함의 실체를 알았다.

배경은 모두 영민의 방이었다. 재우, 영민, 나는 장면마다 계획을 짜거나 회상을 하고 있었다. 지문과 대사를 구분하기 어려웠는데, 대사에 누구의 말인지 표시되어 있지 않았고 대사 중간에 영민의 생각이 독백처럼 길게 나열되기도 했다. 내가 미처 알지 못했던 영민과 재우 사이의 일도 있었다. 재우의 대사와 영민의 독백을 보며 사실일 리가 없다고 입술을 질근거리다가 피가 났다. 밤을 꼬박 새우고 멍하니 앉아 있는데 재우에게서 전화가 왔다.

급하게 옷을 챙겨 입고 현관에서 거울을 보는데 얼룩이 눈에 띄게 커져 있었다. 하룻밤 사이에 두 배, 아니 세 배쯤 커진 것 같았다. 얼룩은 이제 엄지로 지문을 쿡 찍어 눌러놓은 듯한 모양이었다. 누가 봐도 한눈에 알아챌 정도의 크기였다. 나는 어깨와 얼굴을 살폈다. 목 뒤도 안심할 수 없었다. 손거울을 들어 뒤를 살피는데 재우한테서 다시 전화가 왔다. 손거울을 침대에 던져놓고 좁은 방 한가운데 우두커니 섰다. 파운데이션을 목에 펴 발랐다. 컨실러까지 덧칠하자 피부색이 부자연스러워졌다. 재우가 연이어 전화를 걸었다. 어디에도 숨을 곳이 없었다. 목이 드러나는 블라우스를 벗고 터틀넥 니트로 갈아입었다. 올해 처음 꺼내는 니트였다. 가슬가슬한 니트의 촉감이 얼룩을 자극했다. 손이 가는 걸 애써 참으며 문을 열었다. 재우가 문 앞에 서 있었다.

"도망이라도 갔을까 봐?"

재우가 집 안을 들여다보지 못하게 황급히 문을 닫았다. 거울 앞에 여러 벌의 옷이 뒤집혀 있었다. 삐빅 소리가 나며 문이 잠기는 소리가 들렸다.

"읽었어?"

재우가 위아래를 훑어보며 물었다.

"너는?"

"영민이 알잖아. 전부 멋대로 써놨더라."

나는 대답하지 않고 계단으로 내려갔다. 재우가 뒤따라왔다.

"남자가 바뀌면 스타일도 바뀌나?"

"다음부터는 역에서 만나."

"목까지 올라오는 옷 못 입지 않았어? 답답해서 싫다며?"

"취향을 바꿔야 곁에 있는 사람도 바뀌니까."

"예쁘다."

재우가 날 돌려세웠다.

"왜 이래?"

얼굴을 어루만지려는 재우의 손을 뿌리치고 앞장서서 내려갔다. 재우의 행동엔 언제나 의도가 깔려 있었다. 한 번이라도 나한테 완전히 솔직했던 적이 있었을까. 성일과의 거리는 보호막이었지만 재우에게서 느끼는 거리감은 달랐다. 나는 재우가 치고 있는 견고하고 완전한 방어막엔 진절머리가 났다. 대본을 읽고 나자 말로 표현하지 못했던 막연한 느낌은 확신이 되었다. 영민이든 재우든 더 이상 휘말리고 싶지 않았다. 둘 다 스스로를 지키기 바빠 또 무슨 일이 벌어질지 몰랐다. 정해진 역할만 하고 나면 성일에게 몇 년 해외에 나가서 살자고 해야지. 그게 유일한 숨구멍이었다. 성일은 야생 곰 사진을 찍다가 곰에게 죽임을 당한 호시노 미치오를 동경했고, 자연 상태의 파충류 사진을 찍고 싶어 했다. 그곳이 열대우림이든 사막이든 상관없었다. 사람이 없는 곳이라면 어디든 좋았다. 동물은 영역에 있어선 냉정하고 솔직하니까 사람들 사이에 있는 것보다 안전할 것 같았다. 역할극을 만들고 거짓 연기를 하는 동물은 존재 자체가 불가능할 것이었다. 재우의 차는 서울의 동쪽에서 서쪽으로 이동하기 위해 꽉 막힌 내부순환도로에 한동안 멈춰 있었다. 재우가 몇 번 말을 걸었지만 나는 한마디도 하지 않고 악어가 숨어 있는 늪지와 도마뱀이 빠른 속도로 사라지는 사막을 생각했다.

대낮의 빌라는 밤에 본 것보다 더 비참했다. 외벽의 대리석 장식은 누가 떼어 가기라도 한 것처럼 질서 없이 떨어져 있었고, 기둥과 기둥 사이 커다란 창이 있던 자리엔 깊은 어둠이 자리하고 있었다. 왼쪽 벽으로 난 창에는 언젠가 테라스라 불렸을, 색이 바랜 철제 구조물이 위태롭게 매달려 바람이 불 때마다 기분 나쁜 소리를 내며 휘청거렸다. 바닥엔 구겨진 맥주 캔과 컵라면 용기 같은 것들이 오랫동안 방치된 뼛조각처럼 아무렇게나 나뒹굴었다. 빌라 안으로 들어가자 비스듬히 열려 있는 엘리베이터의 문이 먼저 보였다. 자칫 잘못하면 아래로 빠져버릴 수도 있을 것 같았다. 계단 한쪽에는 채

굳지 않은 짐승의 똥이 있었고, 오줌 자국도 군데군데 나 있었다. 며칠 전, 어둠 속에서 아무것도 모른 채 더러운 벽을 더듬으며 올라갔다고 생각하니 몸서리가 쳐졌다. 엘리베이터 문은 제대로 달려 있는 게 하나도 없었고, 영민이 있는 4층에는 엘리베이터 문이 있어야 할 자리가 아예 텅 비어 있었다.

재우가 문을 두드리자 잠이 덜 깬 영민이 문을 열고 나와 우리 둘을 지나쳐 아래층으로 황급히 내려갔다. 텅 빈 전실에서부터 독한 알코올 냄새가 났다. 예전엔 복도였던 공간에 아무렇게나 쓰러져 있는 싸구려 보드카병을 바로 세우고 영민의 방으로 들어갔다. 재우는 소파에 앉아 텔레비전을 틀었다. 나는 책상과 소파 사이에 길게 늘어서 있는 모의고사 시험지를 건드리지 않으려고 노력하면서 바닥에 흩어져 있는 대본을 주웠다. 대낮인데도 암막 커튼을 치고 불을 켜놓은 방은 너무 환해서 눈이 부셨다. 하얀 종이 뒷면에 백색 형광등 빛이 반사돼 눈을 찌르는 것만 같았다. 현관문이 세게 닫히는 소리가 나고 영민이 방으로 들어왔다. 구스 패딩의 모자를 덮어쓴 채였다.

"어디 갔다 와?"

재우가 물었다.

"너네 집 안방 화장실. 변기가 거기만 제대로 달려 있어. 너 뭐 궁금하다고 들어가볼 생각 하지 마라. 냄새 장난 아니거든."

재우가 언짢은 듯 미간을 찌푸리자 영민이 큰 소리를 내며 웃었다. 느닷없는 웃음이었다. 옷을 술로 적셨는지 영민이 움직일 때마다 독한 알코올 냄새가 났다. 창문을 열자 암막 커튼이 바람에 날렸다. 영민은 큰일이라도 난 것처럼 소리를 지르며 창문을 닫았다.

"씨발, 누가 보면 어쩌려고 창문을 여냐? 돌았냐?"

"머리 아파 죽겠어. 옷을 갈아입든지, 씻든지."

내가 눈살을 찌푸리며 재우 옆에 앉자 영민은 암막 커튼을 살짝 걷어 바깥을 살폈다. 정말로 들킬 것을 두려워하는 긴장된 몸짓이었다.

"어쩌려고 이렇게 술을 마셔?"

불평하듯 중얼거린 말이었는데 영민은 걱정하는 어투로 들었는지 겸연쩍은 표정을 지었다.

"딱 하루만 마신 거야. 오늘 중요한 날이잖아. 자려고 누우면 시끄러워서 잘 수가 있어야지. 밤만 되면 뭐가 자꾸 돌아다니거든. 울음소리만 들으면 고양인가 싶다가 여기까지 소리가 들리는 거면 작은 놈이 아니잖아? 개일 수도 있고 멧돼지일 수도 있어. 재우, 왜 우리 여기 살 때도 멧돼지가 가끔 내려오지 않았냐?"

"아니."

"그럼 들개였나?"

재우는 영민을 힐긋 보곤 수긍하지 않으면 이 얘기를 끝낼 수 없다고 생각했는지 심드렁하게 맞장구를 쳤다.

"개가 돌아다니긴 했지."

"그 개새끼가 벽을 막 긁는다니까. 어쩔 땐 현관문을 긁거든. 그 소리 모르냐? 발톱 세워서 긁어대는 거. 근데 또 내가 여기 있는 거 들키면 안 되니까 웬만하면 움직이지도 않고 가만히 있잖아. 어젠 진짜 못 참겠어서 문을 열었는데 그새 도망갔더라고. 개새끼, 잡히기만 해봐."

영민이 발로 바닥을 구르고 눈앞에 개가 있기라도 한 것처럼 몸을 낮춰 팔을 휘둘렀다. 주먹을 벽에 대고 쿵쿵 찍었다가 재우와 날 번갈아 보며 씩 웃었다. 바람이 통하지 않는 방은 금세 더워졌다. 이제 곧 11월이 될 터였지만 한낮의 기온이 높은 날이 많았고, 때 이른 두꺼운 터틀넥 니트 때문인지 땀까지 났다. 두 겹으로 된 니트의 목 부분이 축축하게 젖었고 가슬가슬한 털실이 반점에 닿는 느낌이 날 때마다 간지럽다 못해 따끔거리기까지 했다. 기분 나쁘게 젖은 니트가 목을 죄어오는 것만 같았다. 한데 모아놓았던 대본을 들어 목과 얼굴을 향해 부채질을 했다. 재우가 그런 나를 보곤 비아냥거렸다.

"스타일 바꾸기가 쉽지 않지?"

나는 재우를 쏘아보며 영민에게 물었다.

"뭐 하면 되는데?"

재우는 다시 무료하다는 표정으로 텔레비전 채널을 돌렸다. 영민이 미리 복사해놓은 대본을 나와 재우에게 차례로 건넸다. 영민의 손이 떨리고 있었다.

"읽어봤어? 어때?"

영민은 나와 재우를 번갈아 보며 초조한 듯 눈을 깜빡거렸는데 재우도 나도 칭찬을 바라는 것임을 눈치채고 있으면서도 먼저 입을 열지 않았다. 재우가 여전히 텔레비전의 채널을 돌리고 있자 영민이 재우의 손에서 리모컨을 낚아채며 못 참겠다는 듯 소리를 질렀다.

"어땠냐고?"

재우는 말이 없었다. 내가 말했다.

"사실이 아니잖아. 바꿀 생각은 있어?"

"뭐가 사실이 아니라는 거야? 내가 똑같이 하려고 얼마나 애썼는데 사실이 아니라고?"

영민이 모의고사 시험지로 가려진 불룩한 장치를 돌아보며 소리를 질렀다. 나는 그것은 보지 않으려고 애쓰며 대본을 가리켰다. 어느새 목소리가 높아졌다.

"그때 내가 이랬다고? 그럼 너는? 말이 안 되잖아!"

재우가 날이 서 있는 영민과 날 번갈아 보며 차분한 목소리로 말했다.

"사실이든 아니든 상관없어. 그런 건 하나도 중요하지 않아."

영민은 한 손에 든 대본을 흔들어대며 핏대를 세웠다.

"이게 진짜지! 전부 그대로야. 단어나 어투가 조금 다를 수는 있어. 인정해, 그 부분은. 그래도 사실이야. 앉아서 얘기했는지 서서 얘기했는지 다를 수 있겠지. 그래도 사실이라고."

영민의 눈에서 불길이 일었다. 이상한 열기에 휩싸여 있는 것 같았다.

"맞아, 사실이야. 영민이 네가 기억하는 게 맞아."

재우는 떼쓰는 어린애를 어르듯 영민을 대하고 있었다. 영민이 어떤 짓을 하더라도 모두 맞춰주리라 마음먹고 온 게 분명했다. 나는 그런 식으로 행동하는 재우가 거슬렸지만 그렇다고 영민과 맞서 싸울 만한 힘도 없었다. 영민에게 협조해야 모든 일을 빨리 끝낼 수 있었다.

"이거 그대로 읽으면 되는 거지? 녹화는 하지 마. 내가 해줄 수 있는 건 여기까지야."

내가 영민의 반응을 살피며 말했다.

"나도 다 찍을 생각은 없어. 연기가 처음이니까 실수도 잦고 어색할 거거든. 연습을 해야 매끄러워지는 거야. 정말 그때처럼 한 치의 오차도 없이. 앞부분은 하이라이트로 가기 위한 연습일 뿐이야. 내가 원하는 건 그 장면이야. 그 장면은 찍어야 돼. 뭐가 그 장면을 완성시키는지는 되돌려봐야 알 수 있는 거잖아? 내가 파일을 갖고 있는 게 불안하면 여기서 같이 보고 지워."

"지웠는지 갖고 있는지 어떻게 알아?"

"폐기 처분. 다 같이 없애버려."

폐기 처분이라고 말할 때 영민은 나도 재우도 아닌 허공의 어딘가를 보고 있었다. 영민이 원하는 게 그 장면이라면 재연하지 않고도 확인할 수 있는 방법이 있었다. 영민의 아버지가 그때의 파일을 갖고 있을 수도 있었다. 정상적인 아버지라면 지워버리고 흔적을 남기지 않았겠지만 영민의 아버지는 어떻게 했을지 예측이 안 됐다. 문득 영민은 정말 아버지가 그 장면을 보고 있었다는 사실을 몰랐을까 하는 생각도 들었다. 제3자의 입장이 되어 그 장면을 바라보고 싶다는 욕구의 근원엔 무의식적으로 아버지의 시선을 알고자 하는 충동이 있을지도 몰랐다. 그렇다고 확인할 수도 없는 노릇이었다. 그때와는 다를 거라 생각했지만 나는 또 결국 그때와 똑같이 아무것도 할 수 없는 상황 속에 갇혀 있었다.

연습은 기계적으로 이루어졌다. 나는 참고 참다가 간혹 영민의 대본에 토를 달았지만 재우는 마치 감독의 말에 순종적으로 따를 수밖에 없는 손가락 인형처럼 행동했다. 재우가 그런 태도를 보이면 나도 끝까지 사실과 다르다고 주장할 수 없었고 연습은 결국 대본대로 이루어졌다. 사소한 차이일 수 있겠지만 결과적으로 보면 영민이 쓴 대본에서 영민은 호수의 죽음과는 직접적인 연관이 없는 인물처럼 그려지고 있었다. 이를테면 이런 식이었다. 영민의 방에 모여 미드를 보다가 영민이 약을 팔아보자고 하는데 이유가 피규어를 사기 위해서라고 바뀌어 있었고, 호수가 재수 없는 애라는 식으로 말하는 건 나였다. 나는 영민이 호수를 끌어들이기 전까지 호수라는 애를 잘 알지도 못했다고 항변했지만 받아들여지지 않았다. 또 호수에게 약을 주는 역할을 맡은 사람도 영민이 아니라 나로 되어 있었다. 영민이 속초에서 호정에게 준 것은 약이 아니라 비타민이었고, 호정과 호수가 엄마와 만나는 장면은 심지어 더할 나위 없이 애틋하고 아름답게 묘사되어 있기도 했다. 그날의 연습은 마지막 장면 앞에서 끝이 났다. 영민은 감정선을 이어서 끝까지 하고 싶어 했지만 나는 그 장면만큼은 영민이 쓴 그대로 연기할 수 없었고, 내가 그 장면에 대해 말하려고 하자 재우가 다음에 하자고 일어나버렸다. 재우는 뭐라 더 얘기할 틈도 주지 않고 밖으로 나갔다.

나는 영민의 방을 둘러보았다. 웨딩드레스가 든 종이 가방이 보이지 않았다. 내가 거실 쪽으로 들어가자 영민이 나를 따라오며 물었다.

"왜 그쪽으로 가?"

지치고 불안정한 얼굴이었다.

"종이 가방 하나 못 봤어?"

"모르겠는데. 배고파 죽겠다. 뭐 좀 먹으러 갈까?"

"재우한테 말해. 찾아보고 내려갈게."

영민이 내 팔을 잡았다. 손에 힘이 들어가 있었다.

"여기에서도 보이잖아?"

"중요한 거야."

영민의 손에서 팔을 빼자 몸이 반쯤 돌아갔다. 영민은 그런 나를 우두커니 내려다보더니 입을 뗐다.

"아무것도 건드리지 마. 알지?"

알겠다고 여러 번 대답하고 나서야 영민이 현관으로 나갔다. 현관문이 닫힐 때 천장에 매달아놓은 전구들이 흔들리며 거실 쪽이 한순간 어두워졌다가 다시 밝아졌다. 문이 잠기는 소리가 들렸다. 영민이 습관적으로 문을 잠근 것 같았다. 굽이 낮은 레페토 스타일의 구두를 신고 있었는데 텅 빈 공간을 둘러보는 내 발걸음 소리가 유난히 크게 들렸다. 고무 밑창이라 지금껏 발걸음 소리를 신경 써서 들어본 적이 없었다. 영민의 방을 제외하곤 벽이 남아 있는 공간이 없었기 때문에 둘러보는 데 오랜 시간이 걸리진 않았다. 전에 영민의 집에 왔을 땐 깊이 들어가지 않았지만, 혹시나 몰라 현관에서 맞은편 끝까지 걸어갔다가 되돌아 나왔다. 창이나 베란다가 있었던 외벽 쪽에 손으로 쉽게 으스러지는 흙덩어리가 군데군데 떨어져 있었고, 종이 상자와 포장지, 술병 몇 개가 나뒹굴고 있을 뿐 종이 가방은 보이지 않았다.

내키진 않았지만 영민의 방으로 들어가 소파와 책상 밑을 살펴보았다. 책상 아래 포장이 뜯어진 채로 놓여 있는 과자 봉지와 과자 조각이 눈에 들어왔다. 과자 조각의 절반이 새빨갛고 작은 불개미로 뒤덮여 있었다. 수많은 개미의 행렬이 과자 봉지와 과자 조각 사이를 오가고 있었고 그 행렬은 신문으로 덮어놓은 그것으로까지 이어져 마치 움직이는 핏자국처럼 보였다. 현기증이 일어 바로 일어나지 못하고 쪼그려 앉은 채로 고개를 들었을 때 피규어장 앞에 놓여 있는 종이 가방을 보았다. 피규어를 살펴볼 때 그쪽에 둔 것 같았다. 천천히 일어나 피규어장 앞으로 갔다. 종이 가방엔 웨딩드레스가 그대로 들어 있었다. 가방에서 웨딩드레스를 무심코 꺼내 들었다가 소리를 지르며 주저앉았다. 치마 끝자락에 붉은 개미 여러 마리가 붙어 움직이고 있었다. 웨딩드레스가 더러운 바닥에 뒤집힌 채로 떨어졌다. 손끝으로 웨딩드레스를 들춰보았다. 개미로 보였던 것은 작은 점 모양의 붉은 얼룩이었다. 웨딩드레스를 종이 가방에 대충 쑤셔 넣고 일어나다가 다시 허리를 굽혔다. 허리쯤 오는 위치에 여러 개의 배트맨 피규어와 배트 모빌, 배트 사이클, 배트 플레인이 줄지어 놓여 있었는데 배트 모빌의 전조등 부분이 이상하게 반짝거렸다. 배트 모빌을 꺼내 들여다보았다. 아주 작은 유리알 같은 렌즈가 그 속에 숨어 있었다.

렌즈를 빼볼까 하다가 배트 모빌을 원래 놓여 있던 자리에 그대로 올려두었다. 모큐멘터리의 내용은 나한테 불리하게 흘러가고 있었다. 영민이 무슨 생각으로 카메라를 숨겨놓았든 내가 꺼내 들 수 있는 카드 하나쯤은 마련해두는 게 나았다. 방을 빠져나오니 순간적인 판단이 옳았다는 확신이 들었다. 현관의 잠금장치를 돌리고 문을 밀었다. 열리지 않았다. 손잡이와 그 위에 달린 탱크 모양의 잠금장치를 이리저리 돌렸다. 처음처럼 둘 다 수평이 되었을 때 문이 열렸다. 얼떨떨한 기분이었다. 영민은 문을 잠근 적이 없었다. 밖은 한 치 앞도 보이지 않는 어둠이었다. 영민이 만들어낸 완벽한 무대 장치에 들어가 있다 현실 세계로 빠져나온 것 같았다. 그 반대일 수도 있었다. 어쨌든 이 세계와 저 세계는 달랐다. 호수가 죽은 이후로 나는 늘 진짜와 가짜를 판단하는 일 앞에서 망설였다. 누구에게도 완전히 솔직할 수 없었고 시선을 신경 쓰다 보면 언제나 연기하고 있는 것처럼 여겨지기도 했다. 어둠 속에서 개인지 멧돼지인지 모를 동물의 눈이 반짝이고 있을 것만 같았다. 나는 휴대전화 플래시를 켜고 빠른 속도로 계단을 내려왔다. 이번에는 벽을 짚지 않았다.

불 꺼진 차 유리를 두드렸다. 차 안에선 아무런 기척이 없었다. 조수석 문을 열고 차에 탔다. 재우는 시동도 걸지 않은 채 눈을 감고 앉아 있었다.

"영민이는?"

"먼저 갔어. 술이나 사 오겠지. 다행이지?"

재우가 몸을 일으키며 시동 버튼을 눌렀다. 차를 타고 집으로 가려면 다시 내부순환도로를 가로질러야 했다.

"저녁 어떻게 할까?"

"됐어. 가까운 역에 세워줘. 지하철 타고 갈게."

저녁 7시가 넘은 시간이었지만 허기를 전혀 느끼지 못했다. 그저 빨리 집으로 가 아무것도 하지 않고 누워 있고만 싶었다. 영민의 방에서 본 카메라에 대한 생각으로 머릿속이 복잡했다. 차가 움직이는 내내 눈을 감고 앉아 있다 재우가 내리라는 소리에 눈을 떴을 땐 그랜드 힐튼 호텔 앞이었다.

"뭐야?"

"내려."

호텔 벨보이에게 키를 맡기고 로비로 들어가는 재우의 뒷모습을 바라보다 뒤돌아섰다. 산길을 따라 내려가야 했지만 재우와 호텔로 들어가는 것보단 나았다. 재우가 쫓아와 팔을 잡았다.

"그쪽이 아니잖아?"

"기운 없어. 그만하자."

재우가 목소리를 높였다.

"씨발, 들어가. 이럴 거야? 죽을 것 같아. 죽겠다고. 너야말로 내가 뭘 원하는지 알잖아."

나는 주위를 둘러보며 차분하게 대꾸했다.

"이젠 아니라고 몇 번 말해?"

재우의 표정이 싸늘하게 굳으며 예의 그 사람을 내려다보는 듯한 미소가 입가에 걸렸다.

"같이 있어주는 게 그렇게 어려운 일인가?"

"같이 있으면? 영민이나 너나 똑같아. 제발 그만하자."

뒤돌아서서 가려는 순간 재우가 한쪽 팔로 거칠게 목을 끌어안았다. 발버둥 쳐봤지만 쉽게 풀려날 수 없었다. 온 힘을 다해 겨우 풀려났을 땐 재우도 나도 숨을 힘겹게 몰아쉬고 있었다. 호텔 안으로 들어가는 사람들이 우리를 한 번씩 쳐다보고 지나갔다. 나는 누구라도 와주길 바랐지만 아무도 선뜻 다가오지 않았다.

"어떻게 그래?"

나는 어느새 울먹이며 소리를 지르고 있었고 재우는 기운이 다 빠진 듯 바닥에 무릎을 굽히고 앉아 있었다.

"넌 도대체 지금까지 나를 어떻게 생각한 거야? 속초 갈 때도 그날에도 영민이한테 날 데려오라고 시킨 거잖아. 그것뿐이겠어? 내가 널 어떻게 받아들여야 돼?"

"영민이가 멋대로 쓴 거야."

재우가 나직한 목소리로 중얼거렸다.

"아깐 다 사실이라며."

"아니야. 아닌 거 알잖아."

"아니, 모르겠어. 뭐가 뭔지 하나도 모르겠다고!"

재우가 나를 잡으려는 듯 손을 뻗었다.

"주은아, 우리 제발 이러지 말자. 난 니가 필요해."

나는 뒤로 물러서며 악을 썼다.

"언제까지? 언제 끝나는데? 영민이가 죽어야 끝나? 내가 죽어야 끝나?"

"영민이랑 한 번만 더 보면 돼. 그때까지만 예전처럼 해줘."

"네가 무슨 생각을 하고 있는지 내가 어떻게 알아? 알 수 있었던 적이 없었어. 이렇게 오래 만났는데 단 한 번도 말이야. 무서워. 소름끼쳐."

흐느끼며 주저앉았다. 재우가 일어서서 비틀거리며 내가 있는 쪽으로 오려고 했다.

"오지 마. 소리 지를 거야."

재우는 얼이 빠진 듯한 표정이었다. 잠시 멈칫했던 재우가 다시 발을 움직였을 때 소리를 질렀다.

"살려주세요!"

사람들이 몰려들기 시작했다. 충격을 받은 듯 무표정했던 재우의 얼굴이 일그러지는 걸 보았지만 멈추지 않았다. 앞으로 무슨 일이 벌어지더라도 상관없었다. 재우를 끊어내야 했다. 대여섯 살쯤 되어 보이는 여자아이의 엄마가 다가와 나를 토닥였다. 재우는 짜증 섞인 얼굴로 호텔 직원들에게 상황을 설명하러 갔다. 부축을 받으며 택시를 탈 때까지 나는 흐느낌을 멈추지 않았다. 완벽한 피해자의 얼굴이 될 필요가 있었다. 더 이상 호텔이 보이지 않게 됐을 때 목을 감싸고 있던 니트를 한껏 아래로 끌어 내렸다. 얼룩이 조금 더 커진 것 같았다.

9

비가 한차례 내리자 기온이 급격하게 떨어졌다. 초록빛을 유지하던 나무와 풀들도 시들어가기 시작했다. 웨딩 촬영을 더 이상 미룰 수 없어 그 주 일요일에 하기로 약속을 잡았다. 메이크업이니 웨딩 슈즈니 하는 것들의 목록을 만들어 하나하나 처리해나가느라 하루가 정신없이 지나갔다. 성일과 난 따로 결혼식을 올리지 않을 작정이었고, 웨딩 촬영을 하고 나서 적당한 날을 잡아 내가 성일의 집으로 들어가면 그게 바로 결혼이었다. 위자료 문제에 대해서는 성일도, 성일의 전 부인도 조금씩 양보를 하기로 했고 법적인 절차가 생각보다 빨리 마무리될 수 있겠다는 희망이 보였다.

재우와 그렇게 헤어지고 난 후 재우나 영민에게선 연락이 없었다. 지난번 모임에서 약속했던 것처럼 그 주 토요일에 마지막 장면을 연기하고 나면 그들과도 끝이었다. 영민이 몰래 촬영을 하고 있다는 것과 재우가 나를 그냥 내버려두지는 않을 거라는 걸 생각하면 머리가 지끈거렸지만 '마지막 장면'과 함께 어쨌든 겪어내야 할 일들이었다. 거기서만 잘 버티면 더는 지나간 일 때문에 질척거리거나 휘청거리지 않을 수 있었다. 그렇게 단순하게 생각하려고 노력하며 웨딩 촬영 준비에 신경을 기울였다. 웨딩 촬영은 내 삶에서 훨씬 더 중요한 일이었고 과거의 찌꺼기 때문에 그 일을 망칠 수 없었다.

월요일이 되자마자 드레스숍에 전화를 걸어 드레스를 수선할 수 있는지 알아보았고 외근을 빌미 삼아 맡기고 왔다. 그만한 드레스를 이제 와 다시 찾아낼 수도 없었지만 그렇다고 붉은색의 얼룩이 있는 상태로 입기도 싫었다. 수선을 해야겠다는 생각이 들자 왜 지금까지 그 생각을 하지 못했는지 의아하기까지 했다. 치마 끝자락이었고, 한 폭만 수선하면 되어서 비용도 시간도 생각했던 것만큼 크게 들지 않았다.

다음 날엔 성일이 모처럼 쉬어서 웨딩 촬영 때 입을 성일의 슈트를 고르러 다녔다. 180센티미터가 넘는 키였지만 호리호리한 몸매 때문에 제 키보다 작아 보이는 성일에게 베이지색 슈트가 잘 어울렸다. 화이트 셔츠와 체크무늬 보타이까지 구입하고 나서 가구를 보러 갔다. 지금 성일이 살고 있는 오피스텔에서 침대만 킹사이즈로 바꿀 생각이었다. 매트리스를 고를 때 성일과 예기치 않은 의견 충돌이 있었는데, 나는 누웠을 때 몸을 단단하게 받쳐주는 강도가 센 매트리스를 선호하는 반면 성일은 온몸을 감싸주는 듯한 메모리폼 타입의 매트리스를 원했다. 메모리폼 매트리스 매장에서 내가 부루퉁하게 서 있자 직원이 답답하다는 얼굴로 제품에 대한 설명을 늘어놓았다.

"신부님, 이 매트리스는 흔들림이 거의 없어요. 그냥 스프링 매트리스랑은 차원이 달라요. 나사에서 개발한 건데, 나사 아시죠? 미국 항공 우주국. 무중력 상태에 있는 것처럼 편안하고 아늑하게 맞춤형으로 몸을 받쳐줘요. 허리나 목 안 좋으신 분들한테 최고로 좋아요. 저도 이 제품 쓰는데 한번 자고 일어나보면 와, 진짜 다르다 감탄할걸요? 안 써보면 모르지만 한번 써보면 이거 말고 딴 건 못 써요. 좋은 물건이 그렇잖아요. 불면증 있으신 분들이 많이 찾으니까요."

"여긴 이런 종류밖에 없는 거죠?"

"네, 세일 기간이라 지금 하시는 게 좋아요."

양복을 말끔하게 차려입은 직원이 계산기를 갖고 와 눈앞에서 숫자를 두드리기 시작했다. 처음 보여준 숫자는 정가, 그다음에는 할인가, 거기다 또 나누기를 하더니 직원 할인가라며 처음 금액에서 백만 원 정도 뺀 숫자를 흔들며 자신만만한 표정으로 빙긋 웃었다. 옆에서 지켜보던 성일이 지금 살까, 하고 말했고, 직원은 그 기회를 놓치지 않고 주문장을 가지러 갔다. 나는 직원의 등 뒤에 대고 다시 올게요, 하곤 성일의 팔을 끌고 나왔다.

"왜요? 좀 작긴 하지만 가격도 괜찮고 난 마음에 드는데?"

"난 딱딱한 게 익숙해서. 성일 씨는 바닥에선 못 자나?"

성일이 고개를 갸웃거렸다.

"잠자리를 가리진 않지만 이왕이면 포근한 게 더 좋죠. 스프링 매트리스는 옆 사람이 뒤척이면 흔들리기도 하고 신경 쓰이니까. 전이랑은 다른 걸 써보고 싶었어요. 주은 씨가 골라요. 내 의견은 여기까지."

"그럼 차라리 따로 잘까요?"

성일이 멈춰 서서 가만히 나를 바라보았다.

"괜찮겠어요? 싫어할 줄 알았는데."

그렇게 말하는 성일의 얼굴엔 흥미롭다는 표정이 떠올라 있었다.

"한번 생각해봐요. 매트리스 때문이 아니라 원래부터 그러고 싶은 마음이 있었어요."

"재밌어."

"뭐가요?"

"곰처럼 구는 여우 같아서. 밥은 집에 가서 먹을까요?"

나는 성일이 이끄는 대로 따라갔다. 성일의 팔이 내 어깨를 부드럽게 감싸고 있었다. 잠자기 전 휴대전화를 뒤적이는 게 오랜 습관이었다. 누군가 함께 살게 되더라도 그 시간만큼은 지키고 싶었다. 아무것도 안 하고 누워서 잠이 들길 기다리면 이런저런 생각이 떠올라 결국 잠을 이루지 못했다. 업데이트된 웹툰을 먼저 보고, 뉴스의 사회면에 뜬 기사를 읽거나 동영상을 차례로 재생했다. 부평 단독주택에서 50대 부부 사망—남편이 아내 살해 후 자살 추정, 대전 모텔서 레지오넬라 환자 발생—사상 첫 시설 폐쇄 조치 등과 같은 기사의 제목이 시간 단위로 바뀌었다. 늘 수많은 사람이 죽었고 또 다른 질병이 유행했고 기후는 점점 더 나빠졌다. 그런 것들을 보다 보면 나한테 일어난 일이 객관적으로 아무것도 아니라는 근거를 얻을 수 있었다.

영민이 돌아오고 나선 자동차 블랙박스 사고 동영상을 보기 시작했다. 영민의 아버지가 우리를 지켜보고 있었다는 사실을 알고부턴 잠이 들어버린 내 모습을 누군가 볼지도 모른다는 생각에 수

면제를 먹지 않으면 잠을 이룰 수 없었다. 버스가 흰색 쏘나타를 들이받는다. 쏘나타는 발에 밟힌 알루미늄 캔처럼 찌그러진다. 5초를 되돌린다. 블랙박스 동영상은 버스가 쏘나타를 들이받기 전, 블랙박스를 달고 있는 차량을 추월하는 것에서부터 시작한다. 사고 장면을 찍은 운전자는 살고, 찍힌 운전자는 죽었다. 앞차가 조금 빨리 갔다면, 버스가 차선을 바꾸며 속도를 높이지 않았다면 죽음의 결과는 달라졌을 것이다. 수많은 경우의 수가 있지만 늘 지켜보는 쪽이 살아남는다. 아니, 살아남아야 블랙박스를 찾아볼 수 있고 지켜보는 쪽이 될 수 있다. 어떻게든 살아남아야 했다. 성일의 의중을 알았으니 다음엔 세트로 살 수 있는 싱글 침대를 보러 가야겠다고 마음먹었다.

나는 한강이 한눈에 내려다보이는 성일의 오피스텔이 좋았다. 같은 서울에서도 산을 끼고 사는 것과 강을 끼고 사는 것에 따라 여가 시간을 어떻게 보내는지가 달라졌다. 산책 삼아 선유도 공원을 둘러보거나 여의도에 가면 이 도시를 제대로 누린다는 기분이 들었다. 성일은 자전거를 타고 강변을 돌다가 마음에 드는 장소를 발견하면 언제든 멈추고 드러누웠다. 나는 그런 성일을 일으켜 인테리어가 훌륭한 카페로 이끌었다. 아늑하고 환한 곳에서 성일과 차를 마시며 창밖을 보는 것만으로도 온몸 가득 밝아지는 느낌이 들었다. 그렇게 기운을 차리면 다시 다음 날을 견뎌낼 힘을 얻을 수 있었다.

성일의 집으로 가는 길에 마트에 들러 스테이크용 소고기와 호주산 와인을 한 병 샀다. 성일은 문을 열기 전에 잠깐 기다려달라는 말을 하고 집 안으로 황급히 들어갔다. 아무래도 프러포즈를 준비한 것 같았다. 집으로 오는 내내 들뜬 마음을 감추지 못하며 내 얼굴을 자꾸 흘끔거렸다. 그렇게 티를 내는 게 귀여워 보여서 무슨 일 있냐고 물어보지도 않고 끝까지 모른 척했다. 촛불을 켜놓았거나 꽃잎을 뿌려놨거나 아니면 둘 다일 수도 있었다. 풍선을 띄우는 것까진 하지 않을 사람이었다. 들어오란 소리에 문을 열었다. 눈앞에 나타난 예상치 못한 형체에 소리를 지르며 주저앉았다.

"많이 놀랐어요?"

비명 소리를 듣고 성일이 뛰어나왔다. 나는 고개를 들지도 못한 채 웅크리고 앉아 몸을 떨었다. 성일은 예상치 못한 반응에 어쩔 줄 몰라 허둥거렸다. 이구아나였다. 빨간 리본을 몸통에 감은 이구아나를 보자마자 언젠가 이구아나를 악어로 보았던 때가 떠올랐다. 고속버스터미널의 웅성거림, 발걸음 소리, 딱딱하고 차가운 플라스틱 의자, 온몸을 뒤흔들며 상자 밖으로 나오려고 하던 이구아나. 구역질이 올라왔다. 성일은 케이지를 보이지 않는 곳으로 치웠다. 식탁 의자에 앉아 하얗게 질려 있는 내게 물을 건네곤 걱정스러운 얼굴로 바라봤다.

"이구아나를 무서워할 줄 몰랐어. 미안해요."

"이구아나를 키우겠다는 말은 없었잖아요."

성일이 맞은편 의자에 앉았다.

"키우려는 건 절대 아니에요. 잠깐 데려온 거지. 키우고 싶어도 이렇게 작은 집에선 못 키워요. 제일 작고 귀여운 녀석으로 골랐는데 이렇게 놀랄 줄 몰랐어요."

나는 물컵을 한 손으로 밀며 얼굴을 쓸어내렸다.

"어디에다 뒀어요? 다시 볼래요."

"괜찮겠어요?"

"다시 보고 싶어요."

성일이 케이지를 꺼내 왔다. 성일은 작다고 표현했지만 어른 팔뚝만 한 크기였다. 머리 쪽은 회색, 몸통과 꼬리는 초록색과 검은색이 섞여 있었다. 케이지를 식탁 위로 옮길 때도, 내가 케이지를 들여다볼 때도 이구아나는 모형이라도 되는 것처럼 한 번도 움직이지 않았다.

"이 녀석도 놀랐나 봐요. 라이언, 사과해."

이구아나는 성일의 말을 알아듣기라도 한 것처럼 눈동자를 굴리더니 고개를 좌우로 살짝 흔들었다.

"말귀를 알아듣는다니까. 가까이에서 보니까 어때요?"

성일이 분위기를 풀어보려고 애쓰고 있었다.

"물거나 짖진 않을 것 같네요. 어떻게 할 계획이었어요?"

"다시 할게요."

"말해줘요."

"리본을 풀어보라고 할 생각이었어요."

"지금 풀어봐도 돼요?"

"할 수 있겠어요? 무리하지 않아도 돼요. 그냥 좀 특별하고 재밌게 하고 싶었는데, 그건 내 생각일 뿐이니까."

"해보고 싶어요."

성일이 이구아나를 꺼내 팔 위에 얹었다. 익숙한 솜씨였다. 이구아나는 눈동자만 굴리며 가만히 있었다. 리본을 풀었다. 배에 깔린 끈을 뺄 때도 이구아나는 움직이지 않았다. 이구아나는 이구아나일 뿐이었다. 몸통을 따라 나 있는 칼날 모양의 비늘에 손을 대보았다. 생각과 달리 날카롭지 않았다. 이구아나가 몸을 한 번 틀었지만 나는 더 이상 놀라지 않았다. 성일이 이구아나를 보고 귀엽다고 한 말을 이해할 수 있을 것 같았다. 리본 매듭이 지어져 있었던 부분엔 반지가 매달려 있었다. 아무 무늬 없는 평평하고 매끈한 것이었고 장밋빛이 감돌았다. 왼손 약지에 꼭 맞았다.

"잘 맞아요?"

"사이즈 어떻게 알았어요?"

"전에 주은 씨가 끼고 있던 반지, 내 새끼손가락에 딱 맞더라고요. 기억해뒀지."

"마음에 들어요. 잘 골랐네."

성일은 그제야 뿌듯한 표정을 지었다. 이구아나를 다시 케이지 안에 넣으려고 하자 들어가기 싫은지 팔에서 내려오지 않았다.

"라이언, 무거워. 들어가 있어."

강아지한테 하듯 성일이 말을 건네자 이구아나가 천천히 내려왔다. 스테이크를 굽고 레토르트 파스타를 데우는 동안 나는 반지와 이구아나를 번갈아 바라보았다.

"전에 내가 찍은 라이언 사진이 좋다고 했었거든. 기억나나? 그냥 한 말이었나 봐요?"

내가 아니라고 정색을 하자 성일이 웃으며 말을 이어나갔다.

"내 사진 중에 이구아나나 도마뱀 좋아하길래 무서워할 줄은 몰랐어요. 실제로 보는 거랑 사진으로 보는 거랑은 다른데 실수했어. 친구가 새끼 때부터 기른 녀석인데 자주 가서 보고 사진도 찍고 그래서 라이언은 나랑 꽤 친한 편이에요."

"친한지 안 친한지 어떻게 알아요?"

"매달리기도 하고 괜히 와서 툭툭 건드리기도 하고 그래요. 지금 시크한 척 저러고 있는데 입도 벌리고 자고 허술한 구석이 많아."

"키우고 싶어요?"

성일이 고개를 흔들었다.

"미국이라면 모를까 우리나라에선 힘들어요. 다 크면 1미터가 넘거든. 2미터까지 자라는 녀석도 있어요. 나만 한 녀석이랑 같이 살려면 또 이만한 공간을 만들어줘야 되는데 불가능하잖아요? 처음엔 귀엽다고 기르다가 생각보다 너무 커지니까 몰래 버리기도 해요."

"버려지면 어떻게 돼요?"

내가 이구아나를 쳐다보며 물었다.

"죽어요."

"나쁘네."

"나쁘지. 원래 그렇게 크는 녀석들인데 그것도 모르고 함부로 데려왔다가 감당 못 할 것 같으니까 아무렇게나 대하는 거. 정말 나쁜 짓이에요."

식탁 위에 스테이크 두 접시와 크림파스타가 차려졌다. 포크와 나이프를 건네고 성일이 맞은편에 앉았다. 이구아나가 눈동자를 굴리는 속도가 빨라졌다. 코를 벌름거리고 있었다.

"먹고 싶은 건가? 줘도 돼요?"

성일이 웃음을 터뜨리며 케이지를 바닥으로 내렸다.

"라이언이랑 같이 살 수도 있겠는데요?"

"성일 씨만큼 큰다면 듬직하겠어요. 옆에 끼고 자기도 좋고."

"나랑은 같이 안 잔다면서 이구아나는 괜찮아요?"

나는 성일을 살짝 흘겨보며 웃었다.

"자꾸 보니까 성일 씨보다 귀여운 것 같기도 하고. 아깐 왜 그렇게 놀랐는지 모르겠어요."

"인상 깊긴 했죠?"

"어쩌다 이구아나를 생각하게 됐어요?"

성일의 표정이 진지해졌다. 성일은 반지를 끼고 있는 내 손을 잡고 말했다.

"한 번 겪어보니 결혼 생활이라는 게 서로 크기와 무게가 비슷해야 계속 같이 살 수 있는 거 같아요. 한쪽은 작고 가벼운데 다른 한쪽이 너무 무거우면 견디지 못하고 튕겨 나가버리거든. 속궁합이 맞아야 한다느니 사이즈가 맞아야 된다느니 하잖아요? 멘탈의 궁합, 멘탈의 사이즈, 뭐 그런 게 맞아야 된다는 말 아닌가 생각해요. 멋있게 말해야지 한참 생각했는데 말로 하려니 어렵네."

"무슨 말인지 알 것 같아요."

성일이 고개를 숙이며 말을 고르다가 나를 쳐다보았다.

"성격을 말하는 게 아니라, 이구아나처럼 상대가 생각지도 못하게 커버릴 수도 있는 거니까. 주은 씨랑은 끝까지 잘해보고 싶어요."

"성일 씨 나한테 뭐 숨기는 거 있어요?"

성일은 잠깐 생각하는 듯하더니 나이프로 스테이크를 먹기 좋게 잘랐다. 핏물이 접시 바닥으로 흘러내렸다. 성일이 포크로 찍은 고기를 내게 건네며 말했다.

"주은 씨가 알아서 좋을 것과 아닌 게 있어요."

고기를 입 안에 넣었다. 씹지 않아도 좋을 만큼 부드러웠지만 피비린내가 느껴졌다. 고개를 숙여 스파게티 면을 포크에 감으며 물었다.

"나한테 엄청난 과거가 있다면요?"

"살인이라도 했나?"

성일은 웃으며 말했는데 나도 모르게 표정이 굳어버렸다.

"했다면요?"

"같이 속죄하면서 살아야지. 앞으론 누구 죽이지 마세요."

"내가 누구 죽이고 싶다면 대신 죽여줄 수도 있어요?"

우스갯소리를 이어나가던 성일이 미간을 찌푸렸다.

"내 멘탈은 청부 살인을 감당할 만큼은 아니거든."

나는 맞잡은 성일의 손을 부드럽게 쓰다듬으며 말했다.

"메일 비밀번호를 이구아나로 바꿔야겠다. 한글로 놓고 이구아나."

"뭐? 그런 거 하지 마요. 부담스러워."

성일이 눈을 동그랗게 떴다. 나는 애써 장난스러운 웃음을 머금었다.

"안 보겠지. 다 보여줄 수 있다는 뜻이에요. 성일 씨는 그렇게 다른 사람 계정 보는 걸 자존심 상한다고 생각할 것 같은데?"

"정확해요. 주은 씨랑은 참 잘 맞아."

성일의 손이 소매 안으로 들어왔다. 그 자세 그대로 몸을 일으켜 키스를 하곤 나를 침대로 이끌었다. 이구아나는 식탁 바닥에서 성일과 나를 지켜보며 꼼짝도 하지 않은 채 엎드려 있었다.

수요일에 이른 퇴근을 하고 드레스를 찾았다. 드레스를 찾으러 갈 때 머리를 손질할 마음으로 드레스숍 앞의 헤어숍에 예약을 해두었다. 웨딩 메이크업과 헤어로 소문난 숍으로, 시간이 된다는 디자이너를 무작정 골랐다. 아무래도 머리를 손질할 기분이 아니어서 그냥 집으로 갈까 하다가 다시 발길을 돌렸다. 파마가 풀려 머리카락 끝에 힘이 없었다. 어깨에 닿아 지저분해 보이는 부분을 정리하고 발랄해 보이도록 웨이브를 주고 싶었다. 문을 열고 들어가자 데스크에 있던 직원이 높은 톤의 목소리로 물었다.

"예약하셨나요?"

"네, 이주은이에요."

직원이 컴퓨터를 들여다보며 마우스를 몇 번 클릭하곤 앞으로 나왔다.

"크리스탈 선생님이세요. 이쪽으로 오세요."

자리에 앉아 머리에 물을 뿌리고 나서야 크리스탈이 나타났다. 크리스탈은 내 뒤에 서서 머리카락을 만지며 거울로 나를 들여다봤다.

"어머, 언니!"

나는 잡지를 넘기던 손을 멈추고 고개를 들었다. 호정이었다. 얼어붙은 듯 꼼짝할 수 없었다.

"언니, 이렇게 만나요. 인연이 그래요. 결국엔 만난다니까요. 그렇죠?"

호정은 마치 방송에라도 나오는 사람처럼 선이 분명한 화장을 한 얼굴이었다. 쌍꺼풀 수술을 한 건지 굵게 쌍꺼풀이 진 눈 탓에 전체적으로 인상이 사납게 바뀌어 있었다. 미묘한 차이였지만 호정이 먼저 알은체를 하지 않았다면 끝까지 몰라봤을 것 같았다. 옆에 있던 스태프가 호기심 어린 얼굴로 어떻게 아는 사이냐고 물었다.

"아, 우리 오빠 친구."

호수가 마치 살아 있기라도 한 양 호정의 말은 껄끄러움 하나 없이 자연스러웠다.

“혹시 오빠 여자 친구?”

스태프가 장난기 어린 얼굴로 나와 호정을 번갈아 봤다.

“우리 오빠 죽었어. 교통사고로.”

호정이 얼굴에서 미소를 풀며 말했다.

“어머, 죄송합니다. 선생님!”

스태프가 허리를 구부리며 호정에게 거듭 죄송하다고 인사했다. 호정이 눈짓으로 나를 가리키자 나한테도 죄송하다고 몸을 굽혔다.

“머리는 다음에 할게요.”

내가 자리에서 일어나려고 하자 호정이 나를 붙잡았다.

“언니, 그냥 하고 가요. 안 할 이유 없잖아요? 어떤 스타일? 사진 찾아온 거 있어요?”

나는 됐다고 손을 흔들며 자리에서 일어났다. 호정이 연기하듯 울상을 지었다.

“머리에 물 묻혀서 그냥 간다고요? 드라이라도 해줄게요. 앉아요.”

호정이 스태프에게 손짓하자 스태프가 드라이기와 롤빗을 꺼냈다. 그러곤 내가 뭐라고 하기도 전에 머리를 롤빗으로 감았다.

“안 해도 된다니까.”

내가 호정을 돌아보며 말했다.

“언니를 한 번쯤 만나고 싶었어요. 많이 기다렸어요.”

실망감을 노골적으로 드러내는 호정의 표정에 더 이상 어쩌지 못하고 거울을 보고 앉았다. 호정은 말없이 머리를 말다가 목에 있는 얼룩을 보고 드라이기를 껐다.

“여기 뭐 묻었나 봐.”

호정은 그렇게 말하며 손가락에 침을 묻혀 얼룩을 문질렀다.

"뭐 하니?"

거울 속 내 얼굴이 하얗게 질려 있었다. 호정이 빙긋 웃으며 말했다.

"여자는요, 관리가 중요해요. 피부에 제일 좋은 게 뭔지 알아요?"

나는 대답하지 않고 거울에 투영된 호정을 노려보았다. 호정은 혼자 말하고 혼자 답하기 시작했다.

"팩? 아니, 아니. 좋은 화장품? 아니, 아니. 스트레스 없는 편안한 마음이죠! 내가 우리 고객님들한테 만날 그래요. 어디다 돈 쓰지 말고, 잠 잘 자고 스트레스받지 말라고. 근데 이거 무슨 피부병이에요? 안 지워지네."

"드라이 언제 끝나니?"

호정이 방긋 웃으며 드라이기를 다시 켰다. 반대쪽 머리를 말았다. 그러곤 생각난 듯 다시 드라이기를 끄고 물었다.

"이쪽으론 웨딩 손님밖에 없는데. 언니 결혼해요?"

나는 말없이 앞만 바라봤다.

"언니 결혼하면 나도 불러줘요. 영민 오빠 보고 싶어요."

"영민이?"

저도 모르게 되물었다.

"영민 오빠 진짜 좋아요. 참 착한 사람이죠. 미국인가 어딘가 계속 사는 데가 바뀌면서도 나한테 어떻게 했는지 알아요? 매달 돈을 부쳤어요. 30만원, 50만원. 그렇게 한 번도 거르지 않고 5년 동안이나 그랬어요. 내가 돈 벌어보니까 전기세나 휴대전화 요금도 까먹고 안 내게 되는데, 오빠 한 번도 안 보낸 적이 없었어요. 그게 얼마나 대단해요? 그걸로 삼각김밥 사 먹고, 휴대전화 요금 내고, 이렇게 헤어 디자이너까지 된 거 아니겠어요? 오빠 죽고 받은 돈은 우리 아빠가 다 들고 갔어요. 그걸로 또 빚까지 지고. 돈이 뭐라고."

"그랬니? 그런 일이 있었는지 몰랐어."

처음으로 진심을 담아 말했다. 호정이 코를 한 번 훌쩍이더니 과장스럽게 손을 내저었다.

"언니, 난 하나도 안 힘들었어요. 언니나 영민 오빠가 힘들었겠죠. 그렇잖아요. 친구가 눈앞에서 죽었는데. 그때 언니 계속 찾아간 것도 나중에 생각하니까 참 나쁜 짓이었겠다 싶더라고요. 영민 오빠가 참 큰 사람이에요. 오빠 만나면 연락 좀 해주세요. 이렇게 받은 거 갚아야 되는데 연락이 안 돼요."

호정이 거짓말을 할 이유가 없는데도 영민이 호정을 도왔다는 게 믿기지 않았다.

"그동안은 연락했었어?"

"그럼요. 내가 힘들다, 죽고 싶다 할 때마다 메일로 웃기는 동영상도 보내주고, 좋은 책도 보내주고 그랬어요. 영민 오빠 덕분에 서서히 빠져나올 수 있었어요. 안 그럼 언니 찾아다니고 그랬을 거 같아요. 어떻게 그렇게 죽을 수 있는지 지금도 이해가 안 되니까. 엄마도 호수가 친구는 참 잘 뒀다고 뿌듯해하셨어요."

나는 고개를 숙였다. 부끄러웠다. 왜인지 모르겠지만 호정이 날 꿰뚫어 보고 있는 듯한 느낌이 들어 고개를 들 수가 없었다. 재우와 난 호수의 기일에 한 번도 납골당을 찾아가지 않았다. 호정이 드라이기를 켜 다른 쪽 머리를 만졌다. 컬이 자연스럽게 안으로 말려 있었다. 예쁘다고 생각했던 여자 연예인의 스타일과 똑같았다.

"어때요?"

호정이 손으로 고개를 잡아 거울을 보게 했다. 호정과 눈이 마주쳤다.

"예쁘네."

목소리가 갈라졌다. 호정의 시선을 피했는데 호정은 과장되게 기뻐했다.

"고마워요, 언니. 마음에 안 들면 어쩌나 걱정했어요."

나는 자리에서 일어났다.

"만나서 반가웠어. 갈게."

호정이 옷장 캐비닛 앞까지 따라 나왔다. 등 뒤에서 가운을 벗겨주려다 말고 내 어깨를 잡고 머뭇거렸다. 눈을 질끈 감았다. 호정이 나직한 목소리로 말했다.

"오빠 방에서 약병을 찾았어요. 언니랑 오빠들이 왜 그날 영민 오빠 집에 있었는지, 다들 멀쩡한데 왜 우리 오빠만 차에 치였는지 계속 생각했어요. 근데도 엄마 아빠가 알게 될까 봐 약병을 숨겼어요."

나는 뒤를 돌아볼 수가 없었다. 표정을 들킬 것만 같았다.

"엄마 아빠가 싸우는 게 싫고 나 혼자 버려질까 봐 무서웠어요."

가운을 든 호정이 내 앞에 섰다. 피할 곳이 없었다. 내 얼굴을 찬찬히 뜯어보는 호정의 시선이 느껴졌다. 호정은 언제 진지한 얘기를 했냐는 듯 갑자기 방긋 미소를 지었다.

"언니한테 이 얘기를 할 수 있어서 다행이에요. 지금까지 아무한테도 말 못 했거든요."

"왜 나한테……?"

"모르겠어요. 불안하고 초조해 보이는 게 꼭 죽기 전의 우리 오빠 같아요. 사고 맞잖아요. 그렇죠?"

호정이 다짐하듯 내 앞에서 고개를 끄덕였다. 나는 호정을 따라서 저도 모르게 맞아, 사고였지 하고 중얼거렸다.

"그럼 됐어요. 모르고 사는 게 아는 것보다 편해요. 언닌 나보다 더 잘 알겠지만. 영민 오빠한테 안부 전해줘요. 결혼 축하해요, 언니."

호정은 그렇게 말하고 스태프에게 손짓을 했다. 순식간에 스치는 호정의 표정이 서늘했다. 무슨 일이 벌어져도 꿈쩍하지 않을 것 같은 무표정한 얼굴이었다. 스태프가 호정에게서 가운을 받아 캐비닛에 넣고 카운터로 안내했다. 호정은 눈인사를 하고 안으로 들어갔다. 계산을 하려고 섰을 때 영민에게서 전화가 왔다. 혹시 호정이 나올까 싶어 주위를 두리번거렸다. 첫 번째 전화를 받지 않자 쉬지 않고 진동이 울렸다. 받을 때까지 하고야 말 기세였다. 카운터에 서 있던 직원이 드라이는 서비스라고 말했다. 다른 때 같았으면 어떻게든 돈을 냈겠지만 더 묻지 않고 밖으로 나와 전화를 받았다.

"무슨 일이야?"

"여보세요? 주은이야?"

영민의 목소리가 떨리고 있었다.

"왜 그러는데?"

"오늘 해야겠어. 올 수 있지? 지금 바로 와. 재우도 온대."

"바빠."

영민의 목소리가 다급해졌다.

"오늘만 하면 끝이야. 다신 너네 볼 일 없게 할게."

"정말 끝인 거 맞아?"

내가 묻자 잠깐 뜸을 들이더니 목소리를 낮춰 말했다.

"여기 더는 못 있겠어. 뭐가 있어."

"뭐가 있다는 말이야?"

영민은 갑자기 말이 없었다. 내가 여보세요, 하고 확인하자 작은 목소리로 속삭였다.

"호수가 나타났어."

상태가 안 좋다는 건 알고 있었지만 환각을 볼 만큼 심각한 줄은 몰랐다.

"헛소리하지 마. 누구 다른 사람 부른 거 아니지?"

"아니야. 제발 빨리 와."

"지금 갈게."

나는 영민의 말을 더 듣지 않고 전화를 끊었다. 영민에 대해 함께 상의할 사람은 이제 아무도 없었다. 재우도 영민의 상태를 알고 있는지 궁금했지만 연락해볼 수 없었다. 지하철을 탈까 하다 택시를 타고 갔다. 택시 기사는 철거 예정 지역에 들어서면서부터 제대로 가고 있는 게 맞느냐고 여러 번 물었다. 해가 짧아져서 초저녁인데도 한밤중처럼 깜깜했다. 빌라 쪽으로 들어가는 골목엔 언제 설치했는지 높은 가림막이 쳐져 있었다.

"이제 공사 들어가려나 보네. 아가씨, 정말로 여기 가는 거 맞아요?"

카드로 요금을 계산할 때 택시 기사가 내 얼굴을 유심히 들여다보며 물었다. 택시가 사라지고 나서 가림막을 살펴보자 누군가 드나들었는지 한쪽 끝이 뜯어진 채 펄럭거리고 있었다. 호수 때문이 아니라 철거 때문에 영민이 서두르고 있는 것 같았다. 재우의 차가 보이지 않았다. 빌라 앞쪽으로 올라올 수 없으니 근처에 댔을 수도 있었다. 영민의 집에 들어가기 전, 나는 성일과 주고받는 메일 계정의 비밀번호를 '이구아나'로 바꿨다. 메일엔 영민이 보낸 〈여흥상사〉 대본이 있었다.

10

낮 동안 맑았던 날이 저녁이 되자 사나워졌다. 기상예보에는 강풍 주의보가 내려져 있었다. 아무도 돌보지 않는 언덕에선 각종 비닐과 작은 유리 조각 같은 것들이 바람에 실려 위협적으로 날아다녔다. 어디서 날아왔는지 모를 굵은 모래알이 얼굴을 스치고 지나갔다. 창에 매달린 테라스가 삐걱거리며 세차게 흔들리자 겨우 골조를 유지한 채 서 있는 낡은 빌라가 덩달아 휘청거렸다.

영민의 집 현관문이 평소와 달리 열려 있었다. 흙이 군데군데 묻어 있는 돌덩어리 여러 개로 문 가장자리를 받쳐놓았다가 내가 집 안으로 들어가자 영민이 발로 돌을 치웠다. 문 옆으로 밀어내면 될 것을 안으로 끌고 들어오는 모습이 이상했지만 괜히 참견했다간 호수 얘기를 늘어놓을 것 같아 아무 말도 하지 않았다. 영민의 발뒤꿈치에 차인 주먹만 한 돌 하나가 계단 아래로 굴러떨어지자 영민이 나지막하게 욕을 내뱉으며 돌을 주우러 갔다. 영민의 방으로 들어가는 복도가 술병 하나 없이 말끔하게 치워져 있었고, 술 냄새가 가신 집 안에는 축축하고 퀴퀴한 오래된 지하실 냄새 같은 것이 떠돌아다녔다. 재우는 언제 왔는지 소파에 앉아 아이언 몽거를 만지작거리고 있었다. 재우의 시선이 드레스가 들어 있는 비닐 가방으로 향했다. 드레스숍에서 챙겨준, 속이 반쯤 비치는 투명한 가방이었다. 재우가 관심 없다는 얼굴로 고개를 돌리자 나는 비닐 가방을 배트 모빌 앞에 세워두었다. 플라스틱 손잡이가 렌즈를 아슬아슬하게 가렸다. 쿵쿵거리는 발걸음 소리와 함께 영민이 방 안으로 들어왔다. 영민은 여전히 구스 패딩 차림이었지만 재우는 장례식장이라도 갔다 왔는지 블랙 슈트에 와이셔츠 단추를 끝까지 채운 채로 까만 넥타이를 매고 있었다. 영민이 서로 알은척도 하지 않는 재우와 나를 번갈아 보더니 말했다.

"너네 싸웠냐?"

"쓸데없는 소리 하지 말고 빨리 시작해."

소파에 놓여 있는 대본을 들고 가 창가에 기댔다.

"거기 조심하라니까."

창가 쪽은 배트 모빌에 설치된 카메라엔 잡히지 않는 위치였다. 나는 영민의 말을 무시하고 빨리 끝내자고 재촉했다. 마지막 장면은 호수가 방으로 들어오는 순간부터 시작됐다. 영민이 내레이터를 맡아 지문을 읽고, 나와 재우, 영민이 각자의 대사를 읽는 형식이었다.

"이 장면은 녹화할 거야. 알지?"

영민이 그렇게 말하고 책상 위에 설치해놓은 카메라 녹화 버튼을 눌렀다. 나는 앵글 안으로 들어가기 위해 재우 옆에 앉아야만 했다.

성우라도 되는 양 목소리를 여러 차례 가다듬은 영민이 중저음의 차분한 목소리로 지문을 읽었다.

"재우는 호수가 오기 전, 호수가 원하는 대로 뭐든 하겠다고 말했다. 나는 나의 영웅 호수를 어떻게든 말리고 싶었고 돕고 싶은 마음도 있었다. 현관문을 열었을 때 나는 호수가 취해 있다는 걸 알았다. 호수가 나타나자 재우가 비아냥거렸다. 호수는 재우를 밀어붙였다. 재우가 호수를 밀어붙였나? 어쨌든 호수는 재우가 호정이한테 돈을 준 일로 화를 내고 있었다."

영민은 지문을 읽고 나서 재우를 쳐다봤다. 재우가 대사를 읽을 차례였다. 재우가 마지못해 입을 열었다.

"뭘 그렇게 흥분해? 호정이 수술하면 됐잖아."

감정 없이 주어진 대사를 읽은 재우와 달리 영민은 마치 호수가 앞에 있기라도 한 것처럼 누군가를 붙잡는 시늉을 하며 자신의 대사를 읽었다.

"인터넷으로 파는 건 위험해. 우린 어떻게든 빠져나올 수 있어. 넌 아니잖아."

이어진 지문을 읽을 때 영민은 카메라를 똑바로 쳐다봤다.

"나와 재우가 호수를 설득했다. 호수는 재우한테서 받은 약보다 효과가 더 좋은 약을 만들었다. 재우의 약이 있어야 그 약을 만들 수 있었다. 재우는 호수가 더 좋은 것을 만들 수 있다는 사실을 인정하지 않았다. 재우가 야박하게 굴었다."

내가 대사를 읽을 차례였다.

"호수한테 약 주지 마. 주면 안 돼."

대사가 끝나자마자 영민은 다시 카메라를 쳐다보며 지문을 읽었다.

"야박함과 자기가 상황을 통제할 수 있다고 믿는 오만. 그런 것들이 일을 망친다. 호수가 화를 냈다. 주은이가 끼어들지 않았다면 어땠을까? 하지만 그 자리엔 주은이가 있었다. 호수는 주은이가 성폭행당했던 일을 꺼냈다. 이미 오래전부터 모두가 알고 있었던 일이었다. 재우와 주은이가 친해지기 전, 주은이가 우리 앞을 지나갈 때 민우인지 완호인지 주은이 동창이라는 애가 주은이를 가리키며 말했다. 쟤, 돌림빵이야. 재우는 그 얘기를 듣자마자 주은이한테 호기심을 보였다. 주은이는 모른다. 재우가 자기한테 한눈에 반했다거나 운명이라거나 그런 착각을 하겠지. 그렇지, 주은아? 착각이야, 착각."

"그만!"

내가 소리를 질렀다. 영민은 착각이라는 말을 할 때 카메라에서 고개를 돌려 나를 봤다. 이 모든 일이 영민의 계획된 연출인지 실제 상황인지 헷갈릴 지경이었다. 영민은 어깨를 한 번 으쓱하더니 카메라의 정지 버튼을 눌렀다. 나는 대본을 내려놓고 일어났다. 현기증이 일었다. 불개미들이 목에 들러붙어 기어 다니고 있는 것 같았다. 입 안이 바싹 말랐고 혓바늘이 날을 세웠다. 마실 게 아무것도 없었다.

"물 좀 사 올게."

"그냥 끝까지 해."

지금껏 대사 한 줄 읽은 것 외에 한마디도 하지 않았던 재우가 입을 열었다.

"진짜야?"

재우한테 물었다. 재우는 입을 다물고 아무 말도 하지 않았다.

"이거 쓰면서 놀랐잖아. 몇 년 전이야? 그 옛날 일이 하나 떠오르면 하나 더 생각나고. 나도 내가 이렇게 기억력이 좋은지 몰랐어."

나는 주절거리는 영민을 노려보았다.

"야, 다 옛날 일인데 어때? 이제 결혼도 할 거잖아. 부끄러운 일도 아니야. 미국에서는 셋, 넷 이렇게 하는 건 노멀이거든. 그때 몇 명이랑 같이 했냐? 결혼한다는 그 사람도 알아?"

"재우 넌 정말 그것 때문에 날 만난 거야?"

재우는 내 눈을 마주 보는 걸 피하고 있었다. 재우가 자기 발끝을 쳐다보며 말했다.

"지금 그게 중요한가?"

"중요해."

"알고 있었어."

"그래서?"

"궁금했지."

"뭐가?"

"진짜 얼굴이 어떤 모습일지."

"그래서? 지금까지 재밌었어?"

재우가 멍한 표정을 지었다. 어디를 보는지 알 수 없는 눈으로 나를 한 번 쳐다보더니 영민에게로 고개를 돌리며 중얼거렸다.

"빨리 끝내고 싶어. 다들 그렇잖아."

나는 재우 손에서 대본을 빼앗으며 말했다.

"넌 늘 이런 식이야. 한 번도 나한테 솔직한 적이 없었어. 마음대로 안 되면 피해버리고 숨어버리고. 내가 널 끝까지 견딜 수 있을 거라고 생각했어?"

"그건 내가 아니라 너야."

재우가 발끝을 보며 나지막한 목소리로 말했다. 내가 목소리를 높이려는 순간 영민이 내 손에서 대본을 가져갔다.

"몇 장 안 남았어. 옛날 일 따져봐야 뭐 하냐. 빨리하자."

"그럼 넌 왜 옛날 일 때문에 이러고 있는데?"

내가 묻자 영민이 정색했다.

"이건 다르지. 호수가 여기 있잖아."

영민의 시선이 모의고사 문제지로 덮어놓은 그것으로 향했다. 종이 더미를 인질로 잡고 있는 것조차 지긋지긋했다.

"제발 그만 좀 해."

영민의 손에서 대본을 가로채 종이 더미 위로 내던졌다. 몇몇 장의 종이가 바람에 날리며 흐트러졌다. 영민이 구겨진 대본을 주워 들어 손으로 펼쳤다.

"끝까지 해보면 너도 알겠지. 보고 싶지 않아?"

떨리는 목소리를 애써 가라앉히며 말했다.

"이걸 한다고 뭐가 달라질 거라 생각해?"

"앉아. 호수가 나타나는지 아닌지 두고 보자고."

영민이 내 어깨를 한 손으로 내리눌렀다. 나는 영민의 손을 뿌리치고 다시 재우 옆에 앉았다. 연극 속 등장인물에겐 제멋대로 무대를 뛰쳐나갈 자유가 없었다. 어떻게든 끝을 내야 했다. 영민이 이어진 지문을 읽었다.

"재우가 오른쪽 주먹으로 호수 턱을 강타했다. 호수가 무슨 말을 하고 있었는진 모르겠다. 예고 없는 공격이었고 호수가 텔레비전에 머리를 박고 넘어졌다."

재우가 그다음 대사를 읽었다.

"오늘 다 끝내려고 했어. 안 되겠네. 가자."

"야, 여기서는 액션이 있어야지. 하이라이트데. 둘 다 일어서봐."

영민이 끼어들어 진행을 멈췄다. 그러더니 방 안을 왔다 갔다 하며 재우와 내가 어디에 서 있어야 하는지 위치를 알려주었다.

"주은이 니가 이렇게 문 앞에 있고, 재우가 책상 앞에서 문 쪽을 바라보고 서 있었어."

"재우가 날 끌고 나갔는데?"

내가 영민의 말에 토를 달았다.

"내가 이제 호수랑 싸워야 되잖아. 싸우고 고개를 들었을 땐 지금 위치에 있었다고."

"아니, 내 앞에 재우가 있었어."

"씨발, 내가 맞다니까!"

영민이 갑자기 소리를 질렀다. 몸까지 부들부들 떨었다. 내가 서 있으라는 데 있지 않고 창문 쪽으로 움직이자 영민은 내 어깨를 붙잡고 문 앞까지 끌고 갔다. 몸을 45도로 비틀어 텔레비전 쪽을 바라보고 서 있어야 했다. 내가 고개를 돌리려고 하자 또다시 소리를 질렀다.

"움직이지 마. 호수가 지나갈 때까지 그대로 서 있어."

영민은 재우와 내가 움직이지 않는지 계속 뒤돌아보며 책상 위에 놓아둔 카메라의 위치를 바꿨다. 재우는 영민이 정해준 위치에 꼼짝도 하지 않고 서 있었다. 영민은 녹화 버튼을 누르고 텔레비전 앞으로 와 바로 연기를 시작했다.

"괜찮아? 저 새끼 갑자기 왜 저러는지 몰라."

누군가를 일으켜 세우는 시늉을 하던 영민의 고개가 갑자기 뒤로 젖혀졌다. 정말 얻어맞기라도 한 듯한 몸짓이었다. 영민은 당혹스러운 표정을 지었다.

"화난 건 이해하는데 그래도 왜 나한테……."

그렇게 말하던 영민의 몸이 기우뚱하더니 순식간에 뒤로 넘어갔다. 영민은 비스듬히 기울어져 있는 텔레비전 옆에 쓰러져 헉헉거렸다. 재우와 내가 그런 영민을 바라만 보고 있자 영민이 의아한 목소리로 말했다.

"뭐 해? 할 거 해야지. 아이씨, 이건 편집해야 되잖아."

"뭘 어떻게 하란 말이야?"

내가 물었다. 나는 차마 그 장면만큼은 영민이 쓴 대로 할 수 없었다. 영민이 답답하다는 듯 짜증을 냈다.

"몰라서 물어? 그때처럼 하란 말이야, 그때처럼. 다 너네가 했던 일인데 그걸 그대로 하기가 그렇게 어려워?"

재우가 한숨을 내쉬었다. 그러곤 책상 위에 올려둔 아이언 몽거를 손에 잡았다. 재우가 이 장면까지 이렇게 순순히 영민의 대본 그대로 연기할 줄은 몰랐다. 내가 재우를 바라보며 붙박인 듯 서 있자 영민이 소리를 질렀다.

"다시. 이제 호수 지나갈 거야. 주은이가 준비가 안 됐잖아."

"둘 다 미쳤어. 갈래, 난."

가방을 들고 일어서자 영민이 거칠게 내 팔을 낚아챘다.

"가긴 어딜 가? 왜? 다시 하려니까 어색해? 연습 안 해도 잘할 수 있잖아? 하던 대로 해, 하던 대로."

"내가 뭘 했다는 거야?"

팔을 빼려고 어깨를 뒤로 돌렸다. 영민이 팔을 비틀었다. 어깨에서 뼈가 어긋나는 듯한 소리가 났다. 영민이 귀에다 입을 갖다 붙이고 소리를 질렀다.

"몰라서 물어?"

고개를 흔들며 온 힘을 다해 주저앉았다.

"제발 이러지 좀 마."

배트 모빌의 카메라 렌즈 앞에 놓아두었던 비닐 가방의 플라스틱 끈이 시체의 머리처럼 앞쪽으로 꺾여 있었다. 얼굴이 정면으로 고스란히 찍히고 있었다. 영민이 내 주위를 천천히 돌며 말했다.

"입원실에 누워서 생각했지. 저 새끼들이 언젠가 날 엿 먹이겠구나. 너네는 호수 장례식 챙겨야 된다, 어른들 앞에서 티 내면 안 된다 하면서 내 얘기는 들으려고 하지도 않았어. 내가 몰랐다고 생각했겠지. 다 봤다고."

고개를 들어 물었다.

"뭘 봤다는 거야?"

"여기! 여기 쓰여 있는 그대로! 씨발, 지금 하란 말이야. 해!"

영민이 나를 끌고 가 방문 앞에 세웠다. 아이언 몽거를 손에 든 채 표정 없이 멍하게 서 있던 재우가 입을 열었다.

"하라는 대로 해."

"내가 왜 그래야 되는데?"

"그럼 이 자리를 끝낼 수 있지."

"정말 끝낼 수 있다고 생각하는 거야?"

재우는 대답 없이 아이언 몽거의 팔과 다리, 머리를 비틀었다. 나는 배트 모빌에 설치된 카메라의 위치를 확인했다. 각도상 얼굴은 찍히지 않겠지만 다리가 무엇을 하는지는 고스란히 녹화될 터였다.

"10분, 아니 5분이면 끝나. 이제 다 왔잖아. 깔끔하게 마무리하자."

영민이 재우와 내 어깨를 가볍게 툭툭 쳤다. 금방이라도 짓밟아 버릴 것처럼 날뛰다가 또 언제 그랬냐는 듯 친근하게 구는 꼴이 덫에 걸려 숨통이 끊어지기 직전의 미치광이 들개 같았다.

"준비됐지? 이제 다시 호수가 지나갈 거야."

영민이 긴장된 얼굴로 큐 사인을 했다. 재우가 방문 앞으로 걸어가 아이언 몽거로 허공을 내리찍는 시늉을 했다.

"다시!"

영민이 답답하다는 얼굴로 재우 손에서 아이언 몽거를 빼앗아 시범을 보였다.

"야, 호수가 초등학생이냐? 그렇게 밑으로 내리찍게? 이렇게 한 손으로 잡고 밑에서 위로 쳐야지. 호수가 나보단 좀 작았지만 어쨌든 나랑 키가 비슷했잖아. 기억 안 나?"

"그랬나?"

어디를 보는지 모를 얼굴로 재우가 나직하게 중얼거렸다.

"다시 해봐. 호수 지나간다!"

재우는 오른팔을 들어 아이언 몽거를 위에서 아래로 내리쳤다.

"아이씨, 그게 아니라니까. 아니잖아!"

영민이 짜증을 내며 재우 앞에 서서 자세를 교정하려 들었다. 호수가 쓰러지기 직전에 서 있던 자리로 영민이 왔고 재우는 그 뒤에 아이언 몽거를 들고 서 있었다.

"팔 높이가 여기까지 올라와야 되잖아."

그 순간 아이언 몽거가 영민의 머리를 정확히 가격했다.

"이렇게 하란 말이지?"

영민이 황당하다는 얼굴로 재우를 돌아봤다.

"미쳤냐? 내가 아니라 호수를 쳐야지."

영민이 재우 다리를 발로 찼다. 재우의 무릎이 꺾였다. 재우가 신음 소리를 내며 말했다.

"진짜 맞을 줄 몰랐어. 어떡하냐?"

이리저리 분해된 아이언 몽거가 바닥에 흩뿌려져 있었다. 영민이 씩씩거리며 방 안을 돌아다니는 동안 재우와 내가 부속품을 주워 모았다. 관절을 잇는 여러 부위에 금이 가 있었고 레이저 포인터와 오른손에 부착되어 있던 개틀링 건은 어디로 날아갔는지 찾을 수 없었다. 오베디아 스테인의 얼굴도 보이지 않았다. 욕설을 내뱉으며 아이언 몽거를 조립하던 영민이 허리를 굽히고 있는 재우의 턱을 발로 찼다. 재우가 피규어장 앞에 쓰러졌다. 영민은 미친놈처럼 날뛰며 재우의 배를 걷어찼고 아이언 몽거를 집어 바닥에 던지곤 발로 밟았다. 영민이 배를 움켜쥐고 앉아 있는 재우 앞으로 가 재우의 턱을 손으로 치켜들며 소리를 질렀다.

"개새끼, 일부러 그랬지?"

"실수였어."

재우는 아무 일 없었다는 듯 침착한 목소리였다. 입술이 터지고 눈자위가 보랏빛으로 부풀어 오르고 있었다.

"이게 없으면 안 돼. 안 된다고. 알면서 그런 거잖아!"

영민이 소리를 지르며 재우의 배를 걷어찼다. 재우가 신음 소리를 내며 옆으로 쓰러졌다. 배트 모빌에 설치된 렌즈가 불빛을 받아 번쩍거렸다. 배트 모빌 앞에 두었던 비닐 가방이 재우 발밑에 구겨진 채 아무렇게나 뒹굴고 있었다. 나는 배트 모빌과 쓰러져 신음하고 있는 재우를 번갈아 보았다. 재우는 영민에게 맞아 쓰러지면서도 배트 모빌을 한 번도 가리지 않았다. 배트 모빌을 등지고 앉아 있는 재우의 모습은 제대로 찍히지 않겠지만 재우를 향한 영민의 살기는 고스란히 메모리칩에 담기고 있었다.

재우가 원하는 게 이 정도일 리가 없었다. 영민은 재우가 일어나면 또다시 발로 걷어찰 기세로 열기를 뿜어내고 있었다. 재우는 영민을 자극해 결정적인 장면을 담아낼 것이 분명했다. 지금은 재우가 그 장면의 희생양처럼 연출되었지만 시나리오를 독점한 재우에 의한 지독히 의도적인 결과였다. 화살은 언제든 내게로 돌아올 수 있었다. 지금 내가 CCTV가 있다는 사실을 폭로하는 게 재우의 시나리오에 예정된 일인지 아닌지 냉정하게 판단해야 했다. 나는 그 자리에 없는 듯 숨소리를 죽이고 서 있었다. 내가 그때처럼 모든 걸 보고 있다는 사실을 영민이 눈치채지 못하게 하고 싶었다. 쓰러져 신음하는 재우를 바라보던 영민이 갑자기 뒤돌아서서 나를 봤다. 태연하게 굴고 싶었지만 흠칫 놀라고 말았다.

"뭘 그렇게 놀라? 아이언 몽거 없으면 내가 안 할 줄 알았나 보지? 너네 둘이 싸운 척해 봐야 소용없어. 내가 그때처럼 당할 줄 알아?"

"징징거리지 좀 마."

나는 애써 무심한 척 말했다.

"니 자리에 서."

영민이 나를 문 앞의 그 자리로 끌고 갔다.

"호수가 다시 지나갈 거야."

"안 해. 난 절대로 안 할 거야."

끌려가지 않으려고 온몸에 힘을 줬다. 영민이 소리를 질렀다.

"해야지. 그 일이 어떻게 된 건지 궁금하지 않아?"

"아니, 구질구질해. 니가 다시 나타난 것 자체가 악몽이야."

영민이 나를 잡고 있던 손을 놓고 이마를 툭툭 내리쳤다.

"너 때문이야! 너! 내가 아니라 너 때문이라고! 니가 끼어들지만 않았어도 호수는 안 죽었어."

나는 한 걸음 물러서며 아무렇지 않은 척 굴었다.

"마음대로 생각해. 넌 늘 그랬잖아."

"너만 없었으면 재우가 날 그렇게 보내버리지 않았어. 너도 나랑 똑같은 짓을 했는데 나 혼자 남겨졌다고. 나만! 알기나 해?"

영민이 얼굴 전체를 일그러뜨리며 울부짖었다. 영민의 억센 손에 목이 잡혔다. 숨을 헐떡거리면서 영민에게 끌려갔다.

"니 자리에 서. 아니, 내가 시범을 보이지."

영민이 내 몸을 거칠게 밀며 목에서 손을 뗐다. 문손잡이에 허리를 박고 바닥으로 넘어졌다. 숨을 들이마시며 진정하려 해도 기침이 터져 나와 얕은 호흡만 반복할 뿐이었다. 재우와 눈이 마주쳤다. 배트 모빌의 렌즈가 내 얼굴을 똑바로 마주 보고 있었다. 내 시선을 눈치챈 재우의 입꼬리가 한쪽으로 올라갔다. 재우는 어느새 한 발 뒤로 물러나 영민과 나 사이에 무슨 일이 벌어지는지 흥미진진하게 지켜보고 있었다. 영민이 녹화 버튼을 누르고 재우와 나를 번갈아 보며 소리쳤다.

"큐 들어간다. 둘 다 날 봐. 똑똑히 보라고! 호수는 지금 머리를 맞고 뒤돌아보고 있어. 보이지? 내가 주은이야. 봐, 주은이가 어떻게 하는지."

영민이 다리를 뻗어 발밑에 있는 과자 비닐을 문 앞으로 옮겼다. 비닐은 상표가 위로 오는 상태로 펼쳐져 있었다. 그 순간 어디선가 불어온 바람에 비닐이 복도 쪽으로 미끄러지듯 날아갔다.

"호수야. 진짜 여기 있다고 했지?"

영민이 낮은 목소리로 중얼거렸다. 무서울 정도로 서늘한 적막이 우리를 감쌌다. 호수가 비닐을 밟고 뒤로 넘어지는 장면이 우리의 기억 속에서 느리게 재생됐다. 호수의 머리에서 검붉은 피가 흘러내린다. 둔탁한 소리를 내며 떨어진 아령이 내 발 앞으로 굴러와 멈춘다. 아령에 묻은 핏자국이 잘 닦이지 않아 찬장에서 꺼내 온 술을 들이부었다.

영민이 텔레비전 앞에 놓인 종이 상자 안에서 꺼낸 아령에는 군데군데 붉은 녹이 슬어 있었다. 우리는 영민이 발로 차서 굴린 아령이 어디에서 멈추는지 지켜보았다. 아령은 불룩하게 솟은 종이 더미를 누르며 굴러가다 비스듬히 솟은 부분을 넘어가지 못하고 뒤로 미끄러졌다. 아령이 완전히 멈추자 영민이 대본을 집어 들었다.

"호수가 쓰러졌다. 아령은 도대체 어디서 굴러왔을까? 하늘에서 떨어졌을까? 호수가 쓰러질 때 운명처럼 그 자리에 놓여 있었다는 게 가능한 일일까? 잘 닦여 있던 마룻바닥과 감자칩의 기름이 남아 있던 쓸모없는 비닐 껍데기, 그리고 아령까지 그 시각 그 위치에 있었던 게 모두 우연이었을까? 진실이 드러나는 순간 모든 일은 다시 시작된다. 목격자는 목격이 발각되는 순간 폭로와 은폐의 기로에 선다. 폭로하든 은폐하든 총구가 누구에게로 향할지는 끝까지 지켜봐야 할 일이다. 자, 이제 다시 시작해볼까?"

격앙된 목소리로 대본을 읽은 영민이 나를 일으켜 문 앞에 세웠다.

"이제 뒤로 넘어져야지. 이거 밟고 지나가."

나는 반사적으로 뒤로 돌아 아령의 위치를 봤다.

"야! 반칙이잖아."

영민이 카메라의 정지 버튼을 눌렀다.

"운명인지 우연인지 알려면 몰라야지! 저렇게 누워 있으려면 몰라야 된다고!"

영민이 종이 더미를 가리키며 소리를 질렀다. 나는 더 이상 참지 못하고 발로 종이 더미를 헤집었다. 모의고사 문제지 아래에는 과자 비닐과 퉁퉁 불은 면발이 그대로 남아 있는 컵라면 용기와 맥주 캔과 말라비틀어진 사과 껍질 같은 것들이 쌓여 있었다.

"아무것도 없어, 여긴. 봐! 뭐가 있나 보란 말이야."

재우는 피규어장에 몸을 기대고 불안한 얼굴로 나를 쳐다보고 있었다. 나는 아랑곳하지 않고 종이 더미를 뒤집고 또 뒤집었다. 물병, 한 짝만 있는 운동화, 마블사의 만화책, 마스크, 구겨진 종잇조각 같은 것들이 끝없이 나왔다. 그때 흙이 군데군데 묻은 검은색 구형 휴대전화가 발끝에 차였다. 예상치 못한 습격이었다. 휴대전화를 멍청히 내려다보며 서 있자 영민이 신이 난 목소리로 박수를 쳤다.

"굿 잡! 지금쯤 이게 나와줘야 얘기가 되거든."

영민이 재우를 바라보며 빙글거렸다. 내가 아무 말 없이 서 있자 영민은 쓰레기 더미 속에서 액정이 깨진 초창기 스마트폰 모델도 찾아냈다. 휴대전화를 양손에 들고 재우와 날 번갈아 보며 말했다.

"어때? 다시 본 소감이?"

재우가 몸을 일으켜 피규어장에 등을 기대고 섰다. 재우도 예상치 못한 듯 얼굴이 창백하게 굳어 있었다. 나는 창가로 갔다. 바람이 점점 더 거세지고 있었다. 비닐로 막아놓았던 창문 한쪽 귀퉁이에 틈이 생겨 암막 커튼이 휘날렸다. 영민은 휴대전화를 재우 앞에 들이밀었다가 다시 내 쪽으로 왔다. 번뜩이며 빛나는 눈이 소용돌이치고 있었다.

"잘만 지껄이더니 왜 한마디도 안 해? 이게 뭐냐고?"

"어떻게 찾았어?"

재우가 입을 열었다. 목소리에 쇳소리가 섞여 있었다.

"없앴다 그랬지. 내가 물어볼 때마다 없앴다고. 씨발. 산산조각 내서 불태워버렸다고. 근데 이게 어떻게 그대로 있을까?"

"없애려고 했어."

영민이 절망적인 표정을 지으며 고개를 숙였다가 다시 치켜들곤 양손을 흔들며 말했다.

"우리 아버지가 어떻게 한 줄 알아? 내 머리에 총을 겨눴어. 처음엔 글록이었어. 자동 권총의 역사는 글록이 등장하기 전과 후로 나뉘지. 왜? 글록은 슬라이드가 제대로 닫히지 않아도, 총알에 문제가 좀 있어도 무조건 발사되거든. 총에 어떤 짓을 해도 방아쇠를 당기면, 탕! 근데 이놈은 좀 투박하지. 그립감도 별로고. 그다음에 내 머리를 겨눴던 게 MP9이야. 미국에서 잘나가는 모델이지. 디자인도 훌륭하고 가볍고 그립감도 좋고. 제일 좋은 건 세이프티, 그러니까 안전 기능이 있다는 거야. 글록은 실수로 쏠 수도 있거든. 실수가 없다는 게 이상하지. 아빠 총 갖고 놀다가 쐈는데 진짜로 총알이 나갔다, 친구가 죽을 줄 몰랐다, 아홉 살 열 살 애들이 엉엉 울면서 말하지. 걔네들이 갖고 논 총이 열에 일곱은 글록이야. 다행이었지. 아버지가 재채기하다가 실수로 날 죽이지는 않을까 진심으로 걱정했거든."

"알고 있었구나."

내가 바람에 휘날리는 암막 커튼을 손으로 잡으며 물었다. 영민은 독백을 하는 연극배우처럼 과장된 몸짓으로 재우와 나 사이를 오고 갔다.

"알아? 내가 뭘? 너네가 폰을 없앴다고 해놓고 묻어놓은 걸? 그게 우리 아버지 서랍 속에 있었다는 걸? 호수는 나랑만 문자하고 나랑만 전화했지. 나하고만! 너네가 안전하게 빠져나갈 수 있는 증거, 이 증거를 없앨 리가 없잖아. 나는 그것도 모르고 재우한테 날 좀 구해달라고 했거든. 멍청하게. 우리 아버지가 미친 거 같다고. 아, 뭘 안다고? 병원에 있을 때 그랬지. 호수가 과자 비닐을 밟고 미끄러져서 머리를 박은 거라고. 그땐 입 다물고 있었지만, 그래, 사실 환각인 줄 알았어. 누가 아령을 호수 머리 위에, 넘어져서 정신도 못 차리는 애한테 떨어뜨렸지? 누가 아령을 발로 차서 굴렸지? 아, 이 폰! 이걸 어떻게 알았냐는 거지? 그렇지?"

영민이 양손에 든 휴대전화를 바닥으로 내던졌다. 검은색 폴더폰과 메일 확인 기능 정도만 가능하던 초기 스마트폰은 오랜 세월이 흘렀음에도 불구하고 전원만 연결하면 켜질 것 같은 온전한 모습이었다. 스마트폰이 재우가 앉아 있는 피규어장 쪽으로 튀어 나갔다. 영민이 갑자기 흐느끼며 머리를 감싸 쥐고 소파에 주저앉았다. 재우도, 나도 영민의 울음이 그칠 때까지 아무 말도 할 수 없었다.

영민은 알고 있었다. 재우도, 영민의 아버지도 영민이 모르고 있을 거라고 한 건 끝까지 가고 싶지 않았던 그들의 이기적인 바람일 뿐이었다. 아니, 그 끝을 마주하는 게 두려워 끝내 모른 척하고 싶었던 것일지도 모른다. 그 틈에서 영민은 예측할 수 없는 존재로 몸집을 키웠다. 영민의 아버지는 영민에게 맞는 케이지를 찾을 수 없게 되자 명분을 찾아 우리에게 영민을 유기해버렸다. 한기가 느껴져 온몸이 으슬으슬했다. 축축한 냉기가 쉴 새 없이 방 안으로 들어오고 있었다. 창문에 난 틈은 더 이상 틈이라 부를 수 없을 정도로 커졌고, 적갈색의 무거운 암막 커튼이 안팎으로 휘날렸다. 이젠 누구도 불빛이 밖으로 새어 나가는 걸 걱정하고 있지 않았다. 이미 도시는 어둠에 잠겨 있었다. 커튼을 모아 하나로 매듭을 묶었다. 영민에게 잡혔던 목 부위가 화끈거렸다. 손끝으로 얼룩을 어루만졌다. 예상했던 부분에서 얼룩의 경계가 느껴지지 않았다. 목울대를 지나 뒷목까지 얼룩을 따라갔다. 목 전체가 잿빛으로 뒤덮이려 하고 있었다.

재우가 배를 감싸 안은 구부정한 자세로 천천히 영민에게 걸어갔다. 영민은 소파에 머리를 뒤로 젖히고 앉아 있었다. 재우가 피규어장 앞에서 주운 스마트폰을 내밀었지만 영민은 미동도 하지 않았다. 재우는 영민 옆에 나란히 앉아 같은 자세로 머리를 뒤로 젖혔다.

"오늘 여기서 죽을 거야. 죽는 모습도 찍어야지. 우리 아버지 보여드려야 되니까."

영민이 허공을 보며 중얼거렸다.

"그만해. 이만하면 됐어."

재우가 그렇게 말하며 자세를 바로잡고 앉아 텔레비전을 틀었다. 2시 11분이라는 붉은 숫자가 셋톱박스에 떴다. 영민이 재우 손에서 리모컨을 빼앗아 텔레비전을 껐다.

"내놔."

"비겁한 새끼."

재우와 영민이 금방이라도 서로를 한 대 칠 기세로 팽팽하게 맞섰다. 재우가 말했다.

"니가 죽겠다고 할 때마다 갔어."

"내가 못 죽을 거 같아?"

영민이 일어나 재우를 밀치며 소리쳤다.

"그래, 내가 쇼를 몇 번 했던 건 인정. 총을 내 머리에 겨누는 양반이 쇼를 하면 벌벌 떠시니까. 나도 살아야지. 살려면 쇼를 할 수밖에 없었거든. 그리고 그땐 몰랐잖아."

"어떻게 안 거야? 그걸 갖고 계셔?"

내가 물었다.

"아이씨, 넌 왜 자꾸 목을 긁냐? 가만히 좀 있어, 가만히!"

영민의 말에 목에서 손을 뗐다. 목 전체가 부풀어 오른 걸 확인하고 나서부터 얼룩이 움직이는 것 같은 느낌이 들어 긁지 않고는 배길 수 없었다. 손톱에 피가 묻어 있었다.

"그걸 본 거야?"

내가 다시 물었다.

"너한텐 그게 있냐 없냐가 중요하지. 우리 아버지가 그렇게까지 미친놈은 아니야. 그다음을 봤지. 주은이 넌 상복으로 무슨 교복을 입고 있냐? 주은이 니가 이렇게 말했지, 아마. 필요할 수도 있으니까 묻어버리자. 재우야, 묻자. 내가 그걸 몇 번이나 돌려 본 줄 알아?"

영민이 내게 다가오고 있었다. 창문에 몸을 붙였다. 아슬아슬하게 붙어 펄럭거리던 비닐이 떨어져 창밖으로 날아갔다. 밀려들어오는 바람에 커튼의 매듭이 교수대에 매달린 머리처럼 이리저리 흔들렸다. 창에 기대어 서 있는 나를 영민이 거센 힘으로 끌어당겼다.

"이거 약하다고 했잖아. 내가 죽기 전에 너희 둘, 누구라도 죽으면 안 되거든."

나는 바닥에 무릎을 꿇고 주저앉았다. 영민은 이제 재우 쪽으로 몸을 돌렸다.

"처음엔 둘 다 죽여버려야지 했어. 근데 이상하잖아. 다른 파일은 하나도 없는데 재우야, 묻자 하는 파일만 남아 있으니까. 우리 아버지가 그렇게 허술한 인간이 아닌데. 그걸 왜 내가 보도록 했을까? 친절하게 폰까지 같이 넣어놓고 말이야. 생각해봐. 왜 그랬겠어?"

영민이 나와 재우를 돌아보며 숨을 거칠게 몰아쉬곤 이어 말했다.

"증거를 없애고 오라는 거 아니겠어? 세상에 믿을 사람 아무도 없다. 사업하려면 그래야 된다. 넌 왜 친구라고 그렇게 쉽게 믿냐. 재우도 믿지 마라. 웃기지, 우리 아버지. 내가 숨 쉴 데가 어딨어? 마음 줄 놈 만났다 싶으면 총구를 내 머리에 겨누고 그러는 거야."

영민이 손가락으로 머리를 겨누는 흉내를 냈다.

"아, 물론 그때마다 사고를 치긴 했지. 그놈들이 약도 주고 술도 주고 그러니까 나도 받고만 있을 순 없잖아. 모든 관계는 주고받고 해야 하는 거니까. 아버지랑 아들도 그런데. 안 그래? 넌 나보다 더 잘 알잖아. 주고받는 관계. 너네 아버지도 이제 아셔야지. 니가 어떤 놈인지."

영민이 재우의 배를 한 발로 걷어찼다. 재우가 고통스러운 듯 신음 소리를 냈다. 이마에 땀이 맺혀 있었다.

"그래서 뭘 어쩌라고? 내가 널 죽여줘?"

재우가 영민을 노려보며 소리를 질렀다. 영민이 빙긋 웃었다.

"이 새끼, 드디어 흥분을 좀 하네. 아버지한테 잘 보이려고 평생 빌빌거리더니. 내가 죽는다고 하면 안 믿을 줄 알았지. 같이 시작했으면 같이 끝내는 게 맞아. 지금까진 불공평했잖아. 난 혼자, 너넨 둘. 그래서 내가 뭘 했을까? 여러분, 내가 뭘 했을까요?"

영민의 눈이 번뜩였다.

"내가 우릴 가뒀어. 이젠 끝까지 같이 가는 거야. 어때? 이제 내가 죽겠다는 게 좀 실감이 나나? 니가 날 죽인다고? 넌 혼자선 아무것도 못 하는 새끼잖아. 동준이 끌어들이고 호수 끌어들이고. 전부 어떻게 됐냐?"

"개새끼!"

재우가 일어나 머리로 영민의 턱을 받았다. 영민은 갑작스러운 공격에도 눈 하나 깜짝하지 않고 재우를 온몸으로 짓눌렀다. 팔과 다리, 머리가 분리된 아이언 몽거가 재우의 어깨에 깔렸다. 재우가 지지 않고 몸을 비틀었다. 나는 그사이 현관으로 뛰어갔다. 언제 집 안으로 들어왔는지 모를 시멘트 조각 하나가 발끝에 차여 둔탁한 소리를 내며 굴러갔다. 잠금장치를 풀고 온몸으로 밀어보았지만 문은 꼼짝도 하지 않았다. 소용없는 줄 알면서도 문을 걷어차고 누구 없냐고 소리를 지르며 문을 두드렸다. 밖에선 아무 소리도 들리지 않았다. 현관 앞에 놓인 돌을 집어 들어 잠금장치를 내리쳤다. 나사가 풀리며 반쯤 떨어져 나왔지만 문은 꼼짝도 하지 않았다. 나는 힘이 빠져 문에 등을 기대고 앉았다.

호수는 죽었다. 죽은 사람은 산 사람의 발목을 잡을 수 없다. 산 사람의 발목을 잡는 건 죽은 자를 자기 멋대로 재단하고 이용하는 영민이나 재우 같은 나약한 인간일 뿐이다. 여기서 빠져나가려면 내게 유리한 상황이 필요하다. 차분히 생각하려고 노력하며 몸을 일으켰다. 그때 유리병이 깨지는 소리가 텅 빈 집에 날카롭게 울려 퍼졌다. 마치 덩치 큰 짐승이 내뱉는 듯한 비명 소리가 이어졌다.

"이쪽으로 와!"

재우 목소리였다. 더 이상 무엇도 목격하고 싶지 않았지만 발이라도 묶인 듯 목소리를 따라갔다. 영민이 피가 흐르는 손목을 감싸 쥐고 피규어장 앞에 웅크리고 앉아 있었다. 보드카 냄새가 코를 찔렀다. 바닥에 널브러진 모의고사 시험지 한 부분에 보드카병에서 흘러나온 술이 웅덩이처럼 고여 있었다. 눈동자가 없는 눈처럼 텅 비어버린 창문에서 바람이 휘몰아쳐 들어올 때마다 비닐봉지나 종잇조각 같은 것들이 듣기 싫은 소리를 내며 방 이쪽저쪽을 날아다녔다. 문 앞에 서 있는 내게 재우가 떨리는 목소리로 말했다.

"손목을 그으려고 했어. 지혈할 만한 거 없어?"

그렇게 묻는 재우의 시선이 웨딩드레스가 든 비닐 가방에 닿았다. 나는 가방에서 스카프를 꺼냈다. 깊이 찔리지는 않았는지 피가 배어 나오는 정도였다.

"뭐로 이런 거야?"

재우가 머뭇거리자 영민이 턱을 들어 소파 쪽을 가리켰다. 소파 아래에 피 묻은 수술용 나이프 하나가 미끄러져 들어가 있었다.

"준비성 하난 끝내주네."

내가 스카프를 힘주어 묶으며 비아냥거렸다. 영민이 인상을 찌푸리며 대꾸했다.

"당연하지. 술은 한 병밖에 없었는데 저 새끼는 하필 그걸 던져. 다시 사러 갈 수도 없고."

"진짜 갇힌 거야?"

영민이 미안한 듯한 표정으로 고개를 끄덕거렸다. 나는 아무래도 갇혀 있다는 상황이 믿기지 않아 멍하니 방 안을 서성거리다 혼잣말을 하듯 중얼거렸다.

"이렇게 환하고 시끄러운데 아무도 안 와보네."

한풀 꺾인 듯한 영민이 말했다.

"날 원망하지는 마. 머리를 굴리고 굴려도 아버지랑 너네한테 엿먹이는 방법은 내가 죽는 것밖에 없었어. 너희가 나라도 똑같이 했을걸. 난 호수가 죽어서 누워 있는 그 방에서 단 한 번도 빠져나오지 못했어. 나가려고만 하면 아버지가 나타나 가두고 문을 잠가버리니까. 시체를 이고 지고 사는 게 어떤 건지 너네도 이제 알아야지. 그냥 내가 너희를 죽여줄까? 그건 어때? 이러나저러나 혼자 남는 건 마찬가진데 말이야."

영민의 궤변에 헛웃음이 나왔다.

"난 안 죽어. 내가 왜? 난 끝까지 살 거야. 영민이 니가 내 앞에서 죽어도 살고 재우가 죽어도 살 거야. 헛소리 집어치우고 문이나 열어."

영민이 다친 쪽 팔목을 이리저리 비틀어보더니 다른 쪽 손으로 피규어장을 짚고 일어났다.

"나도 못 연다니까. 밖에서 잠기도록 했거든. 완벽하지?"

영민이 피가 배어 나오는 스카프를 내려다보며 얼굴을 찌푸렸다. 영민을 구슬려봐야 아무 소용이 없을 것 같았다. 폭로 아니면 은폐. 총구가 누구에게로 향할지 몰라도 이제 다른 선택은 없었다. 재우에게로 시선을 돌렸다.

"재우, 넌 왜 말이 없어? 무슨 생각 하고 있는지 좀 말해줘. 이제 숨길 것도 없잖아?"

재우가 나를 노려보았다. 영민이 그런 재우를 쳐다보며 비죽 웃었다.

"저 새낀 늘 빠져나갈 구멍을 만들어놓지. 여긴 없어. 우린 완벽하게 갇혔거든. 나가고 싶으면 뛰어내리든가 벽을 타고 내려가든가 하면 돼."

영민은 창 쪽으로 가서 바람이 휘몰아쳐 들어오는 창밖을 내다보곤 휙 하고 휘파람을 불었다.

"어쩔래? 내가 먼저 죽을까? 너희가 먼저 죽어야 하나?"

고개를 돌리던 영민의 표정이 사납게 굳었다. 재우가 허리를 굽히고 소파 쪽으로 기어가고 있었다. 영민은 재우를 걷어차고 소파 앞에 섰다. 재우와 내가 눈이 마주쳤다. 체념한 얼굴이었다. 영민이 발을 뻗으려는 순간 내가 말했다.

"뒤를 봐. 카메라가 있어."

영민의 몸이 피규어장 쪽으로 돌아갔고 그사이 나이프를 잡았다. 나는 영민의 목에 나이프를 갖다 댔다.

"문 열어."

"이리 줘. 위험해."

재우가 허리를 바로 세우며 말했다. 카메라 렌즈가 어느새 위를 향하고 있었다. 어쩌면 나는 재우가 원하는 시나리오 그대로 움직이고 있는 것일지도 몰랐다. 그렇다고 해도 다른 방법이 없었다.

"끝까지 나는 혼자지. 찔러."

영민이 내 손을 잡고 힘주어 눌렀다. 칼날이 영민의 목을 파고들었다. 지독한 덫에 걸린 기분이었다. 어떻게든 손을 빼려고 기를 쓰고 있을 때 영민이 갑자기 손에 힘을 풀었다. 손에서 미끄러진 나이프가 뒤쪽으로 날아가 바닥에 떨어졌다. 영민은 처음 보는 물건인 양 천천히 나이프를 주워 들었다. 무언가에 홀린 듯한 얼굴로 재우와 나를 한 번씩 번갈아 보더니 피규어장에 놓인 피규어를 하나하나 살피기 시작했다. 영민의 시선이 배트 모빌 앞에서 멈췄다. 바람은 점점 더 거세게 집 안으로 휘몰아쳐 들어와 머리카락이 마구잡이로 휘날렸다. 영민은 시간이 멈추기라도 한 것처럼 한동안 카메라를 노려보고 서 있다가 조심스럽게 배트 모빌을 집어 들었다. 그 때를 놓치지 않고 온몸으로 영민을 밀었다. 피규어장 쪽으로 허리를 굽히고 있던 영민이 균형을 잃고 앞으로 넘어가다 스파이더맨 시리즈가 놓여 있는 칸을 짚었다. 철제 선반이 아래로 떨어지며 천둥 치는 듯한 소리가 났다. 영민은 떨어지는 피규어를 잡으려다 다른 선반을 짚었고 그 순간 피규어장 전체가 앞으로 비스듬히 기울어졌다. 쇠와 콘크리트가 부딪치는 소리, 수백 개의 피규어가 바닥에 튕겨 나가고 쓰러진 철제 장에 깔리는 소리가 요란스럽게 이어졌다. 바닥과 천장을 잇던 기다란 철제 칸막이가 머리를 감싸고 웅크리고 있던 영민의 위로 떨어져 내렸다. 허리를 정통으로 맞은 영민이 바닥에 쓰러졌다. 칸막이에 깔려 신음 소리를 내는 영민의 손에서 재우가 칼을 빼앗아 들며 말했다.

"이런 걸 함부로 휘두르면 안 되지. 죽고 싶다고 아무나 죽을 수 있는 건 아니거든."

재우가 바닥에 굴러다니던 대본을 한 장 뜯어 칼을 종이로 감쌌다. 영민이 칸막이 밑에서 빠져나오려고 애를 썼다.

"가만히 있어. 잘못하면 허리 못 쓸 수도 있어."

재우는 아이를 어르는 듯 다정한 목소리로 말하곤 폭격 맞은 시체들처럼 누워 있는 피규어 사이를 헤집으며 렌즈와 메모리칩을 찾았다. 영민을 덮친 철판을 들어보려고 했지만 혼자 힘으로는 어림도 없었다. 바닥에 떨어진 철판들은 모양도, 크기도 제각각이었다. 나사도 제대로 박지 않고 어설프게 세워놓았던 철판들이 지금까지 멀쩡히 서 있었다는 게 신기할 정도였다. 철판을 손으로 잡은 채 재우에게 말했다.

"이거 같이 들어."

"일이 이렇게 될 줄은 몰랐는데."

재우가 메모리칩을 플라스틱 케이스에 담으며 대꾸했다. 가방을 챙기고 있었다.

"어쩌려고?"

"내가 이걸 갖고 있어야 둘 다 통제할 수 있거든. 호텔에서 무슨 짓을 당했는 줄 알아?"

거칠게 숨을 몰아쉬며 말하는 재우의 눈빛이 바뀌어 있었다. 영민의 신음 소리가 커졌다. 넘어지면서 어딘가 잘못된 게 분명했다.

"일단 영민이 좀 꺼내."

"그냥 둬."

나는 재우를 노려보았다.

"뭘 어쩌게? 그렇게 순진하지 않잖아?"

"영민이 아버지한테 보여드릴 수 있지."

재우는 호수의 휴대전화 두 대도 챙겨 넣었다.

"어디까지 알고 있었어?"

"영민이 말대로 빠져나갈 구멍은 있어야 하니까. 영민이가 그런 소동을 벌일 때마다 나 혼자 갔어. 너까지 끌어들이면 또 안 보겠다고 할 게 뻔하니까. 이런 식으로 일방적으로 끝내는 건 안 되지. 도망치는 건 너야. 모르겠어? 호수 일을 모르는 사람이랑 얼마나 갈 거 같아?"

"그 사람은 이해할 거야."

재우가 눈앞에 메모리칩을 들어 보였다.

"내가 이걸 보여줘도?"

메모리칩을 낚아채려고 손을 뻗었다. 재우는 내 손을 피해 메모리칩을 가방에 넣었다. 내가 애원하듯 말했다.

"호수는 나 때문에 죽은 게 아니야. 알잖아? 난 그냥 너희를 도왔다고."

"도와? 처음부터 끝까지 우린 같이 있었어."

재우의 가방을 잡았다.

"재우야, 어떻게 하자는 거야? 내가 뭘 어떻게 해야 돼?"

재우가 내 손에서 가방을 빼내며 나직한 목소리로 대꾸했다.

"우리가 할 수 있는 건 아무것도 없어. 결혼? 정신 차려. 우리가 결혼 같은 걸 할 수 있을 줄 알았어? 이것 봐. 일이 어떻게 됐는지."

나는 고개를 흔들며 재우의 가방에 매달렸다.

"숨 막혀. 너랑 있으면 초조하고 불안해. 이렇게 나쁜 일이 생기잖아. 끼어들고 싶지 않은 일에 끼어들게 되잖아. 제발 날 좀 놔줘."

재우가 안쓰럽다는 표정으로 한숨을 내쉬었다.

"주은아, 호수가 죽었을 때 우리가 뭘 했는지 알아? 둥글게 서서 서로의 손목을 수갑으로 연결했어. 영민이 아버지까지 같이. 열쇠를 누가 갖고 간 줄 알아?"

내가 귀를 막았다.

"제발, 듣고 싶지 않아."

재우가 소리를 질렀다.

"호수. 호수가 쥐고 있다고! 누가 누굴 봐줄 수 있는 게 아니야. 서로가 서로를 감시하면서 사는 거야. 지금처럼."

"왜 못 믿어? 넌 니 안에서만 살지. 니가 그러니까 호수가 죽은 거야. 아니야? 호수를 믿었으면, 영민이를 믿었으면 이렇게까지 됐겠어?"

"난 그냥 지금처럼 균형을 유지하고 싶을 뿐이야."

재우가 뒤돌아섰다. 나는 가방에 매달려 손을 집어넣었다. 가방이 생각보다 쉽게 내 쪽으로 넘어와 재우도, 나도 바닥에 나뒹굴었다. 재우가 배를 감싸 안았다. 영민에게 맞아 힘을 못 썼던 게 연기는 아니었던 모양이었다. 갑자기 땅이 갈라지는 듯한 소리가 나며 비가 쏟아지기 시작했다. 빗방울이 매섭게 들이닥쳤다. 바람이 휘몰아쳐 들어올 때마다 바닥이 흔들리며 천장에 매달린 형광등이 깜빡거렸다. 짐승이 울부짖는 것 같은 소리가 나더니 커다란 그림자 하나가 재우와 날 뒤덮었다. 철판 밑에서 빠져나온 영민이 어느새 책상 위로 올라가 어깨를 구부리고 서 있었다. 왼쪽 관자놀이에서 얼굴을 타고 흘러내린 핏방울이 바닥으로 떨어졌다. 음울하고 거대한 에너지 덩어리가 영민의 몸에 깃들어 우리를 짓누르는 것 같았다. 영민은 넘어진 자세 그대로 위를 쳐다보고 있는 재우와 날 번갈아 봤다. 무표정한 얼굴로 시선을 천천히 책상 아래로 옮겼는데, 그곳엔 피규어장에서 떨어져 나오며 구부러진 철판이 천장을 향해 솟아 있었다. 철판은 한쪽 끝이 비스듬히 떨어져 나가 거대한 칼날 같은 모습이었다.

영민이 천장에 닿은 어깨를 비틀며 입술을 달싹거렸다. 바람 소리에 섞여 무슨 말을 하는지 알아들을 수 없었다. 홀린 듯 반쯤 풀려 있는 영민의 시선을 따라갔다. 철골이 군데군데 드러난 벽, 천장에 닿을 듯 휘날리는 커튼의 매듭, 얼기설기 이어져 있는 전선과 전구, 금이 간 천장, 소파 옆에 세로로 반듯하게 서 있는 아령. 바람이 멈추고 빗소리가 잦아들었다. 영민의 입이 벌어지고 눈동자가 커졌다. 영민의 몸이 아래로 떨어져 내리기 직전 영민의 눈동자엔 동그랗고 작은 불빛이 어른거렸다. 시간과 공간이 제멋대로 휘몰아쳤다. 비명소리조차 입 밖으로 튀어나오지 않았다. 철판이 영민의 한쪽 팔과 목을 비스듬하게 관통했다. 피가 바람에 실려 사방으로 흩날렸다.

11

검붉은 색채가 방 안을 뒤덮었다. 책상 의자에도, 벽에도, 재우 몸에도, 드레스가 든 비닐 가방에도 온통 붉은 것투성이여서 페인트를 사방에 뿌려놓은 듯한 착각마저 들었다. 나는 온몸에 들러붙은 핏자국을 파내기 시작했다. 하나를 파내면 또 하나가 샘솟아 쇄골로, 턱으로, 어깨로 번져나갔다.

"이건 계획에 없었던 일이야."

재우의 목소리가 마치 낯선 공간에 나타난 타인의 웅얼거림처럼 낮게 울렸다. 영민의 몸에서 붉은색이 끝없이 솟구치고 있었다. 손에 잡히는 것들로 뒤덮고 막아도 끈질기게 새어 나왔다.

"영민이 아버지가 가만히 있지 않을 거야."

재우가 다시 한번 말했다. 나는 비스듬히 기울어져 있는 영민을 흔들었다.

"니가 죽인 거야. 아까 빼주자고 했잖아. 아직 안 죽었어. 영민아!"

영민의 팔을 빼내려고 들어 올렸다. 끔찍한 무게감. 호수가 영민의 몸에 들러붙어버린 게 분명했다. 아직도 얼마나 많은 피가 몸속에 남아 있는지 검푸르게 변한 피부에서도 생생하고 선명한 붉은색이 솟구쳐 올랐다.

"영민이 좀 잡아봐."

재우가 가방을 들고 물러섰다.

"난 아니야. 몰랐어."

내가 소리를 질렀다.

"구급차라도 불러!"

재우가 자꾸만 뒤로 물러섰다.

"아니야, 안 돼. 난 여기 없었어. 빨리 가야 돼."

영민의 목이 왼쪽으로 꺾였다. 영민의 몸을 관통한 철판이 무게를 이기지 못하고 급박하게 기울어졌다. 옆으로 무너져 내리는 영민의 몸을 세웠다.

"어떻게 간다는 말이야? 문이 잠겼잖아!"

재우가 더듬거렸다.

"방화문. 대피 공간이 있어."

"영민이는?"

어떻게 해도 영민은 점점 더 기울어지기만 했다. 재우가 방문 쪽으로 걸어나갔다.

"카메라 챙겨. 우린 오늘 여기 안 왔던 거야. 아니지, 영민이가 혼자 죽을 순 없지."

내가 고개를 들었다.

"무슨 소리를 하는 거야?"

재우의 표정이 바뀌고 있었다.

"넌 여기 있어. 나 혼자 가."

"재우야, 제발."

재우의 눈빛이 달라졌다. 가방을 든 손이 떨리는 게 보였다.

"아니, 영민이 아버지가 파일을 보면? 빨리 지워야 돼. 데이터가 자동 업로드되도록 설정해놨어."

나는 영민의 몸에서 손을 떼고 재우를 봤다. 재우의 얼굴이 기이하게 일그러져 있었다.

"또 지켜보고 있었던 거야?"

재우가 영민에게서 고개를 돌리며 입술을 깨물었다.

"실시간은 아니야. 아직 기회가 있어."

방 밖으로 나가려는 재우에게 매달렸다.

"영민인 안 죽었어. 누구라도 부르라고!"

재우가 고개를 흔들었다. 재우는 빠져나가려고만 했다. 어디로? 갈 데가 없는데. 나는 재우 옆에 주저앉았다. 검붉은 개미 떼가 다리를 타고 올라 배와 가슴을 지나 목을 둘러쌌다. 목을 덮고 있는 니트를 끌어 내리고 손톱으로 파냈다. 온몸이 끈적거렸다. 재우가 내 손을 잡았다.

"무슨 짓이야? 제발 가만히 좀 있어."

"안 보여? 얼룩이 기어 다니잖아. 얼룩이 살아 움직이고 있어."

재우가 나한테서 한 발짝 떨어졌다. 괴물이라도 본 듯 얼굴이 창백했다. 재우를 노려보았다.

"영민이가 죽을 줄 알고 있었어."

재우가 질렸다는 표정으로 소리를 질렀다.

"몰랐다니까!"

재우가 내 손을 잡았다.

"정신 차려! 피 나는 거 안 보여?"

나는 손을 뿌리치고 더 강하게 피부를 파헤쳤다. 개미 떼가 피부 밑에 숨어 기어 다녔다. 박멸. 모조리 없애야 했다.

"주은아, 가야 돼."

"네가 죽였어."

"아니, 난 여기 없었어."

재우가 고개를 흔들며 낮은 목소리로 웅얼거렸다.

"지금 가야 막을 수 있어."

"뭘? 넌 다 알고 있었잖아."

재우 팔을 잡고 영민이 쓰러져 있는 쪽으로 끌어당겼다. 영민의 머리가 바닥에 닿으려 하고 있었다.

"영민이 일으켜 세워줘야지. 얘가 이러고 있을 애가 아니잖아."

"아니, 늦었어."

재우가 팔을 뿌리쳤다. 뒤돌아 나가다가 다시 내 앞으로 와 말했다.

"너희 둘을 잠깐 가둬놓으려고 했어. 그게 다야. 영민이가 문을 잠그려는 걸 알았으니까 방화벽이 어딨는지 찾아봤을 뿐이야. 넌 웨딩 촬영을 못 할 거고, 영민이는 아버지나 날 못 이길 거라는 걸 알 거고. 그게 다였어. 다른 건 없었다고. 정말이야."

"영민이가 죽을 줄 알고 있었어."

내가 중얼거리자 재우가 악을 썼다.

"아니야, 아니라니까!"

"호수도 너 때문에 죽었어. 영민이가 이렇게 된 것도 너 때문이야."

재우의 눈이 커지고 입이 벌어졌다. 마치 영민이 죽기 직전 지었던 바로 그 얼굴처럼, 말할 수 없을 만큼 두려운 것을 본 얼굴이었다. 재우가 뒤로 물러섰다.

"주은아, 주은아!"

정말로 괴물이 되어가고 있는지도 몰랐다.

"이제 난 어떻게 되는 거지?"

내가 묻자 사람을 내려다보는 듯한 표정이 재우 얼굴에 나타났다.

"넌 살인자야. 이제 어쩔 수 없어."

입꼬리가 올라가 있었다. 재우가 왜 그런 표정을 짓는지 이해할 수 없었다. 재우가 말했다.

"영민이가 그때 그 일을 못 봤을까? 아직도 그렇게 생각해?"

재우의 말소리가 기이하게 흩어졌다. 영민 앞에 웅크리고 앉아 귀를 막았다.

"내가 아니야. 재우 너 때문에 호수가 죽었어. 네가 호수 발을 걸지만 않았어도, 영민이한테 아령을 굴려주지만 않았어도 호수는 살았어. 아니, 호수는 차에 부딪히기 전까지 살아 있었어. 내가 봤어. 호수가 영민이한테 업혀서 고개를 들었다고! 영민이가 정말 죽었을까?"

재우가 귀를 막고 있는 손을 억지로 떼어내고 나를 일으켜 세웠다.

"끝까지 그럴 거야? 여긴 카메라도 없고 아무도 없어. 우리 둘밖에 없다고!"

"영민이는 그냥 멈춰 있는 건지도 몰라. 연기지. 완벽한 연기."

재우가 질린다는 표정으로 고개를 흔들었다.

"난 끝까지 지키려고 했어. 그런데 너는?"

재우가 가방을 품에 안고 내게서 멀어졌다. 가방엔 카메라와 메모리칩과 호수의 휴대전화가 들어 있는데 모든 것이 같이 멀어지고 있었다.

"아령을 떨어뜨린 게 누구였는지 생각해봐. 난 할 만큼 했어."

고개를 박고 넘어진 호수의 머리 위로 아령이 낙하한다. 그때 재우의 표정이 생각나지 않는다. 웃고 있었나? 지금처럼?

"갈 거야? 영민이가 여기 있는데?"

재우를 올려다보며 물었다. 재우 얼굴이 기이하게 일렁거렸다. 재우가 소리를 지른다. 재우가 맞나?

"영민이한테 아령을 굴린 건 그런 뜻이 아니었어! 아니었다고! 그래, 그런 게 손에 들어오면 영민이는 그럴 수 있어. 주은이 너까지 그럴 줄은 몰랐어. 니가 그 짓을 하기 전까지 호수는 살아 있었어. 숨을 쉬고 소리를 내고 있었다고!"

나는 메스꺼움을 참으며 겨우 말을 내뱉었다.

"아령이 그 자리에 그대로 있었으면 우리가 아무것도 하지 않아도 됐어."

"아령에 머리를 박고 죽는다고? 사람은 그렇게 쉽게 죽지 않아. 내가 없었어도 호수는 죽었어. 내가 없었어도 영민이는 죽었다고! 난 거기도, 여기도 없었어."

재우답지 않게 말이 너무 많았다. 재우의 목소리가 머릿속을 제멋대로 뒤엎고 헤집어 아무 생각도 할 수 없었다. 온몸이 불길에 사로잡힌 듯 뜨거워 무엇이든 끌어당겨 손에 움켜쥐고 싶었다. 재우는 자꾸만 내게서 멀어졌다. 바람이 휘몰아치고 불빛이 꺼질 듯 어른거렸다. 모든 게 성가셨다. 제자리에 있는 게 하나도 없었다. 눈앞이 흐려졌다 밝아졌을 때 재우가 멀찍이 서서 내게 손을 내밀고 있었다. 나는 움직일 수 없었다. 무표정하고 딱딱하게 굳은 얼굴, 시체보다 더 시체의 얼굴을 한 재우가 뒤돌아섰다. 발소리가 나야 하는데 아무 소리도 들리지 않았다. 마치 날아가기라도 하는 것처럼. 이상했다. 여긴 더 이상 갈 데가 없는데 재우는 소리도 없이 어디로 가는지 이해할 수 없었다. 땀에 젖은 손이 기분 나쁘게 끈적거렸다. 꼭 피에 젖어 있는 것 같은 기분이었다.

바람이 멈추자 흔들리며 깜빡이던 불빛이 다시 환해졌다. 두 손이 영민에게서 흘러나온 피로 젖어 있었다. 나는 영민을 내려다봤다. 영민은 죽어 있는 연기를 진짜처럼 하고 있었다.

"재우 갔어. 일어나."

일어나지 않았다. 영민의 몸은 이제 완전히 바닥에 쓰러져 있었다. 잠시 잦아들었던 비가 때가 되었다는 듯 엄청난 기세로 퍼부었다. 언제 그랬는지 창틀이 사라져버렸고, 창틀과 함께 길게 떨어져 나간 벽에서 빗물이 쏟아져 들어왔다. 빗물은 순식간에 바닥에 물구덩이를 만들었다. 빗물에서 비릿한 흙냄새가 났다. 어쩌면 부풀어 오르는 살냄새일지도 몰랐다. 바람이 휘몰아쳐 들어올 때마다 얼굴에 굵은 빗방울이 떨어졌다. 발을 적시지 않으려 애쓰며 소파 위에 열린 채 놓여 있는 가방에서 휴대전화를 꺼냈다. 액정에 피가 묻었다. 배터리가 얼마 없었다. 웨딩 박람회 안내 문자와 키워드로 저장해놓은 셀프 웨딩 카페의 새 글 사이에 성일의 문자가 와 있었다. 이제 그 사람 다시 볼 일 없어. 웨딩 촬영 하고 그날 짐 옮겨요. 침대는 원하는 대로 해.

모로 누운 듯 멈춰 있는 영민과 성일의 문자를 번갈아 봤다. 영민의 엉덩이 쪽에서 흘러나온 체액이 물웅덩이로 흘러들어가고 있었다. 창문 밖으로 고개를 내밀어 손과 얼굴, 목을 씻었다. 손끝의 감각이 무뎌졌지만 부풀어 올라 있는 동그란 얼룩이 만져졌다. 걱정했던 것만큼 커지진 않은 것 같았다. 물웅덩이는 방 전체로 급속도로 번져나갔다. 방 한구석, 피규어와 철제 칸막이에 깔려 있는 비닐 가방을 빼냈다. 구겨지긴 했지만 웨딩드레스는 상한 데 없이 멀쩡했다. 네크라인의 크리스털이 눈부시게 반짝거렸다. 영민은 죽었고 나는 살았다. 살아 있다는 걸 인정해야 했다. 호수가 죽었을 때처럼. 나는 여전히 목격자일 뿐이었다.

방화벽이 어디야? 재우한테 문자를 보냈다. 답이 오지 않았다. 전화를 걸었더니 고객님의 사정에 의해 통화를 할 수 없다는 안내음이 나왔다. 방화벽이 있었다면 벽을 부수는 소리가 들려야 했는데 재우가 나가고 나선 집 안이 지나치게 고요했다. 바닥에 귀를 댔다. 아래층이 재우의 방이었다. 아무 소리도 나지 않았다. 이상했다. 재우는 어디로 간 거지? 웨딩드레스가 든 가방을 팔에 끼고 방 밖으로 나가 벽을 더듬었다. 창문을 제외하곤 밖으로 뚫려 있는 곳이 없었다. 비가 마구잡이로 들이치고 있었다. 바닥 군데군데 물웅덩이가 생겼고 암막 커튼이 쉴 새 없이 휘날렸다. 천장에서도 비가 떨어졌다. 물웅덩이가 합쳐져 발목 깊이까지 오는 곳도 있었다. 천장에 매달아놓았던 전선 하나가 바닥에 닿을 듯 흔들거렸다. 카메라 플래시라도 터진 듯 사방이 번쩍했다. 갑자기 아무것도 보이지 않았다. 계획이라도 되어 있었던 것처럼 전기가 나갔다. 어둠과 빗소리에 갇혔다. 쏟아져 들어오는 비가 무서운 속도로 집 안을 채우고 있었다. 손을 뻗어 잡을 만한 게 있는지 살폈다. 몇 걸음 움직여보아도 허공 속에서 허우적거리고 있을 뿐이었다.

휴대전화 플래시를 켰다. 벽 앞쪽에 서 있는 줄 알았는데 텅 빈 공간 한가운데에 있었다. 현관으로 가려다 거실 쪽으로 되돌아왔다. 영민이 누워 있는 곳을 지나갈 순 없었다. 그새 배터리가 2퍼센트나 줄었다. 플래시를 껐다. 발목에서 출렁이는 물의 감촉이 마치 거대한 생물 같았다. 나를 끌어들일까? 죽은 자의 몸이 물 위에 뜨는지 가라앉는지 모른다. 그런 건 어디에서도 가르쳐주지 않았다. 부유하는 머리카락, 퉁퉁 불어버린 피부, 물속에 스며들게 될 체액. 극명한 죽음의 결과를 마주한다면 두려움에 사로잡혀 그 속으로 끌려들어 가버릴지도 몰랐다. 차라리 아무것도 보이지 않는 게 나았다. 외벽을 더듬으며 부엌이 있던 자리로 향했다. 잠깐이라도 안도할 수 있는 마른 땅은 이제 더는 남아 있지 않았고 부엌 쪽으로 갈수록 수위가 점점 높아졌다.

팔을 뻗어 더듬으며 부엌 쪽에 붙어 있는 테라스로 통하는 문을 찾았다. 문이 떨어진 자리에 비닐을 붙여놓고 그 위에 암막 커튼을 덮어놓았던 게 생각났다. 비닐이 바람에 펄럭이는 소리가 점점 가까워졌다. 테라스로 나가는 문틀에 붙여놓은 비닐이 집 안으로 휘날려 들어올 때마다 양동이로 들이붓는 것처럼 빗물이 안으로 쏟아져 들어왔다. 거추장스럽게 휘날리는 암막 커튼을 뜯어냈다. 플래시로 밖을 비춰보니 한 귀퉁이가 떨어진 철제 테라스가 아래쪽으로 기울어져 있었다. 비가 테라스의 철판에 부딪혀 기관총을 쏘는 듯한 소리를 냈다. 암막 커튼을 뭉쳐 휴대전화와 웨딩드레스 가방을 감싸 문턱에 걸쳐놓고 테라스에 한 발을 내디뎠다. 그 순간 날카로운 소리가 나며 언제 침몰할지 모르는 난파선처럼 바닥이 흔들렸다. 수직으로 내리꽂히는 빗방울이 시야를 가려 그 아래 무엇이 있는지는 보이지 않았다. 비에 휩싸여 발이 미끄러졌다. 문 가장자리에 매달려 가까스로 다시 집 안으로 되돌아왔다.

테라스와 이어진 문턱에 걸터앉았다. 빗방울이 등허리를 거세게 두드렸다. 비는 거세졌다가 잦아들기를 반복했다. 비가 조금 잦아들었을 때 휴대전화를 꺼내 테라스 곳곳을 꼼꼼히 비춰보았다. 기울어진 테라스의 한쪽 끝이 아래층의 테라스와 이어져 있었다. 아래층 테라스는 한 면만 벽에 붙은 채 바닥을 향해 수직으로 서 있었다. 아래층 난간의 창살이 사다리 모양으로 바닥을 향해 있어 창살 끝쪽에 매달려 뛰어내린다면 밖으로 빠져나갈 수 있을 것 같았다. 테라스로 가려진 건물 밖의 바닥엔 무엇이 있나 보고 싶었지만 가느다란 불빛은 바닥까지 닿지 않았다. 빗물이 머리카락에서 목으로 흘러내렸다. 가만히 앉아 있으니 추위와 졸음이 밀려왔다. 비가 다시 쏟아지기 전에 움직여야 했지만 몸이 말을 듣지 않았다. 목소리들이 자꾸만 머릿속을 헤집었다. 한번 들이닥친 소리들은 좀처럼 잠잠해지지 않았다.

말도 안 되는 헛소리들. 주은아, 호수가 고개를 들었어. 봤지? 본 거 맞지? 아니, 그런 일이 있을 리 없다. 그런데도 영민이 소리친다. 씨발, 살아 있어. 호수는 바닥에 쓰러진 그 순간부터 단 한 번도 움직이지 않았다. 잔뜩 찡그린 영민의 얼굴에 공포와 자책이, 무어라 설명할 수 없는 광기가 깃들어 있었다. 나도 봤어. 입 밖으로 말이 저절로 흘러나온다. 내가 정말 그런 말을 했을까? 비켜! 영민인지 호수인지 누군가에 밀려 넘어진 순간 어둠을 내뿜듯 입을 벌리고 서 있는 재우의 얼굴이 나타난다. 그 얼굴은 허상처럼 나타났다 우악스럽게 쏟아진 전조등 불빛에 사라지고 만다.

휴대전화 벨이 울렸다. 눈을 뜨는 것과 동시에 무릎을 움켜잡았다. 다리와 무릎과 손목이, 팔과 손이 제멋대로 떨렸다. 암막 커튼을 파헤쳐 휴대전화를 찾았다. 성일의 이름이 액정에 떴다. 손에 있는 물기를 닦아내고 휴대전화를 집어 들었다. 벨 소리가 멈췄다 다시 울리기 시작할 때 간신히 전화를 받았다.

"어디예요?"

성일의 목소리가 가라앉아 있었다.

"이제 그만 나가고 싶어요."

침묵이 흘렀다. 성일은 무슨 일인지, 왜 그러는지 묻지도 않고 기다리고만 있었다. 액정에 찍힌 시간을 봤다. 5시 26분. 성일은 새벽에 전화를 하는 사람이 아니었다.

"봤어요?"

내가 물었다. 내 목소리가 텅 빈 집에 울려 퍼졌다.

"문자 보냈는데."

성일의 목소리가 경직되어 있었다.

"갑자기 왜……?"

수화기를 통해 들려오는 성일의 숨소리가 거칠었다.

"죽었어, 그 사람. 수면제를 먹었대."

아무 말도 할 수 없었다. 성일도 말이 없었다. 한참을 그렇게 있다가 휴대전화를 들어 보니 꺼져 있었다. 전원 버튼을 눌러도 휴대전화는 다시 켜지지 않았다. 웨딩드레스가 든 가방이 바로 옆에 있었다. 여기서 그만둘 수 없었다. 머리는 헤어피스를 쓰지 않는 업스타일로 단정하게 땋으려고 했고 베일은 허리까지 오는 중간 길이로 차분하게 떨어지는 것을 구해놓았다. 찾아놓은 셀프 웨딩 사진만 천 장이 넘었다. 걸터앉아 있던 테라스의 문턱을 잡고 힘겹게 몸을 일으켰다. 몸을 움직이자마자 웨딩드레스를 말아놓았던 암막 커튼의 한쪽 끝이 비바람에 휩쓸려 바깥으로 말려 나갔다. 암막 커튼이 풀리며 비닐 가방에 빗방울이 쏟아져 내렸다. 가방을 들고 비가 들이치지 않는 안쪽으로 걸어 들어갔다.

빗물이 흘러내리는 손으로 웨딩드레스를 꺼냈다. 웨딩드레스는 어둠 속에서도 어렴풋이 빛났다. 네크라인에 달린 크리스털을 손으로 더듬었다. 베이지색 슈트를 입은 성일의 모습이 눈앞에 나타났다. 쑥쓰러운 듯 단정하게 웃는 얼굴로 성일이 거울 속에 같이 비친 나를 보며 말한다. 예쁘다, 우리. 착오가 생긴 게 분명했다. 웨딩 촬영을 해야지. 일요일이면 날이 갤 거야. 젖은 니트를 벗고 드레스를 입었다. 팔을 뒤로 뻗어 겨우 지퍼를 올렸다. 바지에 걸려 드레스의 치마 부분이 제대로 펼쳐지지 않았다. 꽉 조이는 허리 탓에 숨쉬기가 어려웠다. 드레스를 다시 벗으려는 순간 바닥이 흔들리며 빗물이 출렁거렸다. 거대한 짐승이 고통에 온몸을 비트는 듯한 굉음과 함께 벽이 무너져 내리는 듯한 소리가 났다. 거실의 통창이 있던 자리에 붙여놓았던 암막 커튼이 모두 떨어져 나가며 비바람이 아무렇게나 집 안을 휘몰아쳤다. 비가 잠시 잦아들 때마다 어슴푸레한 빛이 어른거렸다. 영민의 방에 비스듬히 기울어진 채 붙어 있는 문이 바람이 불 때마다 열렸다가 닫히길 반복했다. 문이 열릴 때마다 방 안에선 무언가가 밖으로 흘러나왔다. 왼쪽 발목에 감기는 물컹한 감촉에 소스라치게 놀라 발을 내저으며 손으로 그것을 떼어냈다.

물컹하게 으깨어진 피자 조각이 꼭 사체의 살점처럼 산산이 물속으로 흩어졌다. 그 자리에 그대로 서 있다간 당할 게 뻔했다.

신발을 벗고 맨발로 테라스 난간에 매달렸다. 빗방울이 온몸을 사정없이 때렸다. 집에서 빠져나오는 모든 걸 비가 휩쓸어갔다. 난간이 둥글고 미끄러워서 손이 자꾸 미끄러졌다. 조금이라도 움직이면 아무것도 붙잡지 못하고 떨어져버릴 것만 같았다. 비는 좀처럼 잦아들지 않았다. 다시 안쪽으로 들어가려고 한 발을 떼자마자 테라스 바닥이 아래쪽으로 급격하게 기울어졌다. 난간을 놓치며 몸이 공중에 떴다. 붙잡을 게 아무것도 없었다. 정신을 차렸을 땐 가장 아래 쪽에 위치한 테라스 모서리의 창살에 엉덩이가 걸려 있었다. 엉덩이를 빼려고 해도 팔에 힘이 들어가지 않았다. 그 자세로 할 수 있는 거라곤 난간이 떨어져 나가지 않기를 기도하는 것밖에 없었다.

누워서 집을 올려다보는 자세로 집 안에서 흘러나오는 빗물을 고스란히 뒤집어썼다. 정신을 차릴 때마다 배 위에는 집 안에서 떠내려온 물건들이 쌓였다. 구겨진 맥주 캔, 형체를 알아볼 수 없는 종이상자, 보드카병, 흙과 자갈, 못, 철사, 모종삽. 비는 쉬지 않고 쏟아졌다. 시간을 가늠할 수 없는 채로 시간이 흘렀다. 한 시간? 아니, 한나절이 흘렀는지도 몰랐다. 비가 잦아들 땐 사위가 어슴푸레 밝아졌다가 비가 쏟아질 땐 한밤처럼 어두워졌다. 아무렇게나 쌓이는 물건을 치우고 싶었지만 몸이 꼼짝을 하지 않았다. 축축하게 젖어 무겁게 옥죄어 오는 드레스라도 벗고 싶었지만 손가락 하나 까딱할 수 없었다. 정신을 차리려고 해도 웅얼거리는 소리들이 몰려와 눈과 귀를 막았다. 모든 감각이 희미해져 배 위에 무언가 떨어져 내려도 더 이상 아프지 않았다. 하늘에선 기이한 모양의 어둑한 그림자가 쉬지 않고 휘몰아쳤다. 검은 점 모양으로 작아진 그림자가 쉴 새 없이 모였다 흩어지며 울부짖는 소리를 냈다. 빗방울이 온몸을 강타해 문득 정신을 차리면 물에 불어 흐늘거리는 피부에서 참을 수 없을 만큼 간지럽고 동시에 따끔거리는 감각이 일며 얼룩이 자랐다.

엉덩이가 뜨겁고 축축했다. 문틀에 까맣고 반짝이는 무언가가 매달려 흔들거렸다. 붉은 불빛이 깜빡거렸다. 말도 안 돼. 눈앞이 또렷해지며 나를 향하고 있는 렌즈가 똑똑히 보였다. 영민의 카메라였다. 카메라에 연결된 끈이 어디에 걸려 있는지 보이지 않았다. 나는 누운 자세 그대로 찍히고 있었다. 카메라가 언제부터 켜져 있었지? 꺼진 적이 있었나? 영민이 살아 있을지도 몰랐다. 영민은 분명 카메라 뒤에서 떠다니고 있을 것이었다. 카메라를 없애야 돼. 몸이 쉽사리 말을 듣지 않았다. 씨발, 살아 있어! 영민의 목소리가 귓가에서 울렸다. 난간을 붙잡고 몸을 일으켰다. 울타리처럼 세로로 쳐져 있는 창살 사이에 발을 끼웠다. 다시 카메라를 봤다. 카메라의 불이 꺼져 있었다.

지금 몸을 기대고 있는 테라스 난간의 모서리에서 카메라가 걸려 있는 문틀까지 13개의 창살이 있었다. 5개, 아니 6개만 타고 올라가면 카메라를 붙잡을 수 있을 것 같았다. 바람이 불며 비가 거세게 몰아치자 카메라에 다시 붉은 불이 들어왔다. 눈이야. 또 눈이 있어. 난간의 창살을 타고 올라가 카메라를 붙잡았다. 뒤에 누가 매달려 있기라도 한 것처럼 카메라는 꿈쩍도 하지 않았다. 창살을 한 칸 더 기어올라 당겨보았지만 소용없었다. 카메라를 노려봤다. 언제나 숨겨진 눈이 문제지. 눈만 없다면 죄책감이나 공포 따위에 흔들릴 이유가 없다. 성가시고 불편한 부스러기는 떼어내버리면 그만이다. 목에 웅크리고 있던 얼룩이 일어나 온몸을 기어 다녔다. 떼어내버려야 해, 어떻게든. 카메라를 잡았다. 난간을 잡고 있던 한 손을 떼고 두 손으로 카메라에 매달렸다. 카메라가 쑥 미끄러져 나왔다. 테라스가 기울어지는가 싶더니 한쪽 귀퉁이가 떨어지며 세차게 흔들거렸다. 철제 바닥이 밑으로 떨어져 내려가다 아래층 테라스 난간에 부딪혀 묵직하고 날카로운 소리를 내며 다시 위쪽으로 솟구쳤다. 바닥과 난간이 분리되며 몸이 밑으로 떨어졌다. 손을 뻗어 필사적으로 창살에 매달렸다. 마치 슬로모션처럼 카메라가 내 곁을 스치며 바닥으로 떨어지는 모습이 눈에 들어왔다. 카메라는 담벼락에 부딪혀 렌즈와 액정창이 분리됐다. 흙이 뒤섞인 붉은 빗물이 빠른 속도로 언덕을 타고 내려가고 있었다. 빗물에 실려 떠내려가던 카메라가 흙더미에 걸려 멈췄다. 그 위에 떠내려온 흙과 돌멩이가 쌓였다.

창살을 잡고 있는 손에 힘이 빠졌다. 발을 디딜 만한 것이 아무것도 없었다. 어디에 매달려 있는지도 가늠이 어려웠다. 영민의 집 테라스인지, 아니면 그 아래층 재우네 테라스인지도 알 수 없었다. 다시 난간에 걸린다거나 하는 행운 같은 건 오지 않았다. 손이 창살에서 미끄러지자마자 통증에 휩싸였다. 추락하는 순간은 믿을 수 없을 만큼 짧았고, 바닥에 닿는 순간의 끔찍한 통증은 영원이었다. 소용돌이치며 밀려 내려온 빗물이 몸 위를 한차례 휩쓸고 내려갔다. 차라리 정신을 잃으면 좋겠어. 아무것도 느끼지 못하면 좋겠어. 그런 바람과는 상관없이 발끝이 저리고 골반이 뒤틀리는 사나운 고통이 계속됐다. 떨어지면서 허리를 부딪힌 것 같았다. 흙탕물을 먹으면서도 숨을 쉬었고 다시 움직여보겠다고 허우적거렸다.

고개를 돌리자 토사가 흘러내리는 산이 보였다. 거대한 혓바닥을 아래로 길게 빼문 모양으로 산에서 흙이 흘러내렸다. 아무리 애를 써도 몸은 바위에 짓눌린 것처럼 꼼짝도 하지 않았다. 손을 움직여 엉덩이를 받쳐보았다. 몸을 들어 옮기기엔 역부족이었다. 허벅지를 더듬었다. 아무 감각도 없었다. 얼굴을 타고 흘러내리는 빗물이 성가셨다. 비바람에 실려 온 작고 날카로운 것들이 밖으로 드러난 몸을 마구잡이로 할퀴고 물어뜯었다. 집어삼킬 듯 위협적으로 내려온 소용돌이치는 그림자에 정신이 아득해졌다. 어떻게든 손을 움직여야만 했다.

바지 주머니 위로 불룩하게 튀어나온 것이 만져졌다. 사탕? 껌? 무엇인지 생각나지 않았다. 사탕이라면 좋을 텐데. 추위와 통증을 잠시 잊을 수 있게 해준다면 무엇이라도 좋았다. 젖어 있는 주머니에 힘겹게 손을 집어넣었다. 한 면은 매끈했고 다른 면 아래쪽에 울퉁불퉁한 감촉이 느껴졌다. 메모리칩이었다. 언제, 어떻게 메모리칩이 내 주머니에 들어왔는지 도무지 생각나지 않았다. 영민이 재우와 내게 나눠 준 그 메모리칩이라면 좋을 텐데. 영민의 목소리가 들리는 것 같았다. 야, 여기 있는 돌 다 주워 가자. 팔아볼까, 우리?

얼굴들이 보였다. 벽 하나를 가득 채운 얼굴들. 우린 단 한 번의 여름도 같이 보내지 못했다. 왜 그렇게 도망치기 바빴을까. 여름이 아닌데 여름에 가깝게 기억하는 9월 중순의 어느 날에 축제가 있었다. 영민이 역 앞에 카메라를 세워놓고 지나가는 사람들을 불러 세웠다. 웃는 얼굴을 찍었다. 재우와 내가 교실에서 가져온 의자 뒤에 서서 하얀색 배경을 들었다. 웃는 얼굴만 클로즈업해서 찍어야 돼.

그걸로 교실 한 면을 가득 채우면 볼만하지 않겠냐?

영민의 중학교 동창이 의자에 앉았다. 웃어, 활짝. 김치, 스마일. 교정기를 낀 여드름투성이 남자애가 어색한 미소를 짓는다. 아이, 씨발, 웃어보라고. 영민이 발끝에 차이던 작은 돌멩이를 주워 그 아이에게 던진다. 그 아이는 반사적으로 두 손을 내밀었다가 작은 돌조각인 걸 알고 웃었다. 야 이씨, 놀랐잖아. 교정기의 철사가 햇빛에 반짝거렸다. 영민이 셔터를 누른다.

누군가 의자에 앉으면 영민이 작은 돌멩이를 던진다. 운동장에서 길가에서 작은 돌조각을 보면 주머니에 넣어 다녔다. 지금 빗물을 타고 흘러내리며 내 전부를 파묻어버릴 거라고 협박하고 있는 그것들과 조금도 다르지 않은 돌멩이들. 뭐야, 다시 해, 동전 던져, 하고 농담을 하는 애도 있고 뭐냐? 못 봤어, 다시 던져 봐, 하는 애도 있다. 돌멩이가 보이든 보이지 않든 영민의 몸짓이 의미 없는 장난이었음이 확인되는 순간에는 웃음이 있다. 영민이 만들어낸 한 편의 연극 같은 무대에서는 같은 결과가 어김없이 반복됐고 그 자체가 마법 같았다. 아무도 의자에 앉지 않을 땐 재우와 내가 배경 뒤에서 서로의 발을 밟으려 장난을 친다.

이거 봐, 된다니까. 영민이 말한다. 흑백으로 인화된 백 명의 웃는 얼굴. 대부분 교복을 입은 열댓 살의 아이들이다. 야, 우리 가게 하나 차리자. 진짜야, 진짜. 이게 진짜라고. 그렇지 않냐? 막 웃으려는 얼굴도 있고, 웃고 난 후의 당혹감이 담긴 얼굴도 있다. 웃는 듯 우는 듯 묘한 얼굴도 있고, 허탈하고 쓸쓸해 보이는 얼굴도 있다. 그 속에 재우와 나, 영민의 얼굴도 섞여 있다.

영민이 아버지한테 끌려가기 전에, 그 얼굴들을 메모리칩에 담아 재우와 내게 나눠줬다. 선물이라고 말했지만 거기엔 호수의 얼굴도 있었으므로 난 단 한 번도 그 파일을 열어 보지 않았다. 봤다면 달라졌을까? 영민은 호수가 살아 있었다는 얘기를 그 후로 단 한 번도 하지 않았다. 괴로웠을까? 나는 모른다. 비명을 지르며 웃을 뿐이다. 장난을 치고 농담을 하고 나는 못 봤다고 너는 모른다고 거짓말을 하면서 웃는다. 알면서 모른 척하는 게 얼마나 끔찍한 일인 줄 알아? 재우가 소리친다. 호정이 속삭인다. 아니다, 왜 그렇게 됐는지 알면서 진짜는 보지 못하는 게 진정한 고통이다. 죄를 끌어안으려면 장님이 되어야 한다. 나 혼자 그 짐을 전부 짊어지고 갈 순 없다.

비가 세차게 쏟아져 내렸다. 어디론가 자꾸만 떠밀려갔다. 빗물은 몸집을 불리고 힘을 모아 모든 걸 뒤섞었다. 땅에 있는 것들을 전부 끌고 가려고 몸부림쳤다. 모래알갱이와 유리 조각, 플라스틱 파편, 형체를 알 수 없는 종이 더미들, 알 수 없는 동물의 사체와 피와 살점이 함께 떠내려갔다. 영민의 집이며 재우의 집이기도 한 빌라가 흙더미에 떠밀려 언덕 아래쪽으로 비스듬하게 기울어져 있었다. 영민이 비스듬히 기울어져 죽어 있던 모습과 비슷했다. 산에서 흙이 무너져 내렸다. 검붉은 흙이 비스듬하게 서 있는 빌라를 삼켰다. 떨어지고 깨지고 산산조각이 난다. 파묻고 파묻혔다. 까마귀가 날카롭게 울부짖는 듯한 소리가 들리며 검은 그림자가 하늘에서 떨어져 내렸다. 모서리가 찌그러진 직사각형 철판이 점점 가까워졌다. 테라스가 몸을 덮쳤다. 흙이 입 안으로 밀려들어왔다.

물이 흐르는 소리에 눈을 떴다. 칠흑 같은 어둠이 나를 뒤덮고 있었다. 숨이 막혔다. 발끝을 움직이고 몸을 돌렸다. 손을 들어 몸 위를 덮고 있는 것을 더듬었다. 차갑고 거칠었다. 철판 아래쪽 축축하게 젖은 흙을 파냈다. 개미 떼가 다시 살아났다. 얼룩이 움직이기 시작했다. 이렇게 춥고 아픈데도 씨발, 지긋지긋해. 몸에 끈적끈적하게 달라붙는 흙을 파헤치고 기어 나갔다. 웨딩드레스가 무거웠다. 잠깐이라도 멈추면 흙이 머리 위로 쏟아져 내렸다. 손톱으로 흙을 파헤쳤다. 가는 빗방울이 얼굴에 닿았다. 나는 빠져나왔다.

손톱에 피가 잔뜩 엉겨 붙어 있었다. 돌멩이를 들어 뾰족한 부분으로 피를 떼어내고 언덕 아래로 흘러내려가는 빗물에 손을 씻었다. 둥근 달이 구름에 가려 어스름하게 빛났다. 묵직하게 다리를 옥죄고 있는 바지를 벗었다. 바지 주머니에서 엄지손톱만 한 메모리칩을 빼냈다. 메모리칩을 내려다보다 발로 짓이겼다. 충분히 긁히고 깨질 때까지 밟고 또 밟았다. 찢어진 웨딩드레스를 입고 절뚝거리며 언덕을 내려갔다. 가로등 불빛이 켜졌다. 바닥에 떨어진 깨진 유리창에 얼굴이 비쳤다. 이마에서 뺨으로, 목에서 어깨로 잿빛 얼룩이 번져 있었다. 얼룩을 손톱으로 파헤치며 뒤를 돌아보았다. 골조가 거의 남아 있지 않은 여흥상사가 붉은 흙으로 뒤덮여 있었다. 흙은 빗물을 따라 계속 움직였다. 웨딩드레스를 입은 내 모습을 딱 한 번만 보고 싶었다. 내게 남은 건 쓸모없어진 웨딩드레스와 얼룩뿐이었다. 비가 쏟아져야 해. 아주 많이. 절뚝거릴 때마다 웨딩드레스에 붙은 크리스털이 짤각짤각 경쾌한 소리를 냈다.■

작가의 말

소설가가 되고 싶다는 말을 처음 꺼낸 게 열두 살 때였던 것 같다. 한 선생님이 장래 희망을 물었는데 충동적으로 본심이 흘러나와버렸다. 아마도 국어 선생님이었을 그 선생님은 한동안 아무 말도 하지 않고 관찰하듯 나를 보았다. 시선을 견디다 못한 내가 왜 그러느냐고 묻자 소설가가 되고 싶다는 사람에겐 이상한 구석이 있는 것 같다는 식의 말을 했다. 호기심보단 적개심으로 읽혔던 눈빛과 불편한 분위기는 오래도록 나를 사로잡았다. 그 후론 소설가가 되고 싶다는 본심을 효율적으로 감춰놓았다.

내게 장래 희망을 물었던 그 선생님이 여자였는지 남자였는지, 그게 학원이었는지 학교였는지 명확하지 않다. 그 선생님은 단순히 당황했을 수도 있다. 얼굴이 까맣고 비쩍 마른 단발머리 여자애가 공격적으로 그런 말을 내뱉으면 누구라도 비슷한 반응을 보였을 것이다. 아니, 어쩌면 누구도 알아듣지 못할 만큼 작은 목소리로 수줍게 말했을 수도 있다. 이 모든 일이 내 공상 속에서 만들어진 장면일 가능성도 배제할 수 없다. 지금까지도 실제 인물을 두고 제멋대로 꾸며내기를 좋아하니까 누구든 피해자가 될 수 있다.

인간의 기억이란 불완전해서 그로 인해 수많은 오해가 생긴다. 나는 가끔 사후 세계란 누군가의 의도가 전산에 입력된 코드처럼 타인에게 해석의 여지 없이 전달되는 곳이라 상상하기도 한다. 시간에 얽매이고 언어에 얽매인 인간이 해방되는 곳. 그곳은 이쪽과 저쪽을 나누지 않고, 너와 내가 포개지며, 내가 너인지 또 네가 나인지 구분할 수 없는 곳일 것만 같다. 하지만 나는 여기 있으니 여기에 대해 쓸 수밖에 없다.

이 이야기를 쓰면서 처음부터 끝까지 흔들리지 않았던 것이 있다면, 이 이야기를 읽는 사람이 주은을 이해하면서도 이해하지 못했으면 좋겠다는 바람이었다. 나아가 주은을 괴물이라고 여기길 바랐다. 나 또한 괴물이고, 내가 느끼기엔 괴물이 아닌 사람을 찾기가 어려웠기 때문에 평범한 한 인간을 생생하게 그리면 되는 일이었지만 생각만큼 단순하지 않았다. 고백하자면 그게 소설을 쓰는 내내 가장 어렵고 힘들었다.

부족한 소설을 뽑아주고 소설가로 활동할 수 있게 기회를 열어준 심사위원 선생님들께 감사드린다. 한국경제신문 양병훈 기자님과 카카오페이지 이수현 담당자님, 은행나무출판사 백다흠 편집자님과 책이 나오는 데 도움을 주신 편집부 직원분들께도 감사드린다. 늘 곁을 지켜주는 남편과 가족, 신춘문예 당선 소식을 듣고 울먹이며 전화를 주셨던 친척 어른들의 큰마음 잊지 않겠다.

소설가라는 호칭엔 해방보단 책임이 크다고 생각한다. 그 무게를 짊어지는 연습을 하는 게 신인의 일이라 생각하고 꾸준히 쓰겠다. 다음 소설에는 지금보다 더 정의 내리기 어렵고 불편한 이야기를 쓸 수 있는 사람으로 크고 싶다.

2017년 봄

박유경

심사평

구 한경청년신춘문예는 올해부터 청년을 비롯한 모든 신인에게 문호를 개방함에 따라 이름이 한경신춘문예로 바뀌었고 예년에 비해 응모작이 대폭 늘었다. 저마다의 소설 속에 형상화된 오늘의 현장감을 일별해보면, 청년이란 반드시 생물학적 기준으로 포섭할 수 없는 어떤 정신의 또 다른 이름 같기도 하다.

많은 공모전 중에서도 장편소설 부문의 경우, 원고의 볼륨이 우선 두툼하기 때문에 신인들은 소설 안에 반드시 어떤 사건을 넣어야 한다는 강박에 사로잡히기 쉽고, 그러자니 사건은 기본적으로 강력하고 사이즈가 크며 때로는 자극적인 장치로 눈에 띄게 만들어야겠다는 결론도 어렵지 않게 내리게 된다.

꼭 그 이유만은 아니겠으나 이번 신춘문예에는 살인과 폭력을 다룬 작품이 대거 등장했고, 추리, 서스펜스, 스릴러, 미스터리를 표방한 작품이 많았다. 추리 외에도 SF와 팩션과 로맨스 등 각계 장르문학 기법을 혼용 시도한 작품들도 눈에 띄었다. 그런데 문제는 이 장르들의 일종의 특성이자 장점인 독자 친화성, 말하자면 장르의 미덕이라고 볼 수도 있는 몰입감이나 흥미를 제공하지는 못한다는 점이었다.

한편 좋은 문학의 요건에 충족될 만한 즉, 정확한 문장을 쓰고 가려내는 기초공사에 대한 관심이 적었고, 문체를 고려하거나 문체에 의욕을 갖는 대신 자신의 세계관과 설정을 풀어놓는 데 바쁜 모습도 보였다. 영화화나 드라마화 같은 원 소스 멀티 유즈를 염두에 둔 듯 각종 다양한 소재와 스토리텔링을 선보이는 소설들은 인물 간 주거니 받거니 대사 일변도로 대본과 구별되지 않기도 했고, 간혹 수필이나 일기와 구별되지 않는 작품들도 있었다. 또한 장편소설을 처음 쓰는 이들은 보통 어떤 소재를 글로 쓸지, 그것을 찾는 일이 중요하다고 여긴 나머지 다른 데를 돌아볼 겨를이 없는데, 소재를 어떤 방식으로 다룰 것인지, 그렇게 다룬 소재에 대한 태도를 고민하는 일도 마찬가지로 중요하다고 할 것이다.

이런 가운데 본심에 올라온 작품은 총 네 편이었고, 각고의 논의 끝에 당선작 『여홍상사』를 내게 되었다.

당선작 『여홍상사』는 그중 상대적으로 단점이 적은 소설, 말하자면 극복 가능한 차원의 단점들이 곳곳에 산재한 소설이었다. 이 소설은 20대의 화자가 그리 멀지 않은 자신의 학창 시절에 있었던 과오를 짚어나가는 일종의 성장 서사로도 읽힐 수 있으며 스릴러물의 외피를 갖추고 있기도 하다. 대학과 졸업, 취직과 가족 여행으로 이어지는 평범한 일상(웨딩드레스로 상징된)을 소망하던 20대의 청춘이

목의 얼룩처럼 간질거리는 채 잠복해 있던 과거의 잘못에 발목이 잡히면서 모든 것이 부서진다는 단순명료한 플롯을 지니고 있는 소설이다.

인간이 일상적으로 감추고 사는 악의를 드러내는 방식을 비롯하여 선과 악의 구분 불가능성을 제시하는 질문의 태도 자체에는 동의하게 되었다. 이것은 작가가 소재를 소비하는 방식, 소재를 다루고 그것을 들여다보는 시선의 성실성과 관련이 있다고 할 것이다. 감춰진 비밀을 명료하지 않게 처리함으로써 일상에 편재한 불안감과 과거의 죄의식을 증폭시키는 방법은, 지금으로선 불완전한 외곽선을 그렸으나 추후 발전을 기대할 수 있는 상태라고 보았다.

— **심사위원** 성석제(소설가) 김형중(문학평론가)
정이현(소설가) 구병모(소설가)

2017 한경신춘문예 당선작

여홍상사

1판 1쇄 인쇄 2017년 4월 20일
1판 1쇄 발행 2017년 4월 25일

지은이 · 박유경

사장 · 주연선 | 발행인 · 이진희
책임편집 · 백다흠
편집 · 심하은 강건모 이경란 최민유 윤이든 양석한
디자인 · 김서영 이지선 권예진
마케팅 · 장병수 김한밀 최수현 김다은
관리 · 김두만 유효정 신민영

(주)은행나무
04035 서울특별시 마포구 양화로11길 54
전화 · 02)3143-0651~3 | 팩스 · 02)3143-0654
신고번호 · 제1997-000168호(1997. 12. 12.)
www.ehbook.co.kr
ehbook@ehbook.co.kr
잘못된 책은 바꿔드립니다.

ISBN 978-89-5660-133-5